玫瑰探戈

纪玉峰 著

北京日报出版社

图书在版编目（ＣＩＰ）数据

玫瑰探戈 / 纪玉峰著 . -- 北京 : 北京日报出版社 ,2020.10
ISBN 978-7-5477-3828-3

Ⅰ . ①玫… Ⅱ . ①纪… Ⅲ . ①长篇小说—中国—当代
Ⅳ . ① I247.5

中国版本图书馆 CIP 数据核字 (2020) 第 170053 号

玫瑰探戈

出版发行：北京日报出版社

地　　址：北京市东城区东单三条 8-16 号东方广场东配楼四层

邮　　编：100005

电　　话：发行部：（010）65255876
　　　　　　总编室：（010）65252135

印　　刷：北京瑞达方舟印务有限公司

经　　销：各地新华书店

版　　次：2020 年 10 月第 1 版
　　　　　　2020 年 10 月第 1 次印刷

开　　本：880 毫米 ×1230 毫米　　　1/32

印　　张：9.5

字　　数：219 千字

定　　价：59.00 元

玫瑰探戈

纪玉峰 著

目　录

楔子一

如果是白天，从空中鸟瞰，这条双车道的盘山公路算得上九转十八弯，蜿蜒在这崇山峻岭中，每一次弯曲都是非常危险的回转。虽然是公路，但路面并非柏油，而是土和碎石，道路的一边，就是深深的悬崖，为了防止车辆坠崖，在路边用金属杆修建了护栏，设置了无数个"小心驾驶""弯道减速慢行"的标志。

然而到了夜晚，这一切都被淹没在黑暗中。

此刻，这黑暗山岭中唯一的光亮来自车灯。

一辆帕萨特轿车开着大灯，在细雨中沿着盘山公路行驶，速度飞快，以至于好几次转弯时，都由于车轮与碎石间的摩擦力相对较小，车辆向道路外侧滑动，刺耳的刹车声在山谷中回荡，这声音在黑暗和寂静中显得格外瘆人。

细雨打湿了车窗，雨刷器晃动着。车灯照到的路面只有几十米，路边护栏上也没有反光条，这车开得险象环生，转弯时车尾几次蹭在了护栏上。

虽然如此，这辆车却不降低速度，车灯的光在黑暗中持续快速移动着。

　　穿过一条隧道，是连续的下坡和急转弯，前方远远地出现了一个光点，不久就消失了，过了一会儿，光点再度出现，近了一点儿，再度消失。显然，这是另一辆车在盘山公路上行驶，而且应该是朝这边开了过来。

　　下坡时轿车由于惯性，继续疾驶，惊险地转过两个弯道，路面在灯光里飞速移动着。

　　突然，前面有灯光闪动，紧接着，对面来的那辆车从弯道尽头拐了出来。这辆车开着远光灯，在细雨中特别耀眼。

　　已经适应了黑暗的驾驶员被这突然正面照射过来的光线刺得什么也看不见了，情急之下猛踩刹车。然而，已经晚了，在最初的一两秒，轿车已经偏离了公路，带着尖厉的吱嘎声，在护栏上擦了两下，然后一声闷响，轿车正面撞破了拐弯处的护栏，冲出了盘山公路。

　　一只车灯被撞碎了，但是另一只车灯还顽强地发着亮光，轿车连同驾驶员跌落山谷，每一次碰撞都伴随着零件散落的声音，灯光在山谷中闪了几下，终于消失了。

楔子二

　　一个年轻的女子走了进来，出于礼貌，林清赶紧站起，四目相对，两个人都惊呆了。林清感觉大脑里"轰"的一声，他怔怔地看着那张曾经非常熟悉的脸。

　　一年前，正是这张脸，对自己说出了那句令他悲痛至今的话语："我们分手吧。"

　　站在他面前的女孩是王琳，他曾经的女友。

第一章　密谈

　　还没到月中，林清的钱包就已经瘪了。

　　就在昨天晚上，跟他合租这套房子的李春和李金子把他叫到了客厅，召开了租客大会。李春作为大会主席主持会议，会议在团结、友好、热烈的气氛中宣布了两条噩耗（至少林清是这么认为的），第一条噩耗是，房东通知他们，房租每月涨五百元。第二条噩耗是，这五百元三个人分摊，李春决定要照顾女生。两位男同志每人承担二百元，李金子承担一百元。

　　这个房子是三室两厅，最早的租户是李春，接着住进来的是林清，他们住进来一个多月以后，一个女生拖着大包小包住了进来，她就是李金子。截止到昨天晚上，三个人在这个屋檐下同住快一年了。

　　李春仗义地口沫横飞，用"我们作为男人"这种话堵住林清的嘴，想方设法表现着对李金子的关心。一年来，他无时无刻不对李金子献殷勤，李金子却理都不理。他把林清当作天然的竞争者，对林清和李金子的接触很警惕，这让林清有些厌烦。其实他只要稍加注意就会发现，林清对于交女友这种话题，基本上是回避的，原因当然也只有林清自己知道。

林清摸摸自己的钱包，本来就要分摊的房租份额再加上这二百元，他快承受不起了，他在心里问候了房东和李春的全家，无可奈何地点点头。

没办法，外面的房租更贵。正因为这里的房租相对低一点儿，他才会到这里来和别人合租。此刻，房租涨，工资不涨，林清的钱包已经瘪瘪的了，他只好另想主意。

——人家戒烟戒酒，他戒早饭。

坐到办公室里的时候，林清暗自叹了口气：混成这样，还好意思到外面说自己是律师吗？

作为事务所的新律师，林清属于不显山不露水的人，他的经验还在积累过程中，这样的新手自然没什么机会接触到大案。一年多以来，他的表现只能用"惨淡"二字来形容。

他很努力，能够按时完成所里交给他的案子，他的努力甚至连事务所主任罗安山都夸奖过。有一次，罗安山的助理病了，林清临时给主任帮忙，在第二天就要开庭的情况下，他在宾馆的房间里连夜校对了二十一份证据，修改了十一页代理词，发现了其中两个疏漏。

罗安山夸奖了他，说他工作踏实、认真、热情高涨，前途不可限量，然后让他回去，继续做授薪律师。

后来，就没有下文了。人最终还得靠自己啊！

事务所的政策是两年后律师必须独立办案，也就是说，还有不到一年时间，林清就会没有工资，只能靠自己的业务提成生活，简言之——没案子就饿着。

对于新律师而言，心理上的压力是极大的。律师事务所里青年律师很多，一个年轻律师要想获得所里的扶持，套用某东北演员的话，那是"相当困难"。林清一直认为自己就是这"相当困难"群体里的一员。

他也努力去寻找客户，可是仅凭努力是没用的，还需要机遇。谁也不会找一个嘴上没毛的律师办案子，所以，迄今为止，他连一个自己的客户都没发展到。

所以，当罗安山叫他到自己的办公室时，林清是怀着猜疑的心理去的，唯恐罗安山说出"小林啊，你要好好考虑自己的前途啊……"这类暗藏机锋的话。但在听到罗安山的话以后，他的心从谷底瞬间上升到了顶峰。

"要交给我一个非常重要的案子？"

"没错。"罗安山慈祥地点点头。

林清激动起来，对他而言，任何机遇都是弥足珍贵的，如果把主任交办的案子办好，获得他的认可，他可能就会交办第二个、第三个、第四个案子，自己也将借此拓展客户，保证基本生活。

"这次的案子是何华王纪集团的何总介绍的，你也知道，何华王纪集团是咱们事务所最重要的客户，是咱们所重要的案件来源，何总是他们的一把手，对他交办的案子，我们必须做好。"罗安山首先讲了一番重要性。一听说是何华王纪集团的何总介绍的案子，林清更加激动了。

"何华王纪集团交来的案子呢，即使再小，我们也要当作最重要的案子来做。"罗安山用教育后辈的口气谆谆教诲道，"其实所里有很多律师可以做这个案子，可是呢，我推荐了你。"

"谢谢主任，谢谢主任！"林清兴奋地说。

"为什么推荐你呢？"罗安山慢条斯理地说，"其实，我观察你很久了。你这个小伙子，基础还是不错的，人也努力，上次你帮我做的事情，我很满意，现在的小伙子像你这么踏实的，可不多了。不过呢，现在光凭自己努力可不行啊，总是要有些机会。我是主任，总要给新律师一些机会，对不对？这个案子对你来说就是个机会，如果做好了，你就可以加入何华王纪集团的律师团队，你每年的案子也就有了基本保障。你要好好干，不要辜负我的期望。"

"谢谢主任！我一定会做好的！"林清感激地说。主任竟然一直关注着自己，这实在是太令人惊喜了，而且还交给自己一个重要案子，简直是天上掉下个馅饼。

"你准备一下，年会前我先带你去拜见一下何总，让他认识一下你，路上顺便讲一下案情。"

林清急忙跑回办公室，手忙脚乱地收拾好自己的公文包，跑下楼时，罗安山已经站在他的黑色宝马 X6 前等着他了。

罗安山今年五十多岁，头发都快掉光了，人高马大，满面红光。据说他原来在法院工作，20世纪90年代初离开法院当了律师，他总是接下案子分给下面的律师做，自己很少办案。这么多年下来，身家不详，反正在林清看来他很有钱，他的女儿自从高中开始就在英国上学，现在都开始念硕士了。

看到罗安山很随意地按下电子锁，坐进驾驶室，看着车子里的真皮座椅，豪华配置，一个个不知是何用途的按键，看着罗安山点火发动，驾驶汽车，林清坐在副驾驶位置上，感觉有些羡慕。他不会开车，此刻却憧憬着自己也有这么一天，能驾驶着自己的汽车去见客户。

何华王纪集团所在的大楼位于市中心，堪称黄金地段，每平方米每日租金基本都在十二元至十五元，停车费每小时要二十五元。何华王纪集团就在这幢大楼的二十五层至二十九层，据说还是自有产权。

然后，他和罗安山被带到了何柏雄面前。

这位老先生估计六十多了吧，满面红光，看起来属于"身体倍儿棒，吃嘛嘛香"类型的，一副精力充沛的样子。进入他的办公室时，他正认真地坐在茶几边煮着水，桌上摆着一个很大的木质茶盘，里面有假山，有雕塑，还有七八个大小杯子。他挥了挥手，罗安山很习惯地坐在他对面，林清则有些局促，站在一边。

"何总，这就是我和你提到的小林，林清律师。"

何总微微抬头，看了林清一眼，脸上带着宽厚的笑容，说道："快坐吧。"

林清有些紧张，他坐到罗安山身边，腰板挺得笔直。何柏雄先把一小包密封的茶叶打开，倒进一个大杯子里，再把煮沸的水倒进去，盖上盖子。然后他捏起这个盖碗，将水从盖子和碗的缝里倒出来，浇在木质茶盘上，依次淋过那些假山、雕塑，茶盘上霎时间云雾缭绕。

倒干茶水，他揭开盖碗，第二次用沸水冲泡，这一次他把泡好的茶水通过滤杯倒进一个口杯里，直到盖碗里不再滴水，他才拿起那个口杯，把茶水倒进那些小茶杯里。

"来吧，喝茶喝茶。"他招呼道。

"小林，尝尝。"罗安山用熟稔的口气招呼道，"你运气不错，能喝到何总亲自冲泡的工夫茶。何总可是茶道高手啊，他这里的茶叶，都是顶级的呢。"

林清受宠若惊，拿起一个小杯，放到嘴边小小地吸了一口，却没喝出什么味道来，转而看向罗安山，他悠然自得地品着茶，何总也是微闭着眼，点着头。

"真是好茶啊。"罗安山赞叹道。

"长江后浪推前浪，一代新人胜旧人啊！"何总睁开眼，"很多东西啊，就比方说这铁观音，都是新的好，喝到嘴里滋味无穷。这就如同做人，看到这些小伙子，就感觉我们这些人都老了啊！"

"哪里的话！"罗安山笑道，"这也要看的。有时候，新的就未必灵了。俗话说，'酒是陈的香'，就好比咱们这个集团，除了您何总，还有谁能领导得了？"

何总笑眯眯地点点头，看着林清，夸道："小伙子一表人才，一看就是很精干的人啊！小罗，你们的人才储备真是越来越雄厚了啊！"

"这也要靠何总多多栽培才行啊！"罗安山笑眯眯地说。听到何柏雄叫罗安山"小罗"，林清感觉怪怪的。

"小林啊，这次要麻烦你帮人打一个官司。"何柏雄往林清面前的小杯子里续了点茶，说道，"不是公司的事，是一个朋友的私事，不过全部费用都由我私人赞助，嗯？"

林清紧张地点点头。

"小罗，你讲讲吧。"

罗安山点点头。

"小林，你知道，何华王纪这个名字是怎么来的吗？——公司名称是由四个股东的姓氏组成的，其中的'何'自然是何总，有个'王'，就是另一个股东，名字叫王明道。"

林清点点头。

"王明道先生嘛，上个月出车祸去世了。"

"啊？"

"是出车祸去世了。"罗安山沉痛地点点头，那模样，活像是他自己家里死人了，"老王这个人啊，唉，真是难得一见的好人……"

"是让我办交通事故损害赔偿案吗？"林清小声问。

"不是。"罗安山摇摇头，"老王死了，他在公司的股份就要由他的女儿继承，对不对？可是老王这些年有一个女朋友，现在也来争这股份，说当初老王买股份的钱都是她出的，老王是代她持股，她才是真正的股东。"

"这次要你代理的，就是老王的女儿。"何柏雄重重地把小杯子蹾在茶托上，"老王啊，他很多年前就和老婆离了婚，前妻和孩子多年来杳无音信，好不容易现在父女相认，可以享受天伦之乐了，没想到却走得这么突然！人走了，身后这点财产还有人来抢！"

林清默默听着，他已经养成了习惯，领导说话的时候，多听少说。何柏雄一开口，似乎就收不住了，他本来是让罗安山讲案情，现在却亲自上阵。他渐渐激动起来。

林清的脑子飞速转着，慢慢明白发生了什么事。

王明道，何华王纪集团持股11%的股东，上个月在四川出了车祸，他的车从盘山公路上坠下了山崖。

王明道的感情生活不太顺，在他穷困的时候，妻子与他离了婚，带着女儿远走他乡。王明道四处寻找，却没有找到自己的女儿。王明道没再结婚，只是找了个女朋友，直到一年前，他才得到女儿的信息，找到了亲骨肉。然而没多久，王明道就出了这起车祸，走得很突然。

王明道走后，他的股份本应由他的女儿继承，集团也打算配合他的女儿做变更股权登记。然而，王明道的那个女朋友马湘云突然向法院提起了诉讼，要求确认王明道的股权归自己所有，理由是：多年前，王明道入股的三百三十万元股金实际上是她出资的，王明道是代她持有股份，因此该股份应归她所有。

十多年前入股的三百三十万元，占总股份的11%，十几年过去了，公司的资产早已翻了几十倍，那11%的股份已经价值上亿元了。

"小林啊，这个案子的情况很简单，可是必须很用心。"何柏雄说，"老王是我的好朋友，当初也对我有恩，他的女儿，我必须保全。这件事，你一定要上心啊！这些材料你拿回去看看，下周一呢，我让老王的女儿去你们事务所。她现在也在这里，我马上叫她来，和你们见个面。"

他按了一下电话，说道："小苏，请王小姐到我办公室来一趟。"

林清紧张起来，他看了一眼罗安山，后者一副无所谓的样子。林清把何柏雄放在自己面前的厚厚一摞材料放进包里，刚放好没多久，就有人敲了敲房间的门，随后门被推开了。

一个年轻的女子走了进来，出于礼貌，林清赶紧站起，四目相对，两个人都惊呆了。林清的大脑"轰"的一声，他怔怔地看着那张曾经非常熟悉的脸。

一年前，正是这张脸，对自己说出了那句令他刺痛至今的话："我们分手吧。"

站在林清面前的女孩是王琳，他曾经的女友。

第二章　夜宴

　　乐队在大厅的一侧奏着曲子，夜空中的音乐悠扬而缠绵，上空的彩灯在彩带边闪烁着，照着下面人影幢幢。谈话声，笑声，熙熙攘攘，人来人往。

　　大厅尽头是一个离地面两级台阶的平台，后面竖着一个高三米左右的海蓝色背景板，上面画着醒目的塔尖形标志，右侧用斜体黑体字写着"何华王纪集团、罗陈李黄律师事务所新年联谊会"。

　　这个大厅估计有四百多平方米，乐队旁边贴着墙壁是一排长桌，足有二十多米长，上面摆满了各种饮料和食品，中间的场地空着，大厅的另外一边环绕了两圈小圆桌，每一张都坐满了人。侍者忙碌地进出，一箱箱的啤酒、饮料运进来，一箱箱的空瓶、盘子运出去。

　　林清坐在角落的一张桌子边，身边摆着一小瓶青岛啤酒，里面几乎要空了。坐在前排的主要是何华王纪集团的人，还有事务所的资深律师们，那里位置好，服务员招待得也勤快，像他这个位置就比较尴尬，想叫服务员拿瓶啤酒都难。

　　林清对这一切毫无反应，他在发呆。打下午从何柏雄的办公室出来，林清就处于这种浑浑噩噩的状态。

就在几小时前，林清被带到何华王纪集团的老总何柏雄面前，何柏雄给自己提出了一个重要案件。也是在几小时之前，林清的委托人出现在门口：一个年轻的女子。

而她，竟然是他前女友。

"我打算去日本留学，所以，我们分手吧。"

在那个下午，在那间教室里，王琳曾经这样对林清说。

那种深深刺痛的感觉，至今难忘。在何柏雄面前，林清的惊诧持续了五六秒的时间，而后逐渐平复心情。他努力让自己如例行公事一样和王琳点头。王琳的脸上充满了惊愕，而林清的表现似乎给了她提示，她也很快恢复了正常，两个人都似乎有些刻意地相互握手寒暄。由于一会儿还要过问晚上年会的事情，何柏雄和罗安山只是让他们见了个面，并交代他们会后自己联络，林清也借此点点头，离开了。

真是恍如一梦，林清一度以为自己这辈子再也不会与她见面了。一年多不见，似乎一切都变得有点儿陌生，她的脸，她的笑，她的家庭，还有她的身份……在林清的印象里，王琳的家境并不富裕，他也知道她来自单亲家庭。曾经恋爱的时候，林清还动过念头，要努力打拼，让她过上富足的日子。时光如水，再度重逢的时候，自己仍然一文不名，而她，却可能成为亿元富婆。

世界上最令男人痛苦的事是什么？是你和前女友见面，而且你发现自己活得比她差。这意味着，离开你，她有了更好的生活。

王琳现在就坐在靠近舞台的桌子旁，和何华王纪集团的一些高层坐在一起。林清不愿往那个方向看，也害怕与她的目光相遇，偶尔几次忍不住看过去，她都在与其他人交谈。

桌子之间的距离，很远。

林清握着啤酒瓶，把里面的最后一点儿啤酒倒进嘴里。可怜的家伙，坐在这个位置，想再拿瓶啤酒都不容易。

"接一下！"一个人费力地贴着墙挤过来，他的手里居然拎着两箱啤酒，"我来招呼你们！"

这人也太狠了，居然把箱子拎来了，还是两箱。林清认出他是何华王纪集团操作部员工，叫邓华德。一般人听到这个名字都会想起篮球场，而邓华德却长得瘦瘦的，林清对他的第一印象只是这人爱笑，会侃，会活跃气氛。果然，两三张桌子的人都欢呼起来，过来瓜分啤酒。林清伸手抓了两瓶，他从没这么对嘴喝过啤酒。

"咦，看啊，看到台上那个没有？她是苏州分公司的总秘，来公司两年，就赚到了两套房子，还开了辆宝马迷你汽车……"邓华德拿着一瓶啤酒，低声说。

几个男人一起咂着嘴。林清往台上望去，看到一个女孩子正在唱歌，她身材高挑，相貌相当甜美，她的声音很好听，唱的是日语夹杂英语和汉语的歌。她长得真漂亮啊！在这种商海战场里，人前光鲜亮丽的美女经历了什么，令人难以捉摸。

林清的心里酸酸的，王琳是学日语的，当初为了讨她的欢心，他自学了一大堆日语词汇，一见到她就大讲日语词，比如"早上好"不叫"早上好"，要叫"哦哈呦——"，再见时不说"再见"，要说"加奈"，他还一个词一个词地把几首日语歌用中文标出来，学着唱，至今他还能唱几首日语歌唬人，比如五轮真弓的《恋人》，他就曾一本正经地唱道：

"靠一笔豆油——扫哇你带——考奥艾露瓦塔西诺——扫报一带

有……"中文意思是：爱人呀，来到我身边吧，来到冰冷的我的身边吧。

那时的王琳听了，兴奋得不得了，感动得不得了。王琳知道，虽然不标准，但是林清花了很大的心思来讨她的欢心。实际上，林清会唱很多种外文歌，他当年一向以才子自居，只不过这一年下来，他的那点兴致早就被生活磨得干干净净了。

台下有人吹口哨，有人拍手叫好，司仪高喊："莉莉唱得好不好？再来一个要不要？"台上的莉莉小姐作娇羞状，作推辞状，手里却紧握着话筒，没有放下的意思。就在这时，邓华德猛击了林清一掌。

"你们主任是不是在叫你？"

林清转头望去，果然，在靠近舞台的桌子边，罗安山正在向这边招手，林清急忙放下啤酒，费力地挤出去。林清对此早有心理准备，何柏雄说过，晚上会找机会把他介绍给集团高管。只是林清每走一步，离王琳的距离就近了一步，他的心情难以言喻。

林清走到最靠近舞台的这张桌子边，故意不看旁边的桌子，事务所里的两个合伙人罗安山、陈尔东都坐在何柏雄身边。

罗安山转向何总，更像是转向其他高管，介绍道："这是我们所新律师，小林，也是我们所的未来之星。"

"小伙子，坐坐坐。"何总熟不拘礼地招呼着，"今天晚上玩得开心吗？怎么？脸色都没红？说明没喝酒嘛！来，拿一杯！"

领导的待遇就是不一样，他们桌上的酒水花样更多，有香槟、红酒、洋酒 XO，还有小瓶外国啤酒放在冰桶里，每个人面前都有高脚杯。

虽然何总让林清拿一"杯"，但林清根本不敢去拿那些所谓的洋酒。他很识趣地道着谢，从冰桶里拿了一瓶啤酒。

"小罗啊，"何总笑眯眯地看着林清，"看这小伙子一表人才，举止都很干练嘛！你们所真是英才越来越多了嘛！"

这话明摆着是说给旁边的人听的，尽管如此，何总的夸奖也使他浑身舒坦。罗安山笑着说："这还不都是多年来您的关照嘛！小林，你还不敬何总？"

林清不敢怠慢，赶紧说："何总，我敬您！"何柏雄慈祥地点点头，林清把啤酒瓶口放到嘴边，仰脖喝着。冰镇的啤酒清凉可口，很快喝下，何总拍手叫好，当林清放下空瓶时，他发现旁边几桌的男男女女也在鼓掌，不知道这里面包不包括王琳，他浑身燥热起来。

"这小伙子行吗？"罗安山把头凑近何总问。

"嗯，不错不错。"何总点点头，看了看林清，"要好好培养啊！"

"以后要努力啊，何总以后会关照你的，何总轻易不看人的，你要明白啊。"陈尔东用教训的口吻对林清说道。

林清慌忙点点头。罗安山和陈尔东互相交换了一下眼神，对林清说道："这些都是集团的高层领导，你敬个酒，就在这里坐，以后要常来常往了，还要这些领导多多支持你啊！"

林清说："是。"

"坐这里吧！"

一个穿着黑色长裙的女人拍了拍身边的桌位，望向林清，她的头发盘在头顶，戴着扁框眼镜，嘴角带着淡淡的笑。林清赶紧低下头，这个座位和王琳不在同一张桌子，他松了口气，内心似乎又有隐隐的失望。

"何总，我先过去了。"林清向何总鞠躬，何总慈祥地点点头，林清便坐在黑衣女士的身边。他瞥到周围几张桌子上的高管都在看自己，被他们注视，林清心里又有些兴奋。

"小林啊，这是集团法务部主管，华芳菲，华总。"陈尔东探过身子，指着黑衣女士介绍道，"以后你也要经常到法务部来串门了，多多联络一下感情。华总，这个人很好的。"

华芳菲是个皮肤白皙的女人，鹅蛋脸，眼睛细长，鼻子小巧，嘴巴涂着紫色的口红，身上散发出香水的味道。她看起来三十多岁的样子，体态丰腴，偏偏礼服还是低胸的，恰好露出深深的沟壑来。

她看着林清，脸上带着亲切的笑，说道："小林是吧？以后要常常合作了，我是咱们集团的法务部主管华芳菲。"

"华主管好。"林清说道。

"看你。"她娇嗔道，"什么主管不主管的，你叫我姐姐好了。小林啊，你做律师多久啦？以后要经常合作了，要多来我这边走动走动。"

"是，我做了……"

她却根本没听他的回答，继续说："我还是咱们集团的股东呢。"

这句话的作用就是强调自己地位的重要性，林清想。她的目的达到了，林清肃然起敬，改口道："华总。"

"你看，你又见外了不是。"华芳菲亲切地说，"你是哪个学校毕业的啊？"

华芳菲丝毫没有老总的架子，和她谈话时气氛轻松愉快，林清暗暗感激。坐在这里本来应是一件尴尬、局促的事，但是有华芳菲在，林清感觉如沐春风，也有足够的理由放松，至少不用像在王琳面前努力做出轻松的样子来。林清不知道王琳是否会看他，但他总觉得她会注意自己。

在华芳菲的介绍下，林清认识了集团北京公司的黄总，西安公司的胡总，财务部的李主任……也许是何柏雄刚才的铺垫，他们对他都很客气，林清的感觉也越来越好。林清有些感激地看着华芳菲，她平易近人，而且很照顾他，就像个大姐姐一样。

台上的女孩唱完了最后的长音，全场掌声雷动。主持人借机上台，大声说道："下面我们请罗陈李黄律师事务所出一个节目！"

律师们彼此看着，谁都不肯出去，罗安山看了看林清，说道："上次所里出去旅游时，小林曾经在车上唱了首外国歌，挺好听的，上去唱唱。"

林清有点儿发窘，他上次在全所出去旅游时唱了首日语歌，是他当初唱给王琳的，现在王琳就在现场，他怎么能唱，可是主任已经发话了，他只得走到台上，接过话筒。

日语歌林清是绝对不会唱的。

林清想了一下，转身和乐队轻声交谈几句，乐队指挥点点头，说道："探戈曲，《一步之遥》。"

音乐响起来了，那是一首拉丁风格的曲子，当前奏响起来时，会场里好几个人喝彩，其中就包括华芳菲。林清是用西班牙语唱的。

虽然是用西班牙语演唱的，但林清也不知道是什么意思，他只知道这首被称为《一步之遥》或者《玫瑰探戈》的曲子实在太好听了，当初他费了好长时间才把这些难懂的西班牙语用中文标注出来，练这首歌花了更长的时间，没想到今天竟然派上了用场。现场估计不会有人懂西班牙语吧，就算是出了错也没人发现。

林清演唱的时候，他的目光瞥过了舞台边，他瞥到王琳在认真地看着自己，便转开脸，他发现华芳菲在随着自己的歌声轻轻摆动着头部，不禁涌起了一股知音的感觉。当林清结束最后一句时，现场响起了极其热烈的掌声。

"你唱得太好了！"当他回到座位上时，华芳菲笑着夸道，"没想到你还会西班牙语啊。"

林清向她解释自己其实是在取巧的时候，司仪拿着一个信封，和几个人交头接耳后，蹿到了台上。

"下面进入舞会时段！大家都来跳舞！我们今晚会评比'舞会之星'！获得'舞会之星'的人，将获得何总个人赞助的奖金，人民币两万元！外加平板电脑一台！"

"轰——"的一声，全场骚动起来。

在重奖的诱惑下，很多人开始跃跃欲试。房地产部的两个女孩上台拿着麦克风开始唱歌，唱前几句时，陆续有人慢慢进入舞场，相拥起舞。参加年会前，所有人都被要求：男士穿正装，女士穿晚礼服，所以这舞会看起来还真像那么回事。当这支歌唱了一半时，林清身边的位置都空了。音乐伴着那两个姑娘甜美的声音响起来。

> "如果你已经不能控制，每天想我一次，如果你因为我而诚实，
>
> 如果你看我爱的电影，听我爱的 CD，如果你能带我一起旅行；
>
> 如果你决定跟随感觉，为爱勇敢一次，如果你说我们有彼此，
>
> 如果你会开始相信，这般恋爱心情，如果你能给我如果的事……"

一个分公司老总约走了华芳菲。林清身边变得空空荡荡的，他环顾了一下四周，目光与王琳的目光相遇了。

他们对视着，也许是几秒，也许是几十秒，林清站起来，低着头走开了。

夜幕的天台上冷风吹拂，身后的音乐声、笑语声在夜空中回荡。林清裹紧衣服，头发被冷风吹得向后飘拂。

"你认识大老板了？"

林清吓了一跳，见是邓华德，便轻轻点点头。

"啧啧，看来，以后你也要经常到法务部去串门了。"邓华德带着不怀好意的笑，"华芳菲看上你了。"

"你瞎说什么？"林清有些恼羞成怒。

"你别不信，"邓华德不怀好意地说，"看上你啦，你等着吧……"

"兄弟，你要不要马上离开？"

"行，我马上离开。明儿个我看你还能嘴硬不……"

邓华德来得快，去得也快，他一回到大厅就奔着公司秘书部去了，他还是舍不得那"两万元"和"平板电脑"。

"小伙子，怎么一个人坐在这里？"

林清抬头看到华芳菲站在自己身边。

"怎么不跳舞啊？"华芳菲看到林清满脸通红，"小伙子这么帅，不会找不到舞伴吧？你会跳什么舞？"

"我……不太会跳。"林清撒谎道，"您……不是去跳舞了吗？"

"我不适合跳这种节奏。"华芳菲皱着眉头，"而且，再跳下去，我的脚就要被他踩扁了。"

华芳菲低下头，微微拉起裙摆，露出穿着高跟鞋的脚面，那是一双精致的黑色尖头高跟鞋，鞋尖上有一朵红色的玫瑰花。

"都快掉下来了……真讨厌，这还是我去年去意大利买的，菲拉格慕……"华芳菲微微弯腰，想要把右脚鞋子上的玫瑰花按回去，连摁了两下，玫瑰花还是摇摇晃晃的。

"要我帮忙吗？"林清问。华芳菲扶着栏杆，林清蹲在地上拿起那只高跟鞋。这鞋跟真高，足有八到十厘米吧，林清在心里揣测，穿着这样的鞋走路和跳舞，应该很费劲儿吧。玫瑰花的下面有一个金属卡片，已经从皮面上的卡槽里脱落变形了，他用力把卡片扳回原状，插回卡槽里。

"好了。"林清把高跟鞋放在华芳菲裙边。华芳菲提起裙子，伸脚穿好，左右踩了踩。

"真的好了，谢谢你。"华芳菲的脸上浮现出笑意，"何总真的没看错，你是个不错的小伙子。你会跳什么舞？"

"我不会跳嘛……"林清受宠若惊，却不敢接受华芳菲这么明显的邀请，迟疑道。

林清脑子突然一激灵：华芳菲是高管，也是法务部的主管，她在暗示要和自己跳舞，自己这样不识趣岂不是很不给面子？他暗骂自己傻，赶紧改口道："我大学的时候只是简单地跳过一些三步、四步、探戈什么的，就是跳不好，怕您笑话……"

"探戈？你会跳探戈？"华芳菲脸上现出惊喜的笑容，"意大利探戈，西班牙探戈，还是阿根廷探戈？"

"这……"林清有些自卑，他不知道自己会跳哪种探戈。

"没关系，来吧，"华芳菲自然地挽住林清的手臂，"到大厅里去吧，这里太冷了。如果有探戈舞曲的话，我们一起跳一曲如何？"

林清和华芳菲一起向大厅走去，走过大门，热气扑面而来。

"何总找你谈了王明道的事情，对吧？"

华芳菲挽着林清回到座位的过程中，华芳菲轻声问林清。林清点点头，她是股东，当然应该知道这件事。

他们在观众和舞林中穿过，一开始有人以为他们要加入舞场，鼓起掌来，等他们穿过舞场回到座位后，大家又对那儿个鼓掌的冒失鬼哄笑起来。

"大概是让你代理老王的女儿，去处理她和马湘云之间的股权之争吧？"

林清又点点头。他不自觉地向前方望去，王琳不在座位上，她可能去跳舞了。

"老王是个苦命人啊！"华芳菲感叹道，"这个案子，如果需要公司提供任何文件，你可以随时来找我，能提供的，我一定会帮你。"

"多谢华总！"

"叫华姐。"

"多谢芳菲姐！"林清不是傻瓜，干脆更加亲切。

这句"芳菲姐"叫得华芳菲眼角满是笑意。他们来到座位边，分别坐下，华芳菲看着舞池，继续说道："你叫我芳菲姐，芳菲姐也不能亏待你，我看人很准，你是个细心的人，我送你几句话，你记在心里，不要和任何人讲，无论是同事，还是亲人，都不能讲。"

华芳菲的表情很随意，口吻却很严肃，林清有些疑惑。他"嗯"了一声，把耳朵凑过去。

"这个案子的水，比你想象中的要深，你要谨慎。还有，要注意自己的安全。有任何疑惑，就来找我，记住，找我的时候不要让任何人知道，我会保护你的。"

第三章　共舞

　　林清怔怔地看着华芳菲，他们离得很近，她的脸上满是笑意，似乎和他言谈甚欢，但她的眼睛里却闪着严肃的光。

　　"这是什么意思？"

　　"我以后会找机会告诉你的，不过不是在这里。不要告诉别人我说了这些话，特别是何总和罗安山。"华芳菲仍然满脸笑容。

　　华芳菲脸上的表情清楚地表明了"到此为止"的意思，林清很乖巧，没有继续追问下去，心里却隐隐蒙上了一层阴影，感觉自己似乎正面临什么不好的事情。林清的目光无意识地在人群中流连，这是一首舒缓的曲子，跳舞的人众多，他看到邓华德拥着一个短头发的女孩，很卖力地前后踱着步，然后他看到了王琳。

　　王琳和一个中年人轻柔地踱着步，林清的心刺痛起来。王琳的娴熟舞步是和他长期跳舞而磨合出来的结果，学校每周末的舞会，他都会和她一起参加，他们对彼此的舞步已经无比熟悉。曾经，他们还一起跟着电脑学了一段探戈舞曲，因为他们觉得这种舞蹈性感而奔放，只是还没来得及在舞会上跳一次，他们就要毕业了。当林清找到工作，兴冲冲地回到学校时，他面临着毕业前最黑暗的时刻。

"我们分手吧。"

在那个下午，在那个教室，阳光暖暖地洒在林清的身上，他的心却如同冬天一样寒冷。

"我想要去日本留学……我想，我们终究是不合适的……"

"难道，没有继续的可能吗？我可以等你。"

"不……"王琳的态度很决然，"我不想这样下去了……我们最终还是要面对现实，我们是两条线，有过交叉，走过交叉点，就会分开。"

林清怔怔地看着她走到教室门口，回头看了他一眼。

王琳用日语说了一句："再见。"

不再是朋友之间比较亲密的短暂告别的"再见"，而是日语中表示永远不见了的那个词。

再见——不，是相忘于江湖——永远。林清在心里默默地说。

然而仅仅一年多以后，王琳那娇小的身影又在林清的眼前晃动，那舞步是如此熟悉，却在另一个男人的引领下。林清感觉喉咙里被什么哽住了，令他痛苦不堪。

曲子终了，那个中年男人引着王琳向这边走来，林清低下头，不愿让王琳看到自己的目光，他笑着和华芳菲小声交谈着，显得亲密而开心。

就在这时，音响里放出了前奏。林清听到这首自己刚才唱过的西班牙语歌曲，有些意外。华芳菲笑了。

"探戈舞曲。"她笑着对林清说。

林清不会再干出让华芳菲说第二次的傻事来，王琳这时已经坐到他的附近，他似乎在报复一般，含笑向华芳菲伸出手去。

　　林清曾经背着王琳学习了多次视频里那种男人邀请女伴的姿势，力图自己也做得那么潇洒，只不过那时他穿着背心裤衩的样子显得滑稽可笑。林清从未想过自己有一天会穿着西装，邀请一位穿着晚礼服的女士进入舞池跳一曲探戈。

　　华芳菲笑着把自己的手放在他的手掌心里，他们牵着手，举在身前，一起快步走进舞池。这种曲子没人会跳，本来是打算给大家休息的，他们的进入分外显眼，会场里响起了零星的掌声。走到舞池中央，林清揽住华芳菲的身体，她顺势用手臂搂住他的脖子，当他们两手相握时，林清把重心放在右脚，做了个定位动作，两个人都向自己的左侧看去。

　　场边响起了一阵叫好声，有人吹起了口哨。

　　林清向前走了两步，他有些紧张，默念着视频里的话"向视点方向前进，将女伴置于男伴保护下……"然后猛然做了个侧身。

　　林清最害怕的与华芳菲的碰撞并未发生，华芳菲如同他身体的一部分，与他配合得极为完美，似乎他刚刚一动，她就知道他下面的动作，他微微侧脸看了一下华芳菲，她笑着鼓励道："你跳得很好。"

　　这句话给了林清信心。他似乎放得开了，他带着华芳菲在舞池中来回滑动，不久他就感觉到，华芳菲远不止在配合自己那么简单，她的舞步相当娴熟，渐渐地变成了她在带他，她的舞步华丽而高雅，一连做了几个交叉步和踢腿，显得热烈狂放且变化无穷，舞池边响起了喝彩声。随后华芳菲右腿前曲，左手揽住林清的脖子，仰面向上，林清揽住她的背，弯腰配合她的身体向下，俨然是深情对视，显得默契十足。这一下达到了爆炸的效果，会场里口哨声大作，掌声如潮。

　　林清挺起身，把华芳菲的身体顺势拉起来，似乎是林清在带着她，实际上是她在带着林清旋转，一连串的旋转，令人眼花缭乱，她的身体突然和林清分开，仅双手相牵，似乎互相拉了一下，她又旋转回来，长裙随着旋转飞舞，露出了裹着黑色丝袜的双腿。当华芳菲的身体贴到林清身上时，停止了旋转，左手撩起左边的裙摆，左腿顺势盘在林清的腰间，右手搂住林清的脖子，左手放下裙摆，直直竖向天空。

曲终，乐了，舞停。

两个人的身影在舞池中央，如同雕塑。

林清呆呆地望着华芳菲，她的脸和他近在咫尺，她呼出的气息热热地喷在他的脸上，她也在凝视着他。林清丝毫没有注意到舞池四周已经爆发出如雷的喝彩声和怪叫声，也许几秒，也许十几秒，他突然意识到，自己的右手还在腰间托着华芳菲的腿，他的脸涨红了。

林清慢慢直起身子，尽量自然地放下华芳菲的腿，华芳菲露出笑容，缓缓放下手臂。他们的身体慢慢分开，华芳菲向后一步，握住他的手，举在胸前。他们仍然如同进场时的样子，快步离开舞池。

罗安山兴奋地鼓着掌，林清出彩，等于是给他长面子。林清没看到何总，但是他很享受这种众人瞩目的感觉。这一切都是华芳菲带给他的，他感激地看着她。他们回到桌边，罗安山隔着桌子递过一瓶啤酒，拍了拍他的肩膀。

"不错啊，华总。"西安公司的胡总问道，"这小伙子……你们是不是练过？"

"第一次跳，今天才认识。"华芳菲拿过酒杯，似乎很不好意思地说，"都是他带得好啊。"

"第一次跳？谁信啊？"

"撇清就是有问题……"

　　老总们喝了酒，表现不见得比其他人强多少，调侃声和哄笑声在他们的耳边回荡。这时下一首曲子开始了，一个女歌手在声情并茂地唱着《最后一舞》，部分人去跳舞了，还有几个高管聚在一起，低声谈笑着。林清喝了几口啤酒，他很开心。

　　今天是黄道吉日吧，至少对林清而言是。得到主任的提拔；得到何柏雄的赞赏；接到一个重要案子；有机会成为何华王纪集团的律师团成员；和何华王纪集团的法务部主管、集团股东华芳菲初步建立了良好的私人关系；在舞会上出彩……

　　最重要的是，林清见到了一年多未见的前女友，自己还会成为她的律师，这意味着，他们将会时常见面。

　　这一年多以来，林清时常会想起那些日子，想起那个下午，重温那种心痛。林清恨她，却又无法抑制自己想她，他曾多次幻想自己功成名就时见到她，然而很快又告诉自己这是奢望——中国有十三亿人，有九百六十万平方千米的土地，想要无意中碰到某个特定的人是何等艰难！

　　然而今天他们碰到了。

　　他和她之间，接下来会怎样？林清不愿想，却又忍不住想。她此刻就坐在自己附近，相隔咫尺，却仿佛远在天涯。

　　我要做她的律师吗？要做，因为罗安山不会再给自己同样的别的机会了，那么我要如何和她相处呢？谨慎，无比谨慎。不能让感情因素影响案子，这毕竟是影响自己前途的事。

　　想到这里，林清想起华芳菲的话。

　　"这个案子的水，比你想象中的要深，你要谨慎。"

　　对于律师而言，只能根据证据和掌握的现有资料做案子，而且谨慎是最基本要求。如果因为"这个案子水深"而特别谨慎，就只能理解为另有内幕，可能会影响律师的利益。什么叫水深？难道这个案子另有隐情不成？

"要注意自己的安全。"

这句话最难以理解，这个案子难道会影响到自己的安全吗？联系到"这个案子水深"，还有最后那句话——"找我的时候不要让任何人知道，我会保护你的。"

做案子又不是做间谍，为什么要偷偷摸摸的？华芳菲会保护自己，为什么要保护自己？

人就怕思考，思考多了，就会琢磨出不同的味道来。林清的心慢慢从兴奋中清醒了，华芳菲的这几句话被他反复玩味，却始终搞不清她的含义。是不是该小声问问她？林清鼓足勇气，转向华芳菲，却见事务所的另一个律师冯旭昀已经站到了华芳菲面前。

"华总，您的舞跳得这么好，也赏光和我跳一个嘛。"

华芳菲笑了笑，向他伸出手去，站起来的时候，她低头拉了一下裙摆，目光和林清短暂交集了一下。冯旭昀牵着她的手走进舞池，立刻带着她滑起了慢三。

只好等一会儿再问了。林清的目光随着华芳菲的身影在舞池中流转，她的黑色长裙在人群中时隐时现，她的脸上带着欢快的笑，似乎和冯旭昀交谈得很开心。林清突然有些嫉妒和不快起来。

华芳菲保护自己什么？

在一个月黑风高的夜晚，在森林深处的小屋，她在昏暗的烛光下把他逼到墙角，"呵呵呵，你叫吧，叫破喉咙也不会有人来的……"

呸呸呸！胡思乱想！

　　林清觉得自己想得够远啦。他下意识地把啤酒瓶放到嘴边，里面的啤酒已经有些温热了。林清的目光再度在舞池中寻找华芳菲，这时他看到了王琳。

　　王琳来到了林清的面前，微微弯下腰。林清的心激烈地跳动起来，难道她要请自己跳舞吗？如果是的话，是答应，还是拒绝？就在林清思想激烈交锋时，她凑到了他身边，轻声说："我们聊聊好吗？"

　　林清松了口气，带着难言的失落感，点点头。

　　林清随着她沿着舞池外延穿过大厅，来到了天台上，当他的头发再度被夜风吹拂时，他发现自己手里竟然握着啤酒瓶。冷风从林清的衣领钻进去，让他浑身冰冷。

　　王琳走到栏杆旁，她的长发在夜空中飞舞。林清仔细地看着她，一年多不见，她仍然是一头长发，仍然是那张脸，虽然熟悉，却给他一种陌生的感觉。也许变化最大的就是他们彼此对视的眼神，当初是充满温情，此刻却分外复杂。林清从没见过她穿晚礼服，也许是对王琳太了解了，看到她穿晚礼服，他的感觉很异样。王琳靠在栏杆边，双手抱住自己的双肩，林清把西装脱下来，披在她的肩上，就像一年多以前一般自然。从她身边退开，他惊奇地发现，她站的位置恰好是刚才华芳菲站的位置。

　　王琳笑了，这笑容给了他一丝温暖，让他找回了些许当初的感觉。王琳扯住他的西装，裹紧自己的身体。

　　"你还恨我吗？"她轻声问。

　　"哦……没有。"林清有些尴尬地回答。不恨才怪，王琳对他的伤害可以说深入骨髓，可是林清不能说出来，也许是因为礼貌，也许是基于男人的自尊。

"这两年，你过得好吗？"

"你看到了，还好，"林清坦然地说，"也就那么回事。你呢？我以为你去日本了。"

"没有，没办下来。"王琳有些苦涩地回答，"后来我回老家了，找了份工作。一年前，我找到了我的父亲，他愿意出钱让我去留学，中间因为几件事耽搁下来，本打算明年去日本，可是……"

两个人相对默然。林清知道她指的是什么：死的毕竟是她爸爸，而且王明道的死，意味着她的资金来源可能会断掉，一时半会儿，她出国留学的梦想破灭了。

"说实话，我一直以为你爸爸早就过世了，没想到……"林清斟酌着劝解道，"唉，你也别难过。你爸爸的事，请你节哀；至于留学，以后有的是机会，而且，你继承你爸爸的股份，在这里经营公司，不是比去日本好很多吗？"

"也许，是我的命不好吧。"王琳转过身去，背对着他，哭了起来。

"这么多年来，我失去了太多……我从小就缺失父爱……为了出国，我放弃了感情，可是却因为钱不够没有去成……终于找到了父亲，他却有了别的女人，不能和我相认……他偷偷告诉我，打算资助我去日本时，他又死了……而且，那个女人还起诉了我……"

王琳的肩膀在夜风中剧烈耸动着，她的身材本来就娇小，此刻显得更加单薄而无助。林清的心隐隐作痛，他曾经无数次抱过她，安慰她，此时也许正是抱住她、安慰她的时机，然而冥冥中似乎有什么无形的东西阻隔在他们之间，令他无法迈出这一步。

"别哭……不是还有我们吗？"

王琳哭了一会儿，转向他，拭着眼泪，低声问："你会帮我吗？"

"当然。"

王琳含着泪水，嘴角却露出欣慰的笑说道："真的没想到会是你……是你的话，我就放心了。妈妈说律师都是只认钱的人，可是我知道，你一定会全心全意帮助我的……我知道，哪怕我伤过你的心，如果我需要，你还是会全心全意帮助我的，对吗？"

林清没有回答，他的心里暖洋洋的，也许是因为她的信赖，也许是因为自己有了英雄救美的冲动。林清的身体燥热起来，浑然忘记了凛冽的寒风。

"今天晚上回去告诉妈妈，她一定会放心的。"

"哦？阿姨也到这里来了？"

"嗯。"王琳点点头，"我要继承爸爸的财产啊。她已经和爸爸离婚了，虽然没有继承权，可是她是我唯一的亲人了，我当然要带她来。"

"你们住在哪里？"

"住在宾馆，已经住了一个多月了……"王琳低声说，"爸爸的房子还被那个女人霸占着，我们住宾馆的钱都是公司付的，可能还要住一段时间呢。"

"那阿姨为什么没来参加？"

"她和爸爸离婚很久了，以什么名义来呢？而且……她和何伯伯的关系不好。"

"哦。"

这些财产，哪怕是十分之一，也足以使她跻身富人的行列，她的妈妈虽然和王明道离婚很久了，但是女儿肯定会和妈妈共同享有，所以王琳的妈妈来这里一点儿也不奇怪。

林清曾经见过王琳的妈妈韩昭仪，当年他觉得这个名字很淑女，后来看历史书籍，发现"昭仪"这个词是指唐朝以后的宫廷妃子的一种，比如武则天就曾是"武昭仪"。发现这一点后，他窃笑了很久，还曾和王琳开玩笑说她爸爸一定是皇帝，所以她妈妈是"昭仪"，是后宫嫔妃。这个玩笑引得王琳大发雷霆，害得他鞍前马后赔了无数不是，她的脸色才缓和下来。这个玩笑也有了一个后果：虽然她反感他的玩笑，却默认了他对她的爱称"琳公主"——皇帝和昭仪的女儿当然是公主，再后来发展成了"琳格格"，有关清朝的书看多了又变成了"琳主子"，再后来那个"琳"字省略掉，他直接称呼她"主子"了。

韩昭仪的名字很淑女，但是看起来却已经没有"昭仪"的韵味了。她的面容已经苍老，眼角爬满了鱼尾纹，也许这是长期艰难的生活带给她的痕迹吧。她的衣衫很干净，头发也梳得很整齐，看起来是一个典型的北方中老年妇女形象。林清曾经见过几个和她差不多年纪的台湾女客户，有的甚至比她年龄还要大，她们个个妆容精致，注重保养，给人的感觉是风韵犹存。

韩昭仪和林清只见过一次。

"这件事情，我就全靠你了。"王琳低声说，"何伯伯说，你们律师事务所是最好的。这也许是上天的安排吧，我竟然又遇见了你。"

林清点点头。

一阵风吹过，她将西装裹得更紧。

"我要进去了……我把西装给你，不然你会感冒的……"她从礼服的长手套里抽出一张小纸片放进西装右边的衣袋里，"这里是我的电话和宾馆地址，你可以随时跟我联系。"

"好。"林清的心再度激动起来，这对他而言又是一件意料之外的事情，也许是收获，也许是惊喜，他难以分辨。王琳脱下西装，低着头走到他面前，把西装放到他手里。

"我进去了……何伯伯说，周一我要到你们律师事务所去……"

林清点点头，他不知道说什么好。王琳慢慢松开西装，突然抬起头来，盯着他问："如果有一天，我们单独相处的时候，你还愿意把我当作当初那个公主吗？"

林清感觉所有的热血都涌到了头顶，王琳这句话声音很轻，却在他的脑袋里嗡嗡地回响。眼前这张面孔无比陌生，却又无比熟悉，这样的场景曾经无数次出现在他的幻想里，此刻却真实地发生了，发生得如此突然，让他不知如何回答。

林清艰难地咽了一口唾沫，感觉整个嗓子干得冒烟。王琳的眼中还残留着泪珠，这消除了他内心所有的仇恨和冰冷，他感到自己点了点头，用一种古怪的声音说道："嚜。"

她伸出手臂，突然紧紧搂住他的脖子，踮起脚，用她的嘴唇轻轻吻了一下他的脸颊。她的嘴唇很凉，还有些黏黏的，也许是涂了唇膏的缘故。在他做出反应之前，她已经松开手，在他耳边轻声说："下周见。"

林清怔怔地看着她向大厅走去，手里无意识地握着西装，心剧烈地跳起来。林清慢慢拿起西服，把它放到自己的鼻孔旁边，轻轻嗅着，那里也许还残留着她的气息……他的内心被不同的情感激荡着，让他有爆发的冲动，很想对着夜空吼一嗓子：没有什么能够阻挡……

回到座位上时，林清心里很轻松，经过王琳身边，他心里充满了幸福感。华芳菲已经回来了，正在和罗安山低声谈着什么，林清隐约听到了"科威特""订单"的词语。接下来的舞会时光对他来说是快乐的，他没有再去跳舞，而是坐在华芳菲身边喝着啤酒。

大约四十分钟后，司仪再度上台。他拿着一个信封，高声说道：

"好！现在宣布今晚的获奖结果。这个结果是董事会的几位董事，以及律师事务所的诸位合伙人共同评选出来的，获得奖金和平板电脑的人就是——"

会场霎时静下来。

"华芳菲主管和林清律师！他们的探戈得到了各位领导的一致支持，获得何总个人奖励的人民币两万元和平板电脑一台！现在请上来领奖！请何总颁奖！"

掌声并不是很热烈，林清先是错愕，然后笑起来。林清和华芳菲再度以牵手的姿势走向舞台，何柏雄则在比较热烈的掌声中走上舞台，他一边鼓掌，一边满脸笑容地从礼仪小姐的盘子里拿起那个鼓鼓囊囊的红包和那个装着平板电脑的大盒子。

"芳菲，好久没见你跳这么精彩的舞了；小伙子，深藏不露啊！"

何柏雄把红包放到林清手里，把平板电脑放到华芳菲手上，几个人摆出姿势让别人拍照。随后他们在掌声中走下舞台，林清忙乱中向王琳的方向瞥了一眼，不知为什么，他感觉王琳的脸色不太好看。

回到座位上，华芳菲把平板电脑也放到林清手里。

"芳菲姐，这……"

"都是你的了。"华芳菲笑着说。

"这……这怎么行？这是我们一起得来的奖品……"

"拿去吧，"华芳菲按住他的手，"明天是周末，休息好了去逛逛街，去买两身好一点儿的西装和衬衫。律师在外面要有面子，更何况你以后就是集团的律师了，可能还要出席谈判什么的，要撑得起门面。"

"华总让你拿着，你就拿着。"罗安山扭过头来，"华总这人不喜欢啰唆，她还差这点儿？你还不谢谢你芳菲姐？"

"谢谢芳菲姐。"林清赶紧谢道。

"以后多向华总学着点儿，"罗安山教训道，"你芳菲姐不但精通法律业务，对服装搭配也很专业，当律师要注意外在形象，以后要多多请教。"

"是。"林清连连点头。

林清已经确定，今天确实是自己的黄道吉日。

第四章　周末

林清很早就醒了。

昨夜的宿醉似乎已经消失无踪，看来好心情是最好的醒酒药，要知道，他昨夜至少喝了十几瓶啤酒，只是模糊地记得华芳菲吩咐公司的司机送自己回家。

现在是周六早上六点。林清估计自己只睡了几个小时，可是他现在分外清醒，毫无醉意。林清躺在被窝里，回味着昨天的一切：和罗安山的谈话，和何柏雄的谈话，和华芳菲的热舞，和王琳的重逢，她的话，她的吻……

"你还愿意把我当作当初那个公主吗？"

"下周见。"

林清的心快乐地跳动起来。他回味着昨天的情景，目光慢慢右转，看到床头柜上摆着的红包和装有平板电脑的盒子，似乎又要醉了。

林清从床上爬起来，让裸露的皮肤在冷空气中停留几秒钟，随后披上衣服，进入浴室。这么早，林清确信和他合租这套房子的李金子和李春还在睡梦中，不会用浴室。他脱下衣服，洗了个温水澡，他冲着头发上的泡沫，抑制不住内心的快乐，一边冲水，一边扭动身体唱了起来："我只要双节棍，哼哼哈嘿，我只要双节棍，哼哼哈嘿……"

下面的歌词他忘记了，不过这毫不影响他的好心情，他擦干身体，换上干净的内衣，穿上便服和羊毛袜子，把自己昨晚沾满酒气的衣服塞进洗衣机，就在台盆前开始刷牙、洗脸。牙刷该换了，牙膏也快用完了，毛巾也破了个洞，他往下巴抹肥皂时，看到了自己从宾馆拿回来的一次性刮胡刀。

今天可以全部换掉！再买两件像样的衣服。天可怜见，林清这一年以来过得有多拮据，一下子就是两万元，还有一部平板电脑，让他感觉自己霎时间就解决所有生活上的困顿了。他看着镜子里自己宛如圣诞老人的模样，做了个鬼脸，高兴地哼唱起来。

林清刮完胡子，看着镜子里的自己，精神抖擞，觉得自己实在是很帅气、很英俊……他自恋地笑着，把刮胡刀直接扔到垃圾桶里。一开门，吓了一跳，只见李金子披头散发地站在门口。

"你的声音真够烂的！"她咬牙切齿地说，"大清早的，你想把狼招来，还让不让别人睡觉了？"

李金子是朝鲜族人，在她们那里，上学时学的外语是日语，所以这些朝鲜族女孩通常都会汉语、朝鲜语、日语三种语言。在李金子面前，林清从来不敢说日语、唱日语歌，因为每一次都会遭到她无情的嘲笑。李金子相貌普通，头发染成棕色，在一家韩国公司做行政。李金子从来不允许别人进她的房间，每次洗衣前都往洗衣机里倒消毒液，也不和他们一起吃饭，还抱怨说超市里卖的朝鲜泡菜都是垃圾。李春动了追求她的念头，但被林清一句话怼了回去："她们一般只嫁本族。"

总体而言，李金子和他们相处得还是可以的，只要他们不干扰到她，别在公用部位影响她，她也无所谓，因为她大多数时间是在自己房间里听朝鲜音乐和上网聊天。

林清赶紧赔着笑脸，用海绵拖把将浴室的地面拖干。离开浴室，回到房间，林清打开了电脑，几分钟后，音箱里传出了悠扬的歌声：

"蝴蝶儿飞去——心亦不在——凄清长夜谁来——拭泪满腮——"

"叮咚——你有七封新邮件，请注意查收。"自动语音提示在音乐中插了进来。

林清充耳不闻，在音乐声中，他开始打扫房间，把桌上的废纸、方便面碗扔进垃圾桶里——反正不急于一时，况且现在的邮箱里垃圾邮件居多，即便有与工作相关的邮件，他也大可打扫完卫生，再"心旷神怡"地看邮件。而且，他还可以躺在床上，用平板电脑上网收发邮件。想到这里，林清满心喜悦，忍不住停下打扫，打开平板电脑包装盒，看着黑色的面板，从心里笑了出来。

林清把平板电脑放到电脑旁边，把包装盒扔到门口，然后继续打扫，先擦干净桌子，将脏床单、枕巾、被套全部换下来，统统拿到浴室塞进洗衣机，往里面倒洗衣粉，设定好洗衣机，按下了启动键。

在林清做这一切的时候，李金子穿着睡袍，抱着手臂靠在他门口，一边看他房间里脏乱的样子，一边皱眉头，发出"啧啧啧"的声音。林清很快后悔了——她的眼光迅速落到了门口平板电脑包装盒上，说道："怎么，今天变干净了？"

"我本来就是爱干净的人。"

"就你？你发财了？"她盯着他床头的平板电脑。

"小意思，赢的。"林清得意扬扬地说，这时他想起了华芳菲说的，还要让他买两套衣服，于是他从衣橱里找出自己平时上街背的一个单肩挎包，把那个鼓鼓囊囊的红包塞进了夹层。

"钱？这么多？"

"嗯，年终奖。"林清撒谎道。

"你们待遇真好啊！"李金子一边感叹道，一边走过来拿起平板电脑把玩着，"别忘了请客。这个东西，我先替你玩玩。"

"喂——"正当林清大声抗议时，她已经一本正经地回自己房间去了，"砰"的关上门，从门缝里飞出一句话："什么时候请客，什么时候还给你。"

"过分！"林清暗暗咒骂道，李金子平时连她妈妈做的泡菜都不给他们吃一口，现在竟然直接把他的平板电脑抢走了。

房间打扫干净了，气象一新，窗明几净。现在是早上八点，林清只能骂骂咧咧地坐在电脑前，用笔记本电脑阅读邮件。

七封新邮件中至少有四封是垃圾邮件，其他三封邮件中，一封是信用卡账单通知，另一封是朋友发来的电子明信片。还有一封不知发件人是谁，邮件名的字体不大，但对林清而言却相当提神醒脑："别做何华王纪的案子！"

什么？林清身子一挺，差点连人带椅翻了过去。林清站稳身体，迅速打开了这封邮件，里面没有正文，全部内容都浓缩在这个标题里了。

邮件是凌晨四点发出的，发件人的地址从未见过，名字叫作"BH2000"。林清不记得自己是否见过这个邮箱，然而这个邮件表明：这人认识自己，并且知道自己将要做何华王纪的案子，最可怕的是，这人知道自己的邮箱。

林清立刻搜肠刮肚地回忆自己认识的人里有谁符合上述条件，截至目前，知道他要办案的人只有何总和罗安山，但他们俩显然是不可能的；华芳菲也知道大概，可是，林清没有递过名片，所以她不会知道自己的电子邮箱。还有谁？事务所其他高管就更不知道了。

退一步，里面说"案子"，却没说什么案子。是别做何华王纪交来的这个案子，还是何华王纪交来的所有案子？如果是后者，那嫌疑人就太多了，几乎律师事务所所有人都看到了晚会上的情景，都知道他要成为何华王纪律师团的成员了，他们可全知道他的邮箱。

也许是没机会的律师嫉妒自己得到了这个机会，也许是律师团里的律师不愿自己来分一杯羹，他们发封电子邮件来骚扰一下？

好无聊。

熬了一年多，好不容易有了这么个出头的机会，你让我不做我就不做？再说，这个案子对他而言还有特殊意义……林清冷笑一声，就想删了这封邮件。然而，在鼠标点击"删除"之前，林清又改变了主意，他点击了"回复"，写道："你是谁？为什么？"

发送。

想让我不做？恰恰相反，你勾起我的工作欲望来了。林清把案卷摊在了键盘上。

为了自己的前途，还有，为了她……他必须认真对待这个案子。

起诉状，证据目录，厚厚一摞证据材料；传票、举证通知书、诉讼权利义务告知书。林清首先拿起诉状，他的表情严肃起来。

原告：马湘云；被告：王琳。

诉讼请求：依法确认王明道名下之何华王纪集团11%的股份归原告所有。

事实与理由：被告系死者王明道之女，也系其唯一继承人。1999年，何华王纪集团进行改制，增资扩股，原告出资三百三十万元，以死者王明道的名义入股，由王明道代为行使股权至今，并多次参加股东会议，签署股东会决议……有鉴于此，为维护原告合法权益，原告特致状贵院，请求依法确认王明道名下之何华王纪集团11%的股份归原告所有。

很显然，原告就是冲着股份来的，11%的股份，按照现在的市值已经上亿元了。

林清翻着证据材料，里面包括几张汇款单复印件，金额汇款人都是马湘云，收款人有的是王明道，有的是何华王纪公司，金额加起来正好三百三十万元。下面还有一张《出资协议》，内容是王明道代马湘云持股，其中一个细节引起了林清的注意：在这张《出资协议》的下方没有王明道的签字，只有一个四方形的图章。

他用铅笔在一张便签上写下："出资协议——无签字，有图章。"

再下面是十几份股东会决议，时间跨度长达十几年，内容不尽相同，共同之处是：里面没有王明道签名，而是马湘云签字。原告以此证明：她才是真正的股东。

林清翻阅过这摞厚厚的文件，在便签上写下："股东会决议——真实性？核实具体情况。"

想了想，又在下面写道："收集王明道签字的决议；核实原告身份；核实汇款单。"

写完这些，林清在电脑里新建了一个文档，做了一个图表，把每一份证据输入进去，在后面列道："真实性；合法性；关联性；备注。"

"真实性、合法性、关联性"就是所谓的证据三性了，后面的"备注"用来具体说明对证据的意见。他做好这个表格，松了一口气，等周一和罗安山、王琳见面时，核实相应的材料，必要的话，还要到何华王纪集团去核实情况，调阅材料。等情况了解清楚了，林清就可以设计出一个思路了。

不但要做，还要做好呢。

林清看了一下自己的邮箱，截至目前，没有收到任何新的邮件，BH2000没有回信，他也不指望他回信。他把证据材料仔细收好，放进公文包里，把电脑里的文档保存好，关上电脑。做完这一切，林清长长地伸了个懒腰，看了看表，居然已经十一点了。他这才感觉到，由于长时间在电脑前面弓着腰，肩膀和腰又酸又痛，肚子也开始咕咕叫起来。

林清还没有吃早饭。

去吃午饭吧，下午顺便去逛逛街，今天哥们儿有钱啦，可以奢侈一把。需要买的东西太多了：西装需要买套好的；还有衬衣——自己原来那几套衬衣翻来覆去地穿，领子都要洗破了；皮鞋，买双好一点儿的，当然还要买些鞋油、鞋刷什么的；要活得干净一点儿，所以要买新的毛巾、新的牙刷、新的牙膏、好的刮胡刀，还有刮胡泡……

想到这里，林清兴奋地笑起来，他列了个单子，犹豫着去哪里买衣服。他逛街从未买过衣服，也分不清衣服的好坏，但李金子的出现解决了他的难题。

李金子从房间出来往厨房走，看到他打扮整齐，便停住了脚步。

"你要出去吗？"

"嗯，去买衣服。"

"哦？你买衣服？去哪里买？"

"还不知道。你知道在哪里卖西装什么的？好一点儿的。"

"如果你请客的话，我可以陪你去，帮你参谋一下。"

只是一顿饭而已,这是林清的想法,一小时后,他就后悔了。李金子确实是个逛街高手,如果《中国达人秀》里有"逛街达人",她绝对会入选全国十强,她对服装品牌相当熟悉,只是……李金子进的都是女装店。

林清只得硬着头皮跟在她后面,好在她并没有要他付账,可是碍于情面,他不得不为她拎着东西。下午四点的时候,林清手里拎了四五个纸袋,里面有一双皮靴,两条裙子,一件外套。其中那双皮靴林清"友情赞助"了四百元钱,并且他知道,别指望她会还。

幸好李金子并没太过分,接着就带他来到了商厦的男装店里,一家家地逛过去。没什么经济基础的小律师林清看到标签上"3000元""5000元""8000元"一套的西装,差点儿吓得昏过去。

林清冒着虚汗,看着她在一件件西装中翻拣,不时拿出一套在他身上比量着,有几套他觉得差不多的西装,都被她挂了回去。还有一套银灰色的,林清看到价格只有800多元,不禁眼前一亮,李金子却"啧"地一撇嘴,把他扯走了,一连走了四五家店,他们什么也没买到。

女人逛街,这是怎么培养出来的耐心啊?

"这一套很不错。"李金子终于看中了一套西装。

这是一套藏青色的西装,林清首先又去看标牌:特价1299元。这还是个能接受的价格,李金子仔细地看了一圈,在他身上比量。

"比你平常穿的那套灰西装好多了。"

"小姐真有眼光,你男朋友身材高瘦,这套西装会很有型。"店员在旁边鼓动道。

"嗯,"李金子泰然自若地说,"你去试一试吧。"

林清松了口气。幸好李金子没挑3000元、5000元的,如果她挑了,自己碍着面子，是不是要买下来呢？他走进试衣间，穿上那套西服，感觉很贴身。走出试衣间，他在落地镜前看着自己。

很合身，很精神，西装接近黑色，显得他精干、帅气。

"先生体型好，很衬这套衣服。"店员小姐说，"这衣服你穿老好看的。而且今天特价，原价7800元，今天只卖1299元，满2000元还可以再减200元……"

"拿两套，要同一尺码的。"李金子未经过林清同意，对店员小姐说道。

这样的价格也可以接受，何况自己穿上确实很不错，林清的心放了下来，安心付了钱。接下来李金子带着他又跑了四五家店，给他买了三件衬衫，两条领带。只有皮鞋是他自己决定的，她要给他买一个外国牌子，他却坚持买了"登云"。面对李金子不满的眼光，他解释说支持国产品牌，其实真正的原因是这双比较便宜。

他们离开商厦的时候，林清的心情愉快多了，这些衣服都合他的意，价格也能接受。

"贤惠吧？"李金子指着自己问，"我今天至少给你省了几千元。"

"简直是贤良淑德。"林清恭维道。

"那就再欠我一顿。"

"行。"林清痛快地说。

他们又一起去了超市，林清买了牙膏和牙刷，买了剃须刀和刮胡泡，李金子给他选了爽肤水和乳液，还给他区分哪个早上用，哪个晚上用。当然，李金子也见缝插针地购买了很多"大家生活所需的东西"，比如洗衣粉、纸巾、她个人用的洗发水，等等，反正林清付钱。

"今天真是多谢你了。"回家的路上，林清真心实意地说。

"记得还欠我一顿饭就行了。"她笑着说。

让女人给男人选衣服，是最正确的选择吧，林清想，毕竟大多数情况下，男人穿着打扮的主要目的是给异性留下好印象。几年前，林清和王琳一起买过鞋，王琳也为他挑选过。后天，他将穿着今天这身行头去见王琳。

如果今天是王琳陪自己来买衣服，会是什么感觉？会更符合他的审美吧？

回到家，林清把满怀的商品一股脑倒在沙发上，李金子把属于自己的东西挑出来，包括那些"大家生活所需的东西"，毫不客气地抱到自己房间去了。林清把自己的东西拿到房间里，开始整理。有个女人陪着真好，他暗自感叹，李金子连一些细节都考虑到了，包括挂西装的衣架、衣罩。林清把西装和衬衣拆开，逐一挂好。敲门声响起，几秒钟后，李春出现在他门口。

"你发财了？"李春看着他面前的一包包衣服，睁大眼睛。

"没有啊，打折处理货。"林清赶紧撒谎说。

"李金子回来了吗？"

"回来了，在她自己房间呢。"

"嗯。"李春转身就出去了，几分钟后，他又溜回来了，小心关上门，低声问："哎！她晚上有朋友要来吗？"

"没有吧？"

"那你知道她今天去哪里了吗，或者发生了什么事？"李春露出困惑的表情，"她现在在厨房煮面呢，我看她切了好多黄瓜丝，那肯定不是她一个人的量，一边煮面还一边哼歌呢。"

可以理解，林清暗想。李金子今天讹了自己那么多东西，还拿走了自己的平板电脑，心情不好才怪。

"你说实话，你们俩是不是一块儿出去了？今天早上我就听见你俩说话，等我中午起来，你俩已经不在了——你们俩是不是在约会？"

"瞎扯什么！"林清骂道。

"你们俩肯定有问题！"李春气急败坏地说。

十分钟后，李春又换了一副笑脸——李金子煮的是拌面，居然还有他的一碗，这可是前所未有的事，以前她连口咸菜都不给他们吃。林清心里有数，她今天捞了不少，所以会犒劳他，顺便带上了李春。李春则有另一层理解。

"她应该是给我做的，你看我碗里的鸡蛋多大。"他得意地笑着，趁她去厨房时，小声对林清说，"你可是沾了我的光了啊！"

"圆润点离开行不？"林清低声说。

李春兴冲冲地吃着面，似乎李金子已经是他老婆一般。这面的味道确实不错，林清再联想到今天的购物经历，有厨艺，还会精打细算，李金子真是个适合当老婆的人。

如果今天不是再次碰上王琳，也许李金子会是个不错的对象吧？

想到王琳，林清发起了呆，在他眼里，那个从厨房里走出来的身影化作了王琳，笑盈盈地端出饭菜，李春的位置上坐着他们的儿子或者女儿，大声叫着："妈妈，我还要！"

会有这一天吗？林清憧憬着。

他突然很渴望有个家。

第五章　内幕

那天晚上，林清又打开电脑，虽然没有特别重视，但那封电子邮件还是给他造成了一定的心理影响，他首先打开邮箱，有些意料之中，也有些意料之外：BH2000邮箱居然又给他发邮件了。

"不要管我是谁。安全要紧，不要接这个案子。否则，你会后悔的。"

现在可以很确定，这个人针对的就是这个案子。都有谁知道这个案子？难道何总或者罗安山对别人说过此事？林清实在猜不出这个人的身份，仅就内容而言，他说是为了自己的安全，难道这个案子会要自己的命？

林清急忙再度拿起案卷，翻来覆去地看了半天，也没看出个端倪来。就算有危险又怎样？难道让自己放弃这个可能决定自己以后律师生涯的机遇吗？想到这里，林清莫名地恼怒起来。

"你到底是谁？不要开玩笑！"林清生气地回复道。

这一次，邮件迅速回复过来。

"听我的劝，趁早脱身，等后悔时就晚了。"

"要么说原因，要么别来骚扰我！"林清的反应近乎暴跳如雷。

这一次，林清足足等了十多分钟，也没收到邮件。

林清在自己的房间里一张一张地看案卷，用铅笔在上面圈圈点点，每一份文件他都看了很多遍，反复研究，突然想道：华芳菲不是也要自己"注意安全"吗？难道是华芳菲？

林清的手机响了。

"喂？"

"林律师——"一个女人的声音欢快地说，"在忙吗？"

"呵呵呵……"林清竖起耳朵，一时呆了，想谁来谁，打电话来的竟然就是华芳菲！

"听出是谁了吗？"华芳菲问。

"嗯……"

"贵人多忘事啊，你昨天晚上还叫我——"

"哎呀，芳菲姐啊！"林清叫起来，假装刚刚听出来，掩饰着自己的尴尬，"哎呀，我怎么也想不到您会给我打电话啊！"

华芳菲在电话里爽朗地笑了。

"小林，昨晚没喝多吧？"

"没有，今天还去逛了一天街呢。"

"购物去了？"华芳菲的口气听起来很轻松，似乎情绪很好，"很累吧，注意休息啊，周一你就要忙何总交代的案子了……"

"您还别说，我正在看呢。"林清说。林清竖起耳朵，如果是她，她会有什么表示吧？

"哦，这么用功啊？"华芳菲的口气似乎很随意，"怎么样，对这个案子有什么感想？"

"材料太少啊。"林清抱怨道，"仅凭这诉状，什么也了解不到，这个案子还牵涉到每个人相互之间的关系，需要了解的事情太多了——对了，芳菲姐，您对王明道和马湘云的关系熟吗？"

"你还真是问对了，"华芳菲答道，"对他们之间的关系，我还真是比一般人了解呢。"

"哦？"林清伸长脖子，"太好了，您什么时候有空，能不能给我讲讲？"

"这也正是我今天打电话来的原因。"华芳菲的口吻严肃起来，"你能主动看案卷，这很好，我喜欢上进的小伙子。要想在何华王纪的律师团里站住脚，必须很努力才行，一方面是自己的业务能力，另一方面也要抓住机遇，至于机遇能不能抓住，就要看个人的态度了。所以这个案子，你要用心做，一定要做好。"

林清不由自主地挺直身子，说道："是。"

"你是个不错的小伙子，我看人还是蛮准的，"华芳菲继续说道，"我很看好你，所以我也愿意在力所能及的范围内帮帮你。这个案子做得好与坏，可能会影响你今后的发展，所以我想让你明天到我这里来一下，我把案件背景情况讲一下。"

发邮件的人不是华芳菲，她在让自己把握好机会，做好这案子。

"嗯，好啊！"林清心想，她都说到这份儿上了，自己哪里还能说得出"不去"两个字，既然如此，自己还不如主动点，"芳菲姐，"他带着高兴的语气说，"那我明天去哪里找您？"

"呵……这样吧，明天下午两点，你到荣华东道，这里有一家'白桦'咖啡馆，你到这里来找我。记得这事要保密，对任何人都不要说，明白吗？"

"明白，明白。"林清满口答应着，心里却在嘀咕：难道是在做什么不法勾当吗？昨天晚上说去找她时"不要让任何人知道"，今天说见面要保密，"对任何人都不要说"，她在顾忌什么？对谁隐瞒？难道是针对何总和罗安山？

莫名的邮件，突然见到的前女友，神秘的华芳菲……

复杂，太复杂了。

林清带着这个疑问度过了那个晚上。第二天中午，林清早早出了门，按时赶到了荣华东道。这一带是外国人、港台人聚居区，号称"小台北"，所以咖啡店多，酒吧多。林清在街边找了半天，才在一个小区门口看到了"白桦"的招牌。

"来得很准时。"华芳菲赞许地说。看到林清在她对面坐下，郑重其事地拿出本子和笔来，她摆摆手，"不用记录，咱们只是私下谈谈。"

华芳菲看来早就到了，面前的咖啡杯已经空了一半。她今天的形象与舞会那天有着天壤之别，如果说舞会时是气质高贵，今天的样子则有点像邻家大姐。卷曲的头发披散在肩上，化着淡妆，松散裹在肩上的碎花披巾里，露出了淡雅的毛衫。坐在碎花布艺沙发上，华芳菲与这个场景显得非常协调，整体形成了一幅完美的画面，这幕场景让人不禁想起了诸如"午后休闲时光"之类的词语。

"我已经替你做主，帮你叫了姜茶，可以吗？"

"挺好的，挺好的。"

林清看着茶壶里的褐色液体，心里琢磨着如何进入正题。还不到两天，林清已经由最初的亢奋变得有些多疑了，他隐隐感觉这案子似乎没有表面看上去那么简单，不然，华芳菲不会讲什么"这个案子的水，比你想象的要深""要注意自己的安全……我会保护你的"，也不会有匿名电子邮件说什么"小命要紧""趁早脱身"。华芳菲也完全没必要今天专门把自己约出来"谈谈背景"。

"你看过案卷了？"

"看了很多遍。"林清听到她说案情，松了口气，"有些地方看不懂。"

"什么地方看不懂？跟我说说。"

"嗯……比如，假如这些汇款单是真的，王明道出资的钱为什么会从她的卡里打过去？"林清身子前倾，他有太多的疑问了，"王明道在公司里一般是用私章还是签名？为什么让马湘云参加股东会？公司究竟知不知道这份所谓的出资协议？公司认为谁是股东？"

"这是今天你想了解的全部问题，对吗？"

"哦……"林清决定大胆问出来，"上次，您对我说，这个案子的水，比想象中的要深，要我注意自己的安全，还说您会保护我。……这是怎么回事？"

"呵呵……"华芳菲的眼睛在眼镜后面扫描着林清，"我知道，你一定会问的。我看得出来，你不是个乱讲话的人，可是我还是要求你，在我讲之前，你必须向我保证。"

"保证什么？"

"我今天和你见面的事，以及我对你讲的一切，绝对不可以告诉别人。你能保证吗？"

"我保证。"

华芳菲足足盯了他十几秒，然后端起咖啡杯，抿了一口。

"我相信你，"她往后靠去，身体几乎陷入了沙发靠垫里，"我就跟你说说这个案子的背景吧。你刚才问了很多问题，仅就案子本身而言，都是很重要的问题，这说明你的确仔细研究了这个案子。可这个案子并不仅仅是一起诉讼，背后的事情，可能远远超出你我的想象。"

"怎么说？"

"比如说，马湘云和王明道的关系，你是怎么理解的？"

"他们是男女朋友。"林清脑子里冒出了"非法同居""姘居"等词语。

"不仅仅是男女朋友，他们是夫妻。虽然没有领结婚证，可他们与真正的夫妻没有区别。"华芳菲在"夫妻"二字上加重语气，"你看到的只是她在争夺遗产，可是我们都知道，她和老王的感情非常好，她只是在抢本应属于自己的东西。她经济条件是很不错的，在老王最困难的时候和老王走到一起，帮老王还了所有外债。那时候，她这个人做得真是让我们没话说，后来出了一件事，让老王一直愧疚到今天，你知道她做了一件什么事？"

"什么事？"

"她怀孕了。他们在一起一段时间后，她怀孕了。"华芳菲端着咖啡杯，娓娓而谈，"这本来是一件大喜事，可是老王那段时间还在四处找自己的女儿，他这个人心思比较重，总认为自己对不起女儿，如果再要一个孩子，他对女儿的负疚感会更深。换了别的女人，都会和他翻脸，可是马湘云也没吵，也没闹，自己就去医院把孩子拿掉了，当时孩子都五个多月了，引下来一看，还是个男孩……"

"啊……"林清低声惊呼。

"更严重的是，引产的时候她大出血，最后不得不动了手术。命是保住了，可是……她再也不能生孩子了。"

"啊……真是太可惜了。"林清低低呻吟了一声，声音充满了痛惜之情。

"你知道，生育对于女人来说有多重要，有个自己的孩子……"

华芳菲有些干涩地说，"我们都说，她为老王做出的牺牲太大了。老王知道后，跪在她面前痛哭流涕，可她一点儿也不怪老王……出院后她身体一直不太好，可她对老王还是一如既往，毫无怨言。"

林清摇摇头，这女人实在是太好了，王明道上辈子积了什么德，才会遇到她的？为了他，竟然再也生不了孩子，这是何等的牺牲和亏欠啊？

"现在你知道，老王和她的感情如何了，除了没领结婚证，事实上他们二人和夫妻毫无区别。老王曾经想领结婚证，可是马湘云不肯，她说既然自己不会再有孩子，老王的孩子就是她的孩子，她希望有一天能帮老王找回女儿，直到女儿接受她，她才会嫁给老王，一家三口在一起生活。唉……女人哪！"华芳菲感叹道。

"这真是难得一见啊，"林清也感叹道，"这样的女人，现在哪里还有啊！"

"你这么认为？"华芳菲微微摇头道，"好女人永远有，你才见过几个？"

"呵呵……"林清有些发窘，掩饰地干笑两声，端起茶杯喝了一口，"我……等一下，你说马湘云希望和老王的女儿生活在一起？那她为什么要打这场官司？"

"呵呵呵……"华芳菲笑起来，"我的傻弟弟，一个巴掌拍不响，她想和小姑娘一起生活，也要人家小姑娘肯才行啊，人家自己有妈妈，还会和你这个没名分的人在一起住吗？"

林清默然。如果自己是马湘云的话，此时能做的唯一一件事，也只能是先抢财产。毕竟自己没有名分，从法律上来说不是继承人，自己和老王这些年的打拼很可能就归了人家，自己则什么也落不下——

如果房产证上也是王明道的名字，她甚至有可能被扫地出门。

而且，王琳的妈妈肯不肯和她共处一室……唉，答案百分之百是否定的。当代社会，女同志都有强烈的主权意识，无论是财产还是老公，一向是"神圣不可侵犯"，想搞什么一夫两妻，那是想也别想的。

林清感觉自己对马湘云越来越同情。一个女人，全力为所爱的男人，做出了巨大牺牲，最后却可能落得个可悲的下场。

"你是想帮马湘云吗？"

"不是，绝对不是。"华芳菲斩钉截铁地说，"你是小姑娘这边的律师，而且这是何总交代的案子，你一定要努力做，尽力帮小姑娘争夺财产！"

"啊？"林清有些发蒙，如果是这样的话，那华芳菲刚才和自己说的那些话有什么意义？

似乎是看出了林清的困惑，华芳菲笑了笑，说道："律师嘛，代理哪一边，就要为哪一边服务，不是吗？这个案子搞好了，你在何华王纪的地位就能稳固，前途不可限量。人总要抓住机遇，不是吗？"

林清挠挠头，困惑不已。华芳菲的脸色严肃起来。

"你现在对马湘云的印象是不是比较好？"她不等林清回答，接着讲了下去，"那么你再听一下下面几件事，听完之后看自己有什么感觉。先说一年前，老王找到了女儿，不过马湘云和这个女儿却一直相处不好。她们吵过架，马湘云把老王的女儿从家里赶了出去。"

"什么？"

"惊讶是吧？"华芳菲见怪不怪地说，"后来她和老王吵过很多次。说实话，我们都有些看不懂，只是感觉老王和她之间发生了什么事。后来没多久，老王就死了。"

"这……"林清脸色变了,她在暗示什么?

王明道是出车祸死的,这是林清得到的消息,而且马湘云的诉状上也写着他意外身亡,华芳菲先说马湘云和王明道发生矛盾,接着说王明道"不久之后死了",林清不得不想到一个"因果关系"上去。

因为有矛盾,所以王明道死了。

"他不是出车祸死的吗?"

"确切地说,是酒后驾车,冲下山崖。"华芳菲淡淡地说,"老王出事后,我和四川分公司的唐总都赶了过去,辨认遗体,顺便还去了事故现场。那是一条盘山公路,只能两车并行,公路上下坡角度很大,而且急转弯很多,路况也不好……警察介绍说,老王的血液里检出酒精含量很高,属于醉酒驾驶,看来,他是酒后驾车,冲下山崖的。"

华芳菲的镜片闪着光。

"老王这个人——很少饮酒。"

"啊!"

"这还不是全部……"华芳菲压低声音,"老王在四川那两天,马湘云也坐飞机去了那里一趟。这件事她瞒着所有人,可是我知道。"

第六章　协议

　　林清不傻，把华芳菲讲的这几件事串联起来，即便她没有暗示什么，但是会有什么结论，他心里有数。

　　"您怎么会知道？"他怀疑地问，"您怎么会去查她去没去四川？而且……你能查到航空公司旅客信息？"

　　"呵呵……"华芳菲欣赏地看着他，"你反应得很快啊，不错不错，你真的不错……我也是机缘凑巧才知道了这件事。老王死后，我们也通知她来处理后事，她是当天夜里坐飞机赶来的，一看到尸体就哭昏过去了。我们把她送回宾馆，她已经不能自理了，很多东西都是我们给她拿着。就是那天，她的手机接到一条短信，她不知道，当时正好是我拿着她的手机。"

　　华芳菲一字一句地说："那是航空公司发给她的，通知她，她前两天到四川的往返里程已经累积到她的常旅客金卡里了。就是老王在四川的那两天。"

　　"啊……"林清感觉整个咖啡厅都变得阴暗、沉闷起来。华芳菲的声音不高，却犹如一双无形的手，把他推向一团黑色的迷雾里。

"自从知道老王是酒后驾车，我就觉得有些奇怪，又得知马湘云在此期间到过四川，我当然会有想法。她下飞机，见到尸体时，绝口不提来过四川，而是哭诉说一周不见，怎么就天人相隔了？如果不是和老王在一起，她去四川干什么？如果是和老王在一起，怎么会说一周不见？"

林清竭力想象着那种场景，慢慢点点头。

"从那边回来，我就去找了民航的朋友，"华芳菲笑了笑，"像我们这些人，在各行各业都有些朋友和关系，没多久我就查到，马湘云确实在那两天去了四川，她居然是和老王同一天去四川的，这绝对不会是巧合。"

林清点着头，心里感叹：对面这个女人确实厉害，心思缜密，再加上丰富的人脉，难怪可以跻身于大集团的领导层。想到这里，林清冒出一个念头：她为什么要和自己说这些？

林清的注意力立刻转移到了这个问题上，自己只是前天晚上才和她见面，只是跳过一支舞，她却郑重其事地要提醒自己，"保护"自己，主动告诉自己这么多事情，教导自己好好做案子——她是对每一个新律师如此，还是专门对自己如此厚爱？世界上没有无缘无故的爱，帮助自己也要有个理由。

要想培植势力，现成的律师一大把，没必要找一个新手；要说意气相投——这种鬼话谁信啊？

在林清这么想的时候，华芳菲讲出了下一句。

"后来我发现，马湘云与一些不明势力的人来往密切……"

"不明势力？"林清张大嘴，问道，"什么叫作不明势力？"

"傻弟弟，要不怎么会有一种人，叫作流氓二流子呢？"华芳菲嗔道，"说实话，现在的马湘云似乎完全变了个人，我都吃不准她会做出什么来。你知道我在怀疑什么，我也不瞒你，我现在最怕的是她会对老王的女儿下手。我已经借口安排了一个更好的宾馆，给那对母女换了个地方，然后暗中派公司保安部的人二十四小时在附近盯着。"

在华芳菲说到王琳的时候，林清几乎要站起来了，直到她说派人暗中保护，他才坐了下来。还没等林清松口气，她就提到了他。

"我上次跟你说的注意安全，就是指这个。你知道这些股份值多少钱，这可不止一个亿，值得让人铤而走险。只要能破坏对方的诉讼准备，什么招数都可能使出来，包括在开庭前一天废掉对方的律师，让对方措手不及，那时也来不及找一个新的律师。"

废掉律师？林清顿时感觉后背凉飕飕的！他突然感觉自己似乎陷入了一个旋涡中，即将被吞没。华芳菲郑重地说道："我告诉你，盯着老王这股份的人，远远超出你的估计。这其中的利益纠葛，说一天也说不清楚，每个人都有自己的算盘。罗安山带你去见何总，一个小时后我就知道了，别人当然也会知道。只有你自己不知道，你早已被很多人盯上了。"

"这……"

"你放心，我说过会保护你，就一定会保你周全。"华芳菲斩钉截铁地说，"我明白这个案子对你个人的重大意义，我一定会帮你做好这个案子。只要你按我说的做，你一定会成功，而且一定会安全。"

"芳菲姐……我只是个小律师，你为什么会这么关心我……要告诉我这些？"林清问。

华芳菲富含深意地看着他。

"你先告诉我，这些信息对你有帮助吗？"

"当然有。"

"你以后还会遇到很多问题，很多。"华芳菲把脸朝向窗外，街道上的光线已经有些阴暗了，"我今天讲的只是一小部分，你还会需要向我了解更多事情。我还是那句话，如果你找我帮忙，我会真心帮你。"

"谢谢你，芳菲姐。"林清赶紧致谢，"真不知道怎么感谢您才好。"

"不用感谢，我不会白告诉你。"华芳菲用一种没有感情的声音说，"我会帮助你，会保护你，当然也要求你的回报。"

"哦……"林清被她这句话噎住了，不知如何回答才好。华芳菲要求回报，林清也不相信今天这一切是没有目的的。自己能给予何种回报？林清考虑了自己的财力、业务能力、地位，陷入了迷惑中。

半晌，林清才勉强笑道："嘿嘿……华姐，您看，我怎么回报您？"

"答应我一件事，而且保证做到。"

难道华芳菲要自己去做什么违法的事情？她想利用自己达到什么目的？她说过很多人在盯着这股份，难道她也是其中之一？林清的脑子里闪过这个念头，如果是这样的话，自己宁愿死也不能做。就在他这么想的时候，华芳菲似乎看出了他在想什么。

"你放心，我对老王的股份没兴趣，我不会让你做违法的事情，也不会是坏事。"

林清松了口气。不图财，那她图什么？

林清感觉浑身燥热起来，额头冒出了汗。华芳菲恬淡地坐在那里，双手交叠，放在膝上，如同女神。

"从现在起，到这个案子处理完之前，每个周六，你都要到我家里两小时。陪我共进晚餐，然后，陪我跳一支舞。"

"什么？"林清怀疑自己的耳朵出了问题。

"你放心，我不会对你做什么事。"华芳菲干脆地说，"每周一次，和我跳舞。这两个小时里，你要按照我的要求去做，我会让你按时离开。只要你按照我的要求去做，你会发现，这对你没有任何坏处。"

这是什么要求？林清睁大眼睛看着华芳菲，她的表情很严肃，看起来是认真的。

"我在等你的答复呢。"华芳菲用平缓的语气说。

不会对自己做什么事……而且，接下来在案件里，可能还会需要她更多的协助。林清的心激烈地跳动着，他求救般地左右看看，又再度和她对视。

华芳菲的目光是如此地深邃。

林清点点头。

"这是我们的协议。"华芳菲加重语气。

林清的脸涨红了，他用力点点头。

"好，今天是第一次。"她用决定的口吻说，"跟我走。"

"去哪里？"

"当然是去我家。"华芳菲指指外面，"到门口那辆红车边上等我，我付完账就来。"

现在就去？林清的心悬着，他几乎僵硬地走出咖啡馆，脑子里回想着刚才那些话：每周一次，共进晚餐，和她跳舞——就这么简单？这算什么条件？

像她这样的身家，找人陪她跳舞真是太容易了。仅仅是跳舞和吃饭这么简单？她似乎还说过一切要按照她的要求去做，她会要求什么？

到了华芳菲的家里，一切按照她的要求行事，怎么听都像是"任我摆布"的意思，探戈本来就是比较亲密的舞蹈，再加上共进晚餐，任她摆布无论怎么想……下面都应该是限制级内容了。

想到这里，林清打了个哆嗦，都没注意到华芳菲已经来到车边，让他上车。这是辆红色跑车，林清坐在华芳菲身边，却宛如坐在红色的囚笼中。

华芳菲的车里散发着薰衣草的清香，座位上的卡通靠垫和布艺娃娃清楚地提醒着他主人的女性身份。华芳菲开车的时候很放松，随手按了一个按键，车里立刻响起音乐。

一个富有磁性的女声在轻声吟唱，她的歌声悠扬悦耳，带着一股深深的忧伤。林清听不懂她唱的语言，只是感觉异常熟悉。

"听过这首歌吗？"华芳菲问，看到他迷惘的脸色，她没等他回答，"也是，你没学过西班牙语啊，难怪那首《一步之遥》你唱得错词连篇。"

"什么？"

"就是你在年会上唱的那首歌啊。"华芳菲笑了，"没关系，唬唬人还行。这首歌名叫《另一个人》，唱歌的人是安娜·朵萝哈，我很喜欢她的歌，你喜不喜欢？喜欢的话，我给你刻录一盘。"

"多谢……"林清晕头转向地说，"芳菲姐，您会说西班牙语？"

"当年我在西班牙留学啊。"她笑着说，"所以我一听你开口，就知道你是用中文标出来的歌词。人家当年说洋泾浜英语，你这是洋泾浜西班牙语——不过，唱得不错。"

林清尴尬地笑着，本来是有卖弄的成分，没想到那天在关公门前要起了大刀，华芳菲居然是西班牙留学归来的，自己还浑然不知。中国人留学大部分都往英美跑，或者去法国德国，去西班牙还真不怎么热门。

"您在西班牙什么学校？"

"我在塞维利亚，塞维利亚大学社会和文化人类学专业。"她苦笑一声，"和我现在的工作没什么关系。"她似乎有些伤感，"一晃过去很多年了……"

"那边好玩吗？"

"看你怎么理解了。如果你要说城市的话，那边肯定比不上这边。"华芳菲把音乐音量调小了一点儿，"真去了那边，你可能还会觉得不习惯，他们怎么那么悠闲，那么懒散，很多东西也不如我们这里现代，跟我们这边的二、三线城市差不多。不过，我倒挺羡慕他们，没有这么多高楼大厦，大家似乎都活得很轻松。我们出去留学，不是比这些硬件，而是去体验一种生活方式——我挺喜欢那边的。"

"真希望去那里看看。"林清客气地说。

华芳菲恍然未闻，半晌，她幽幽地说："塞维利亚……塞维利亚……你还记得我吗？"

这句话林清一点儿也没听懂，他讪讪地坐在副驾驶座位上，感觉华芳菲截至到目前似乎并没有表现出什么不良倾向来，心里稍稍安稳了些。刚才的那首歌已经唱完了，下一首仍然是一首婉约的曲子，华芳菲一边开车，一边随着音乐哼唱着。

车开进了小区大门，林清看着四周林立的高层住宅，心里涌出一股敬畏感，想着：不知何时，才会有属于自己的房子？华芳菲把车开进地下车库，娴熟地停到车位上。林清从车上下来，跟着她走向电梯，她的步伐轻快、自信，林清感觉那种可怕的忧虑再度向自己袭来，离她的家越近，他越紧张。电梯一直升到了二十三层，他们踩过可以照出影子的大理石走廊，来到了深红色的大门前，华芳菲用自己的手指触摸门禁，门"咔哒"一声，打开了。

"进来吧。"

林清深吸一口气，走了进去。门口是一个鞋柜，他在华芳菲的指示下换了鞋，随后走进了一个大厅。客厅的一面靠墙摆着宽大的真皮沙发，上方挂着两幅油画，画的都是海边风景。对面的墙壁上挂着电视，客厅的地板上铺着厚实的地毯。客厅的尽头连着餐厅，有一张长桌。

房间的摆设虽不简洁，却也不杂乱，给人一种温暖的感觉。华芳菲指指沙发，把挎包扔到门口的凳子上，说道："你坐吧，我去做晚餐。桌子上有水果，你看一会儿电视吧。"

"需要我做什么？"林清惴惴地问。

"不需要，你只要听我的安排。在我要你做什么事之前，你随意，想参观参观我的家也可以。"

华芳菲说完就进房间去了，尽管她说"随意""参观"，但林清哪里敢。林清拘谨地坐在沙发上，感觉沙发柔软得有些过分，他几乎要陷进去了。几分钟后，华芳菲从房间里走出来，她换了身居家服，衣衫宽松，穿过餐厅，走进了开放式厨房。

"你知道塞维利亚最好吃的东西是什么吗？"

"哦，不知道。"

"是西班牙小食品……怎么解释呢，类似于我们这里的小菜吧，"她一边埋头在吧台后面忙碌着，一边解释道，"当年我们留学时，都在小餐馆里打过工，在西班牙，每个人都喜欢小菜，每个餐馆都有自己制作的小菜，我跟他们学着做过几样，回国以后自己做着吃，虽然没有原料，不过大致的味道还是对的。"

华芳菲哼着歌，打开冰箱，拿出一个又一个盒子，摆在操作台上。

"你坐着等吧，很快就可以吃了。"

林清坐回沙发上，有些好奇，又有些紧张。华芳菲的哼唱从身后传来，伴随着器皿的声音，她似乎心情很好。她哼唱的都是西班牙语歌曲，林清一首都听不懂，平心而论，她的声音很不错，轻声的哼唱也很有韵味，可惜以林清目前的心情根本体会不了。林清现在满脑袋都是猜测，不知她会让自己做什么。

"晚餐好了，来吧，去洗手。"华芳菲招呼道，"不要这么拘谨，把西装脱掉吧，挂到门口去。"

开始脱衣服了，林清想。他的额头冒出了汗，却只能按她的要求把西装挂到门口，在华芳菲的指引下，林清到卫生间洗手。关上卫生间的门，林清站在洗手池前久久凝视着镜中的自己：脸色略显苍白。

第七章　玫瑰探戈

餐桌上每边摆着两个盘子，一个盘子里摆着几粒黑色的东西，似乎是橄榄，还有几片肉，两只虾，一些似乎是牡蛎肉的东西，另一个盘子里是辣椒、土豆。两个盘子边是一只小碗，里面应该是蔬菜沙拉，每人的餐盘前放了一个高脚酒杯，里面倒着深褐色的液体。

餐桌的中间没有蜡烛，这让林清心里安稳了些，他发现华芳菲不在餐桌边，也不在厨房。林清四处观望，不知她去了哪里。

"不是非常正宗，可是，相比中国的西班牙风味餐馆，这绝对更地道，更接近塞维利亚的味道。"华芳菲的声音从另一个方向传来。

林清回头望去，心里一寒。

她换了衣服，一套深蓝色的丝质晚礼服长裙，左肩裸露，手套过肘。长裙的左右并不对称，左边长至脚踝，右边却刚刚过膝，她换了一双很高的银灰色高跟鞋，衬得她高挑而窈窕。

看到林清发呆的样子，华芳菲莞尔一笑，关上了灯，房间里只剩下餐桌上面吊灯的柔和灯光。她走到餐桌前，坐在椅子上。

"坐吧，今天晚上，我们在西班牙。"她举起高脚杯，"赫雷斯酒，咱们又叫雪莉酒，配着小菜，希望你喜欢。"

　　林清机械地和她碰了碰杯，把酒杯放到嘴边，酒的味道很甜，似乎是葡萄酒。放开一点儿吧，是福不是祸，是祸躲不过，该来的，就算再担心也会来的。想到这里，林清似乎轻松了许多，咂着嘴放下酒杯，拿起叉子叉了一粒橄榄放进嘴里。

　　"很好吃。"林清主动说道。

　　"你喜欢就好。"

　　"您是打工的时候学的？"林清问，"你们上学时还打工？"

　　"要挣生活费啊。"华芳菲笑了，灯光打在她的脸上，朦朦胧胧的，"你可能想象不到，我洗盘子洗碗有多快，那时候我们都没钱，每周至少有一半的时间在打工，不然就没钱吃饭。我们的午餐经常是面包夹一片火腿，拿到薪水时，我们会买两杯调制酒，一两样小菜，对我们来说，这就是难得的奢侈了。"华芳菲望着吊灯，似乎很怀念，"我就是那时候学会做小菜的，自己做会便宜点。"

　　"哦……真不容易。您就是在那时候学会跳探戈的吗？"

　　"当然。不过，没花钱，因为我也没钱学。"华芳菲笑着说，"我是跟一个中国人学的，他到西班牙学舞蹈，可是不会说西班牙语，只会讲几句英语。我帮他补习西班牙语，他没钱付给我，就教我探戈。"

　　"难怪您跳得那么好。"林清恍然大悟，"您是跟专业人士学过。"

　　"等这个案子办完了，你也会跳得非常好的。"华芳菲轻轻巧巧地把话题带过了，"干杯。"

　　林清感到自己的后背潮湿了，一股热流在身体内流淌，洋酒果然不适合自己啊。他和华芳菲的话题从她的大学时光转到了他的大学时代，当他喝完两杯赫雷斯酒后，觉得头有些昏，面前的餐盘空空如也。

灯光中的华芳菲是如此妩媚动人。

"现在，陪我再跳一支探戈吧。"华芳菲的声音柔和，却又带有命令的意味。

林清早已没有初来时的顾虑了，听到她的话，他站起来，向她伸出手去。

华芳菲戴着丝质长手套的手放在他手里，他们走过客厅，华芳菲引着他向里面的房间走去。华芳菲要带自己进房间？林清的身体燥热起来，然而几秒钟后，他意识到自己错了。

这间房间很大，很空旷，有二十几平方米。红褐色的地板，整面墙的落地镜，一边墙角放着音响和一个长条沙发。

"这是……"

"我的舞蹈房。"华芳菲笑着说。她松开他的手，走过去把窗帘拉上，然后走到音箱前，"进来，把门关上。"

真的要跳舞？林清揣测着，转身关上门。

华芳菲在一摞光碟中抽出一张，塞进了音响，音响上闪出了蓝色和红色的光条。小提琴的前奏在室内流淌，她站在房间中央，向他伸出了手。

"这里全是探戈的舞曲。过来，"华芳菲温柔地说，"牵住我的手。"

林清走过去，握住她的手，虽然隔着手套，但她的手还是那么柔软和温暖。他们彼此拉了一下，她旋转了一圈，和他贴在了一起。

"你的舞步并不标准。"她说，"我要教你基本的步法。从现在起，跟我走。"

林清感到她的身体不时随着移动紧贴在自己身上，不禁有些分神。华芳菲带着他一步步滑动，教他的脚走出 S 形、Q 形的步法，这一次华芳菲没有配合他，他们的合作便没有年会上那么顺畅，也没有那么多花哨动作，他们一次次从房间的一边移到另一边，不时做出定位动作，她一次次纠正他的动作。经历了前十分钟的忙乱，林清似乎摸到了些门道，在接下来的练习中，他可以顺畅地跟着华芳菲的步法前后滑动了。

"你做得很好，学得很快，"华芳菲含笑鼓励道，"比我当年学的时候快多了。"

"谢谢夸奖。"

"现在，放松，和我跳一支舞。"

他们此时站在沙发旁边，华芳菲从沙发扶手上拿起一个小巧的遥控器，点了一下，熟悉的旋律在林清耳边响了起来。

"这首曲子！"林清有些讶异，"那首《一步之遥》！"

华芳菲没有回答，她揽住他的肩膀，他们伴着节奏快步滑到了房间中央，这次华芳菲的舞步没有上次那么平和，很快她就做出了踢腿动作，林清早已忘了什么脚下的步法，尽力去配合她的动作。

华芳菲似乎沉浸在自己的世界里，大多数时间眼睛是微闭的，动作性感而有侵略性，当她突然揽住他的脖子向后倒去时，林清猝不及防，尽力搂住她的腰，使劲站稳，才没有被她带倒，她的身体在他怀里做了一个仰躺的动作，然后用力拉了起来，一个旋转，已经到了他的身后，双臂在他脖子两边伸到他的前面，按在他的胸口上，如同抱住他一般，随后用力收回，手划过他的身体，扶住他的肩膀，借着他身体的支撑，踢腿，顺势旋转，又回到了他的身前，左手揽住他的脖子。

当曲子终了，她保持着揽着他脖子的姿势足足十几秒。林清的脑子一片混乱，他喘息着，不知道接下来会发生什么。她的身体紧贴着自己的身体，她的左腿还压在自己的腿上，身后就是沙发，如果她顺势将自己推倒——

华芳菲松开了他。

林清站在原地，有些轻松，却也有些失落。华芳菲旋转了一圈，对他微微一笑。

"很久没这么痛快地跳过了，虽然你有些笨拙，但至少没让我摔到地上去。"

华芳菲走到音响前，关闭了电源。

"今天就到此为止……下周六晚上六点，你要准时到我这里。记得回家多多练习我今天教你的步法，下次如果我发现你没有长进，我会不高兴的。"

"好了？"

"好了。"华芳菲满足地答道，"还有一件事，记住，你今天没有见过我，我没有向你讲过任何事，你记住了吗？"她的表情严肃起来。

"记住了。"

"你休息几分钟吧，我开车送你回家。"

真的只是陪她吃饭和跳舞，林清走出她的家门时，还在将信将疑。华芳菲把自己叫出来，莫名地讲了许多案件背景，然后作为回报，要求自己每周陪她吃一次饭，跳一会儿舞，没有做任何事，把自己送回家——恍如一梦，一切都是那么不合常理，可是却真实发生了。

华芳菲把他送到他的住处楼下，嘱咐他早点休息，就驾车离开了。看着她的车灯远去，林清感觉脑子里混乱不堪，自己刚才和她跳舞的时候，心里真实的情感到底是什么？是恐惧，还是……期待？

林清就这样心情复杂地走进房间，李金子穿着睡袍，站在客厅窗边，看着楼下。

"车不错啊……是个有钱的女人吧？"

"什么？"

"别装了，"李金子的嘴角露出嘲弄的笑，"那种车一般只有女人才会开，我看到你从车上下来了，难怪你会这么有钱啊……你自己闻闻，你身上一股香水味。"

"那是客户。"林清有些狼狈地解释道。

"没必要跟我解释嘛。"李金子不咸不淡地说了一句，转身回房间去了。

周一早上，林清确定自己的物权绝对受到了非法侵犯：李金子把平板电脑还给他的时候，满脸心不甘情不愿，先是声明不许他删除她下载的游戏和程序，然后又提出了一个"每人轮流用一天"的条件，才把这东西还给他。

林清刮过胡子，下巴没有一点儿胡茬儿，还用啫喱水喷过头发，洗完脸后，他往脸上抹了爽肤水，弄得手上和脸上香气扑鼻；穿上崭新的衬衣、西装，打上领带，他几乎认不出来自己了。

林清从没这么英俊过，从没这么干净利索过。

今天王琳会来办公室，他迫不及待地想以这副形象出现在她面前。

李金子早上出门时，看到林清这副打扮，对他进行了一番感恩教育，临走还帮他把领带整理了一下，林清带着良好的感觉出了门。赶到办公地点时还早，他到附近的小店里买了奶茶和面包，拎着纸袋向路口走去。穿过路口，他来到办公楼下，眼睛突然被一个熟悉的身影定住了。

王琳正站在办公楼下，旁边是她的妈妈。

她们这么早就到了？他来不及多想，急忙小跑过去。

"王琳、阿姨，你们这么早就到了？"

王琳转过脸来，眼睛一亮——这也是他期待的表情，然后她的妈妈看到他，脸上的表情比较复杂，随后就浮现出了尴尬的笑容，说道："小林。"

"来了多久了？"

"五分钟左右。"

"来吧，外面冷。"

林清带着她们进入大厦，坐电梯来到了五楼。在电梯里，王琳轻声说："今天很帅嘛。"

林清的心飘了起来。他用磁卡钥匙打开了事务所的大门，打开电灯和空调，把她们带到一间小会议室里，问道："你们吃早饭了吗？"

"吃过了。"

"喝点什么？咖啡还是红茶？"

"都可以。"王琳看着他，他相信那是欣赏的眼光。

"罗主任什么时候来？"韩昭仪问。

"一会儿就会来的。"林清把两杯红茶放到她们面前，"你们先坐一会儿，我把你们这个案子的材料拿过来，有几份文件需要打印。"

林清把文件打印出来，把整理好的文件放到文件夹里——这样显得专业，而且显得很重视这个案子，能够给客户一个好的心理暗示。

事务所的人陆续来了，林清拿着案卷走向会议室时，前台小姑娘和另一个女律师正好走进来，一看到他先发出一声"哇塞"，接着就说起舞会的事，闹着要他请客，她们说着说着，突然不约而同地把鼻子凑到他身边用力闻着。

"你还喷香水啦！"

"你要上电视台参加相亲节目吗？"

罗安山来了，他拎着公文包，大步流星地走进事务所，她们一看到他，就收起笑脸，逃走了。林清一直跟进他的办公室，汇报道："王琳和她妈妈来了。"

"什么王琳？——哦，是何总介绍的那个案子吧？"罗安山轻叩着额头，"她们已经来了？嗯，你先和她们坐坐，我马上就来。——你看过案卷没有？"

"看过了，我列了个提纲，很多案情需要了解，可能还要找何华王纪集团了解……"

"知道了，"罗安山摆摆手，"你去陪当事人吧，我把这里的文件整理一下，就过去听你分析案情。小林啊，这个案子我只是听一听，具体怎么做完全由你自己决定，我是很信任你的，嗯？"

"谢谢主任信任！"

嘴上虽然这么说，但此刻林清的思想却复杂得多。和华芳菲的谈话不可能不对他造成影响，他不是个傻瓜，一旦从激动中冷静下来，他本能地分析起了自己面临的状况：机遇与风险并存，不过风险却可能是人身安全上的。林清甚至想，罗安山是否知道这风险？正是知道有这风险，才让一个小律师接手此案，这样出了事也牵连不到自己？

然而，罗安山的话打消了他的疑虑——他根本没想到当事人会来，看起来一点儿也不重视这个案子。如果如自己所想，罗安山应该积极研究案情才对。林清退出罗安山的办公室，关上房门，深吸了一口气：居然会让自己独立做这个案子！这可是标的额上亿元的案子啊！就算有风险，也值得！

林清带着这种激动来到了会议室，把文件夹在会议桌上铺开，拿过一本拍纸簿，一支铅笔，放在文件夹旁边。随后他把粉板拉到身后，用水笔在上面写了两个字，试试水笔有没有水，然后用粉擦擦掉。林清竭力把这一切做得很娴熟，有条不紊，显得华丽而专业。

"来啦？"罗安山向王琳和韩昭仪招呼道。罗安山不知何时进的会议室，一副老大的派头，却又不失热情地向韩昭仪伸出手去。

"妈，这是他们事务所主任——"王琳看着林清，林清提示道："罗主任。"

韩昭仪紧紧握住了罗安山的手，用力摇晃着。

"罗主任哪……我是小琳的妈妈，我们小琳这事，就拜托你了！"

"好好好，好好好。"罗安山客气地说，"我们一定会尽力的。"

"罗主任哪，我们家孩子命苦哇，"韩昭仪被罗安山劝着坐下，仍然死死抓着罗安山的手不放，"好不容易找着爹，他爹就莫名其妙地死了，身后留下点钱吧，还被人家惦记着，还来告她。这事你要是能办成，你就是我们家的救命恩人哪……"

"好好好，好好好。"罗安山脸上带着笑，往回抽着手，"小林啊，你还不给人家换杯水？你看都凉了。"

"啊，不用不用。"韩昭仪赶紧抓过杯子，喝了一口，"不凉，不凉，别麻烦，你看，大清早就来麻烦你们……"

借着这个机会，罗安山总算抽回了手，他顺势坐到对面的椅子上，指着林清向韩昭仪介绍道："我们对这个案子是非常重视的，嗯，你看，我找了所里最精干的律师。这位林律师是我们所的精英，我们专门把他别的案子都调整掉，让他专门负责你们这个案了……"

这老家伙堪称老奸巨猾，林清没有别的案子，被他说成了把别的案子调整掉专门负责本案，转瞬就在林清头上罩上了一层光环。韩昭仪听说不是罗安山亲自办理，又听说竟然是林清负责此案，脸色一变，说道："不是，罗主任哪，这事……"

"小林啊，你把这个案子讲讲，"罗安山抢着说，"大伙听听！"

林清严肃地站起来，拿起案卷，走到粉板前。

"材料大家都看过了，我就不重复了，这个案子的争议焦点其实只有一个：王明道先生的股份是自己的，还是代马湘云持股。马湘云肯定说自己是隐名股东，她的主要证据是这几张汇款单和这些股东会决议，还有这张所谓的协议。"

罗安山点点头。

主任点头，林清受到了鼓励，他在粉板上写下了"汇款单""协议""股东会决议"。

"这些材料涉及以下几个问题：第一，王明道出资的钱到底是哪里来的，这些汇款单是否真实。第二，这个协议是真是假。第三，这些股东会决议我仔细看过，上面股东名称写了王明道的名字，下面却是马湘云签字，这是怎么回事。"

"那协议肯定是假的！哪有人签个协议不签名只盖章的？再说这章指不定是谁盖的……"韩昭仪大声说。

林清想解释，罗安山摆了摆手，说道："继续。说说你的分析。"

林清有些歉意地看了一眼韩昭仪，他看到王琳聚精会神地听着自己说话，脸上顿觉热热的。

"关于汇款单的真实性，我怀疑是真实的，当然这还要向何华王纪集团核实，不过，对方既然敢起诉，就很可能有汇款单的原件。如果真是马湘云支付的，我们也要看看这钱的性质是什么：到底是王明道向马湘云借款出资，还是她投资的股本。前者的话，只能算王明道向她借款；后者的话，才谈得上股份归属的问题。"

林清喘了口气，感觉自己已经进入状态了。

"接下来我们就要说这个协议了，正如阿姨所说，一般签协议都会采用签字的方式，盖章实属少见。可是也不能排除这种可能性。所以，这要到何华王纪集团去调查，第一，这是不是王明道先生的章。第二，王明道先生生前有没有使用过这个章，一般习惯于手签还是盖章，这个章由谁保管。如果这个协议是假的，我们当然好办多了。

"关于这些股东会决议，马湘云试图以此证明她是实际的股东，可是我看不出这一点。我只能看出她代王明道先生签字，这不能等同于她是股东，也许，她是作为王明道先生的代理人出席，这也是合法的嘛，对吧？"

"对。"罗安山说道。他一边有节奏地在桌面上敲着手指，一边问："那你的计划呢？"

"我想到何华王纪去一趟。"林清答道，"刚才这几个问题需要核实清楚。"

"那他们还不配合你？"罗安山一脸安心的样子，指着林清对韩昭仪说道，"何华王纪的何总非常赏识他的，而且二股东华芳菲和他的关系很好的，小林去的话，他们肯定什么都配合的。小林，这事你就找找你芳菲姐，让她帮个忙。"

林清有些发蒙，随后反应过来：罗安山在为自己撑台面。林清点点头。果然，韩昭仪看他的目光明显不同了。

"哦，我今天就去。"

"行。你今天的思路，我完全同意。"罗安山一边站起来，一边指着林清对韩昭仪说道："韩大姐，你看，我们的律师多上心！他周末都没休息，专门忙你这个案子！这样的业务水平，这样的态度，这样的关系，你就放心吧，何华王纪那边肯定会帮你说话的。"

"好，好！"韩昭仪的脸上浮现出激动的红色，比刚来事务所的时候，显得已经安心了。

"我还有点事，小林再陪你们坐坐，好不好？"

"您忙，您忙。"韩昭仪和王琳一起站起来，韩昭仪看林清时甚至还笑了，"罗主任哪，你看……中午我请你们吃个饭吧？"

"咱们是自己人，还讲什么？"罗安山豪爽地说，"等案子打赢了，你请我们吃十顿！还请我们当你的法律顾问，好不好？"

"好，好。"

在他们寒暄的时候，林清暗暗看了王琳几眼，当着韩昭仪的面，他不敢明目张胆地看她女儿。韩昭仪是知道他们曾经恋爱过的，从早上的神气看，她对于他的出现似乎并不开心。在这几次张望中，林清和王琳的目光有过短暂的交集，他总是感觉她对自己的目光那么温柔。

林清似乎又有了恋爱的感觉，那种心灵悸动的感觉。

"小林啊，这么长时间没见，你变得这么有出息了！"韩昭仪笑眯眯地看着林清，"你看，阿姨这事儿可就全靠你了。"

"您放心吧。"林清恭敬地说，也许……这就是自己未来的——丈母娘？"我今天下午就去何华王纪那边，了解这些情况。"

"这事，阿姨将来一定有数的。"韩昭仪对他笑着说。

林清笑着点点头。

罗安山走了，她们也没多待。签完委托手续后，王琳看起来还想多待一会儿，可是韩昭仪急着回宾馆，象征性地邀请了一句"共进午餐"，林清谦逊一下，她们就走了。临走的时候，王琳那双美丽的大眼睛看着他，嘴角微微露出笑意。

林清望着她们消失在电梯门后面，心中仿佛有一只小鸟在起舞。

第八章　调证据

"跑也没用，这顿饭你是跑不了的，非请不可……"邓华德在他身后喊叫着。

下午一进何华王纪的办公区，林清就被邓华德截住了，这厮首先大大称赞了一番他在年会上的表现，然后贼头贼脑地探听大老板找他办什么大案子，接着又探听他对华芳菲的感觉如何，有没有后续发展。东拉西扯半天，终于原形毕露："捞了那么多奖金，想独吞啊！请客！就今天晚上吧，我去订个包厢……"

"这……我有事……"

"别急着拒绝嘛！"邓华德转瞬之间变成一副无赖面孔，搂着他的脖子，"呵呵呵，你那天可是大出风头啊！拉丁热舞王子，迷死一片小女生，我们公司女孩子很多呢，帮你介绍介绍，认识认识……"

"你给我圆润地走开！"林清挣脱他，落荒而逃。

华芳菲今天穿了一套深蓝色的西装领套装，粉红色的衬衣领子翻出来，显得利索干练。林清被一位姓苏的秘书小姐引进她的办公室时，她正在打电话，眉头紧锁，她指了指林清，又指了指对面的椅子，看了一眼秘书，秘书知趣地退了出去。两分钟后，秘书端了一杯红茶，放在林清面前。

"价格再跟他们压一压，对。"华芳菲对着话筒说，"告诉他们，这只是个开始，以后还有好多机会，如果他们一开始就这么报价，我们就换一家……想给我们做审计的会计师事务所多得是！另外，必须保证一周之内给我做出来，要给科威特那边一个提意见的时间，他们肯定也要压一压总资产价值的……这件事你负责跟进，最晚今天下午让他们给出结果，否则就换一家！"

好有气势。林清有些敬畏地看着她，她全无昨天的温和、奔放和亲切，整个人充满压迫感，更像是个女王。

房间里只剩下他们两个人，华芳菲放下电话，看了林清一眼，露出了一丝微笑。

"是林律师啊……今天到公司来，需要我们做什么？"

林清微微怔住，她看他的眼神与刚才工作时相比，显得柔和多了，语气却一副公事公办的样子。她曾经反复叮嘱自己，和她的交往要严格保密，她此刻是在用语气提醒自己，在公司里，他们只能表现出工作上的关系。

"华总，"林清说道，他看到华芳菲微微点了点头，才继续说下去："关于……"他突然住了嘴。

只是两个人，有必要这样吗？难道有别人能听到我们的对话，还是这里有可能被监听？林清突然又想道：这个案子是何柏雄亲自交办的，从理论上讲，自己应该不清楚华芳菲是否知道这个案子。想到这里，林清改口道："关于前两天的年会，您的舞跳得真好啊……那天何总还交给我一个案子，跟咱们公司一位离世的股东王明道的股权有关，我需要向您了解一些情况，调阅一些文件。"

在林清说的时候，华芳菲的手一直在工作台上的纸张里忙碌着。

"好的，何总交办的事情，我们一定会配合的。"华芳菲赞赏地点点头，按了一下电钮，说道："苏珊，你进来一下。"

秘书小姐立刻进来了，华芳菲指着林清说道："这位林律师以后也是我们律师团的成员了，可能以后会常来。今天他来了解一些情况，调一些文件，就由你陪着他去调阅，叫各部门配合一下，明白吗？"

"明白。"

"林律师还有事吗？"华芳菲看着林清问。

"没有了，谢谢华总。如果有什么需要，可能还会来麻烦您……"林清感谢着，站起身来。华芳菲站起来，和他握了握手，说道："欢迎再来。"

他跟着苏珊从办公室里出来，这个秘书和她的老板同样的行事风格，都显得客气而冷漠。苏珊询问了他索要的材料，便请他到会议室稍候，足足半个小时后，她抱着一大堆文件回到了会议室。

"这是公司自成立以来的全部股东会会议记录和决议。"苏珊把两个厚厚的文件夹放在他面前，"这是公司的股东名册。"她把一个小册子放在他面前。

"还有，我想问的问题……"

"那个要同各部门联系，请各部门回复。现在各部门都很忙，请你把要问的问题写在这张表格里，法务部会负责向各部门了解清楚，然后给你书面回复。"

这么复杂。苏珊的口气略带轻蔑，林清听着她冷冰冰的话，看着她那张毫无表情的脸，莫名地恨起她来：摆什么谱，装什么腔调，是不是对新来的人都这副嘴脸？林清肚子里骂着，只得坐下来，在表格上工工整整地填写姓名、单位、了解事项的用途，要问的问题是什么等。

林清在"要了解的事项"中填道："一、这些汇款单是否属实；二、所谓出资协议是真是假，公司有无见过；三、股东会决议上为什么会签马湘云的名字；四、王明道在公司有无私章，有无使用过私章，该章由谁保管。"

这些应该差不多了吧。

苏珊拿过这张纸，放在一边。

林清就在她的监督下，看起公司的文件来，这种被监督的感觉非常不舒服，却没办法。给大公司做律师是不是都这么痛苦？林清瞥了她一眼，她板着脸坐在一边的椅子上。

小秘书，看把你牛的！林清在心里骂道：狐假虎威。还不知道在你面前的小律师昨晚和你仗着的"老虎"跳舞啦！要是知道了，你今天大概就该给我赔笑脸啦！

股东名册里有四个人：

何柏雄——出资一亿三千五百万元人民币，占45%的股份。

华芳菲——出资一亿零五百万元人民币，占35%的股份。

王明道——出资三千三百万元人民币，占11%的股份。

纪林汉——出资两千七百万元人民币，占9%的股份。

股东名册里载明了这四个人的股东身份，并且记载，公司向他们发放了股权证明。除这四个人外，没有人从公司领取过任何股权凭证。

这是个有用的东西。林清想。

林清接着翻阅历年股东会决议。原来何华王纪最初只是一家小贸易公司，股东只有何柏雄和另外一个人，经历了多次增资、股权变动，十四年前，变成了现在的股东架构。随后，在十一年前，公司再次进行了增资扩股，注册资本由一千万元变更为三千万元。

这次增资扩股，王明道出资三百三十万元，成为公司第三股东。此后，公司又于五年前再度增资扩股，将各股东累计的红利转化为注册资本，公司注册资本达到了三亿元，实际总资产价值达到了数十亿元。公司现在涉足机械制造、房地产、餐饮、宾馆、微电子技术应用、货运等多个行业，净资产估算应该在十亿元以上。

这公司真能赚钱，林清想。他特别注意历次王明道的签字，果不其然，有很多次是马湘云签的字，但是在后面的股东会会议纪要中，都附上了王明道的授权委托书，注明马湘云是作为自己的代理人参加会议的。

在王明道参加的股东会中，王明道全部是用手签，没用过私章。

这个私章也出现过两次，两次股东会决议上出现了王明道的私章和马湘云的签字，林清紧张起来，他翻阅后面的会议记录，发现这两次会议都是马湘云代王明道出席的，王明道本人并未出席。

原来如此。林清的嘴角露出了一丝微笑。

"我要复印一部分文件。"他对苏珊说。

"把页码写在这张纸上，我让行政秘书去复印。"苏珊看着他写完页码，拿起文件夹，出去了。

这些东西就很能说明问题了，林清想，这个案子涉及何华王纪集团的股权变动，所以何华王纪很有可能会作为"第三人"参与诉讼，到时候只要何华王纪那边把这些文件拿出来，并做出证明，这个事情就一清二楚了。

如果真的能为王琳争取到这些股份，她该有多高兴啊！在她心目中，自己一定会成为救美的英雄，她会发现，林清是个有能力、有水平的男人。

但是——

王琳可能会变成富婆，而自己还是个小律师。也许，她拿到股份后，两人之间就更不可能了。想到这里，林清本来美好的心情阴沉下来。

在案情不明朗的时候，林清扮演的是斗恶龙的勇者；在基本能确定结果的情况下，他不得不去考虑这个案子的后续事宜。

这样应该更符合现实……王琳可能会感激自己，但是她会很有钱，她不会再和自己在一起。一年多以前，王琳与自己分手，难道真的要去日本吗？他心里明白，真正的原因，也许是自己没有一个明朗的前途，让她看不到什么希望。

韩昭仪看自己时的表情耐人寻味，她对自己，似乎更多的是提防。如果她们真的变有钱了，她也许会认为自己贴着她的女儿是别有目的。

林清的心情变得有些糟糕，盯着会议室对面的玻璃窗发呆。窗外的天光有些暗了，他看了看表，已经五点多了。苏珊抱着复印好的文件，走进了会议室。

"复印好了，拿去吧。"她把厚厚一摞纸放在他面前。

林清本想核对一下复印件和原件，但注意到苏珊在看表，他才意识到，现在快到下班时间了。算啦，回去再看吧，林清一边把文件塞进包里，一边问："我写的那些问题……"

"一周之内我们会用电子邮件书面答复你。"

林清忍住挖苦她的冲动，很客气地向她告别，他走出会议室时，没去向华芳菲告别，而是直接走了。

等他走到楼下，他狠狠地呸了一口，说了一句："这都是什么人"，自己也不知道在骂谁。背包装了文件，勒得肩膀生疼，也把他的心情勒得更坏。也许几个月后，王琳会坐在宝马、劳斯莱斯里，而自己仍然背着沉重的背包走在被夜幕笼罩的街头；当她住在豪宅里，觥筹交错时，自己还住在出租房里，为了一日三餐而四处奔忙。

　　林清就这样呆呆地在马路上走着，西装和领带被背包拉扯得变了形，全无早上的潇洒。他没有挤公车，也没有挤地铁，反而拎着沉重的包，沿着马路向家的方向走去，嘴里用洋泾浜西班牙语轻声哼着："而当她微笑着发誓说爱我，到头来，其实都只是空口无凭……"

　　这首《一步之遥》，被他和王琳称作《玫瑰探戈》的，此刻显得那么感伤。

第九章　你这个傻瓜

　　吃了晚饭，洗完澡，林清穿上居家服从浴室里出来，感觉浑身舒坦，白天的不快似乎减轻许多。明天没什么事，而且自接了何华王纪的案子后，罗安山已经说了他的时间可以自由支配，他大可放松心情，玩玩游戏，然后舒舒服服地睡一觉。

　　回自己房间时，林清看到李金子一个人待在阳台上，也没在意。他点开电脑里的音乐，王力宏的声音立刻传来："乌黑的发尾盘成一个圈，缠绕所有对你的眷恋，终于找到所有流浪的终点，你的微笑就结束了疲倦……"

　　林清一边听，一边把桌上的文件整理好。随后，他停住了手。

　　他没有听到李金子从阳台上回到房间里的声音，心里隐隐地总觉得有些不对劲儿：天气已经很凉了，李金子在阳台上干什么呢？想到这里，他找了件外套披在身上，出了房间，果然，阳台的门还开着，李金子扶着栏杆，正望着夜空发呆。

　　"李金子，你不冷啊？"林清问道。

　　李金子回过身来，林清发现她手里还拿着啤酒，有些意外。这么晚，一个女孩子跑到阳台上喝酒，无论如何也算不上是时尚生活。

"你来了？有空吗？陪我聊聊天吧。"

"在这里？到房间里去不好吗？这里挺凉的。"

"就在这里吧，这里空气好。那里有啤酒。"

李金子指了指栏杆上，那里放着几罐未开封的啤酒，转身想坐在阳台的椅子上。林清忙说道："等等。"他迅速回房间找了件厚外套，又拿过自己的坐垫，跑回阳台。他把坐垫放在椅子上，把厚外套披在李金子身上。

李金子裹紧外套，坐在椅子上，林清靠着栏杆，拿过一罐啤酒，满腹狐疑地问道："今天怎么这么有兴致？"

李金子那双明亮的眼睛看了他半天，答道："我可能要走啦。"

"啊？"

"我最多待到春节，然后就要回家了。"

"不再回来了吗？"

"如果回去了，就再也不回来啦。"李金子轻轻吮吸着啤酒罐口的泡沫，"我妈妈今天又给我打电话啦……她要我回去。"

"为什么？在这里不是挺好的吗？"林清感觉心里有些依依不舍，一年多了，虽然交往不密切，但她已经成为这个小家中的一员，他已经习惯了她的存在。

"他们不放心我一个人在外面……他们要我回去相亲，想给我找个人，把我嫁了。"

"哦……干吗要回去找啊？"林清嘟囔着，"还是父母安排相亲，这算什么事儿……"

"我们习惯这个啊……"李金子握着啤酒罐，低下头，"我也老大不小了，我的小学、初中同学都结婚了，很多都有了孩子……"

"你愿意回去吗？"

李金子轻轻摇摇头，林清头一次看到李金子这么柔弱。

"你为什么不在这里找呢？是因为必须要嫁老家那边的人吗？"

"我？"李金子又摇摇头，"我不在乎，谁还在乎这个？"

"你为什么不告诉他们，你已经有男朋友了呢？"林清出主意道，"他们总不会逼你分手吧。"

"可是我确实没有啊。"李金子有些悲伤地说，"如果告诉他们，他们一定会飞过来看这个男人的……到时候我怎么办？像电视里说的那样，找个假的骗他们？"

林清默然，他也许在法律上算半个专业人士，但对这种情感问题、家庭问题却没什么好的建议。他连自己的个人问题都没有解决好，更别提给别人出什么主意了。

沉默了半晌，李金子轻轻摸了摸身上的外套，叹息道："好冷啊……"

"你快回房间吧。"林清赶紧劝道，"感冒了就不好了。"

"你也早点回去吧，衣服还给你……很暖和。"

李金子笑了笑，回房间去了。林清拿着外套回到房间，他感觉心里有些凄惶。

林清第二天早上醒来时，发现李金子和李春都已经不在了，时钟指向了八点三十五，他居然真的睡了懒觉。

穿好衣服，他才发现自己的平板电脑不见了，桌上留了张纸条："今天归我用。"

看来李金子的心情转得还真快，隔了一夜，就又有心情来抢东西了。自己怎么就没听到她进来拿东西呢？也许是喝了啤酒的原因，睡得太死吧。

林清晃到卫生间刷牙，当他的目光接触到镜子里的自己时，他跳了起来。

那是个什么家伙啊？粗粗的黑色水笔在眼睛周围画了两个圈，就像是给他画了副眼镜；鼻子下面画了两撇胡子，嘴巴下边画了两颗獠牙。在额头的正中间，写着"笨蛋"两个字。

这肯定是李金子进来拿平板电脑的时候写在自己脸上的。

我是笨蛋吗？林清又好气又好笑，又有些无奈，只得拿过香皂，用力搓洗起来。

来到办公室，他仔细阅读着昨天调来的证据材料，把它们分成三部分。

第一部分是王明道签字的股东会文件，以此证明王明道一向是以股东的身份参与公司事务的，而不只是马湘云的代表，而且王明道一向是手写签名，从不用所谓的私章。

第二部分是那两张盖有私章的股东会决议，以此证明私章实际上是马湘云持有，所以不能证明所谓《出资协议》上的私章为王明道加盖。

第三部分是马湘云签字的股东会决议以及股东会会议记录，以此证明马湘云实际上只是王明道的代理人。

林清整理好这些文件，想了想，又把第二部分抽出来。这部分文件既然存在于公司股东会会议记录里，是否意味着公司承认这个私章呢？这实质上是确认了这个私章的真实性。

马湘云手里有没有这两份文件？林清想，如果她有，她一定会把两份股东会决议拿出来作为证据提交的。如果她没有，那么自己主动提交这个，反而有可能会帮了她。

这个事情需要核实，林清在记事本上做了个记录。

前台小姑娘把一份文件送到他面前，他在签收簿上签了名字，拿起这份文件。这是一份传票，通知他在下周三上午九点到法院进行证据交换。

时间比较紧迫啊，想到这里，林清立刻站起来，去找罗安山。

罗安山的办公室门没锁，人却不在办公室里。林清走到桌子前，看到桌上散乱地堆着一些文件，最上面一份是《关于何华王纪集团与科威特萨法石油公司合作协议的备忘录》，这份文件画满了符号，旁边还有另一份《增资扩股方案》，更多的材料被压在了下面。

林清简单扫了一眼，就退了出来。既然罗安山不在，况且他给了自己自主权，于是他决定自行安排后续事宜。

一、要将此情况及时通知王琳和何华王纪集团；

二、向王琳通报一下自己的证据准备情况和思路；

三、催促何华王纪那边尽快把自己想要了解的情况告诉自己，这样自己能尽快根据现有情况提出下一步的协助要求。

想到要和王琳联系，他的心又跳了起来。咽了口唾沫，他拿起电话，憧憬着听到她声音的那一刻。

"喂？哪位？"话筒里传来了韩昭仪的声音。

"啊……"林清被噎了一下，一时有些慌乱，声音差点变了调，"那个……那个谁，阿姨……"

"你是谁？"

"我是小林啊。"

"小林？什么小林？"韩昭仪的口气并不友善，林清莫名心虚起来。

"我是林律师啊。"

"啊——是小林啊，"韩昭仪拉长声音说，"你有什么事？"

"哦，阿姨，王琳在吗？"

"你有什么事？"

"哦，法院的传票来了，"林清只得用公事公办的口气说，他觉得自己狼狈不堪，"通知下周三开庭。我昨天在何华王纪调了一些证据，做了些准备，想把这些东西给王琳看一下。"

"哦……行啊，下午我们到你们律师事务所去。"

"其实，我到你们那里去也行。"

"不用，我们过去好了。小林啊，辛苦你了，还有事吗？"

"嗯……没了。"

林清放下电话，感觉心情又恶劣了。他没能和王琳说话，而且韩昭仪的口气还有些……不友善。她在防备自己，这算哪门子的当事人啊？

下午她们要来，也好，免得自己拎着这么多证据材料跑来跑去了。自己今天还没有刮胡子，没有抹爽肤水，这意味着自己今天不是以一个"完美"的形象出现在她面前，想到这里，他有些疑神疑鬼起来，难道今天自己不走运，怎么事事都不顺心呢。

林清给华芳菲写了封邮件，行文措辞非常公文化，先是告知法院即将开庭的消息，然后希望华总在百忙之中关注一下自己昨天提出的那些问题，关照相关部门尽快落实云云。

已经是中午了，但是一想到楼下的那些商务套餐或者米粉什么的，林清就有些反胃。大家都下去吃饭了，他还坐在那里反复看案卷，杯子里的茶叶泡了几遍，已经泡不出颜色了。

不知在心里把自己的思路重复了多少遍，把自己在王琳和她妈妈面前的动作彩排了多少次，但林清感觉更心虚了。今天罗安山不在，不知道韩昭仪会怎么对自己，那眼睛里会流露出怎样的表情。

也许韩昭仪接受自己实属迫不得已，她们需要何华王纪集团的协助，无论是经济上还是证据上，所以她们不得不接受何华王纪集团"推荐"的律师，如果让她自己选，韩昭仪绝不会选自己。

王琳呢？林清不知道，也许她会选自己？他不敢确定。

不管怎么说，今天和她们谈的应该是她们乐于听到的消息，毕竟每个人都喜欢听好消息。听了他对案情的分析后，也许韩昭仪会用一种欣赏的眼光看自己吧。

想到这里，林清心里稍微安稳了一点儿，暂时放下了案卷，想一些事情让自己放松下来。他把茶叶倒掉，又泡了一杯茶，戴上耳机，一边听音乐，一边随意上网。

"您的邮箱里有三封新邮件。"电脑右下方弹出了邮箱的自动提醒。

林清打开邮箱时，他的手机响了起来。屏幕上显示出一个陌生号码，林清看了看号码，便按下接听键。

"喂？请问是林律师吗？"一个男人的声音问。

"是我，请问您是？"

"你好啊，林律师，我是方律师，同行啊。"这个人说，"您是不是在代理王琳的案子？"

"是，您怎么知道？"林清疑惑地问。

"是这个案子的主审法官告诉我的，我找他要了您的联系方式，打电话来和您沟通一下。我是马湘云的代理人啊。"

"哦？这样子啊，方律师。"林清先是错愕，接着换了一副热情的口气，"哎呀，真没想到啊，哈哈哈……不知您找我是沟通什么事情？"

"当然是这个案子啦，"这个自称方律师的人仿佛是个自来熟，跟他说话的口气很轻松，似乎认识了很久一般，"兄弟，对这个案子，其实大家都是求财，我觉得有很多东西都是可谈的，对不对？"

方律师想谈调解？林清冒出这个念头，忙答道："是啊。"

"其实呢，我的当事人脾气很倔的，"方律师说，"不过经过我们做工作，她也同意我们双方在开庭之前先谈谈，怎么样，你们那边有没有谈的意思？"

"应该……可以谈谈吧。"林清踌躇道，不管怎么说，不能把话说死。

"这样吧，我们明天见个面如何？一起喝个茶，认识认识，当然不一定完全谈案子，认识个朋友也是好的啊，哈哈。"

"哦，行啊。"

"那好，明天下午两点，就在你们办公楼附近找个茶馆如何？到时候我发短信给你。"

"可以。"

"好，那我们明天不见不散。"

挂了电话，林清感到一丝狂喜：没等开庭，对方律师就先找过来谈和解，这不是一个好兆头吗？这个消息大大提升了他的好心情，也增加了他的食欲，他高高兴兴地离开办公室，饱餐了一顿。

大约下午三点，王琳来了，出乎他的意料，她是一个人来的。林清在门口迎接她的时候，伸着脖子往她后面瞄了半天，电梯里没有再走出人来。

"阿姨呢？"

"她有点不舒服，来不了了。"王琳有些扭捏地说，"而且，我也不希望她来，再说这是我的事，我一个人来就可以了。"

这当然了，一看韩昭仪不在，林清感觉轻松了很多，似乎还有些惊喜的感觉。林清殷勤地把王琳让到会议室里，替她开门，替她拉椅子。他以前从没这么做过。

"你现在和以前真不一样了。"王琳接过他递过来的杯子。

"是吗？"林清有些不好意思地看看自己的衣服，把有些皱的衣襟拉平，"也许吧。如果当初，我也能这么懂事，能殷勤一点儿，你可能……今天就不会这么意外了。"

"你以前也挺好的，真的。只是……有些事，我们是不能左右的。"王琳低下头，看着杯子。

一阵沉默，林清感觉气氛有些异样，便说道："你坐一下……我去拿案卷来。"

走出会议室，林清深呼吸了一口气，平复了一下自己的心情。你要在她面前保持住你的形象，林清告诉自己，让她觉得你是个精明强干的人，可以让她有安全感。

林清拿来案卷，回到会议室，把今天整理的材料摆在王琳面前。他首先讲了法院定下的证据交换日期，向她解释了证据交换的程序是怎样的；然后又讲了昨天去调阅证据的经过；他把自己初步拟定的证据材料给她看，讲了自己的理由。

在林清讲的时候，王琳没插嘴，只是用她那双美丽的大眼睛不时看看他，又看看案卷。当他讲到目前初步证据对这边有利时，她的脸变得明朗起来。

这也正是林清想要的效果，他甚至能感觉到王琳看自己的目光中流露出的那一丝信赖和欣赏，也许，还有一点点的……崇拜？一点点的……后悔？一点点的……渴望？一点点的……爱慕？

林清在心里把她的一道目光分析出这么多含义来，如果给他更多时间，也许他还能分析出几十种正面含义来。

"这就是目前为止我的工作，也是我的思路。还需要了解的事宜，我会向何华王纪集团那边继续求证。"他一边说，一边暗自揣测，自己现在的形象应该是很帅气，很有能力的吧。

"你……好厉害哦。"王琳的表情中带着惊讶和欣喜，"找你真是找对了，我对妈妈说过，不管怎样，如果是你的话，我敢保证你一定会为了我尽心尽力的。"说到这里，她的脸上有些羞涩，"听你今天这么分析，我的心里更加安定下来了。"

"只要是你的事，我一定会尽全力。"林清真心实意地说。

"你晚上有空吗？"王琳的声音略低了些，"我们一起走走吧？"

"当然有。"林清的手微微颤抖，心里顿时充满了激动，这是真的吗？她约自己出去走走？

"那你什么时候下班？"

"现在就可以！"林清迫不及待地说，"我收拾一下，我请你吃晚饭好吗？你想去哪里？"

"你决定吧。"

林清抑制不住内心的激动，冲出会议室，把文件"砰"的扔到自己的桌子上，迅速收拾好公文包。往回走的时候，他想起还没有告诉她对方律师和自己联系的事。

王琳要和自己去约会，这是一个应该只谈感情的时刻，再把话题引回案件，岂不是太可惜了？林清决定先不谈这事儿，反正明天他只

打算去探探对方律师的口风而已，见面后再和她说也不迟，也许还可
以借机再把她约出来呢。

第十章　袭击

　　办公楼附近有很多餐馆，各种风味都有，这也是惯例：凡是办公楼多的地方，附近的餐饮必然发达。林清和王琳并肩走在步行街上，看着两边的招牌，最后林清选了一家意大利风味餐厅。

　　大学时代想象过很多次西餐厅里的浪漫场景，刀叉，红酒，烛光。可惜那时没钱，没想到第一次共进西餐，竟是在分手后。

　　他们坐在靠窗的位置，侍者在他们面前放了餐巾、碟子和刀叉，在他们点单的时候，往他们的高脚杯里倒了一点儿红酒，随后拿着他们点的单去下单了。

　　"距离上次一起吃饭好像很久了。"林清看着侍者放到自己面前的罗宋汤和一篮面包，用轻松的口气说，"我还以为这辈子都没有机会了呢。"

　　"是啊。"王琳看起来有些伤感，"那时候，我们每天在一起吃饭，想起来，快乐真简单啊！"

　　"我挺怀念那时候的。"林清举起杯子，"来吧，为了……重逢吧。"

　　他们碰了杯，林清把红酒喝掉，感觉这干红涩涩的不好喝。切着牛排，两个人都有些故作轻松，谈了天气，谈了些事务所的趣事，林清感觉无话可讲了，气氛一时有些沉闷，只好听着餐厅里播放的歌曲。

"白月光，心里某个地方；那么亮，却那么冰凉；每个人，都有一段悲伤；想隐藏，却欲盖弥彰。白月光，照天涯的两端；在心上，却不在身旁；擦不干，你当时的泪光；路太长，追不回原谅。你是我不能言说的伤，想遗忘，又忍不住回想；想流亡，一路跌跌撞撞，你的捆绑，无法释放……"

"当年舞会的时候，这样的曲子最多了……"林清回忆着，"因为节奏慢，所以伴随这样的曲子会有很多人下场跳舞，结果舞池里人挤人，连转身都困难。"

"是啊，"王琳笑起来，"学校娱乐少，到了周末很多去参加舞会，结果到处都是人。"

"离校后，直到前几天的年会，我再也没跳过舞。"

"是吗？"王琳有些意外地问，"你和集团的那个华总跳得很默契啊，难道以前没练过？"

"那舞蹈是当初和你练的啊。"林清叹了口气，"一年多没跳了，我以为自己已经忘了，华总硬要我跳，没想到，我竟然一点儿都没忘。"

"我想……我也不会忘吧。"王琳低声说。

"这支舞原本应该和你跳，没想到第一次在舞会上跳，却是和别人。当年我们练这支舞，可是练了很久啊……"

"那时，我们还是恋人啊！"王琳叹息道，"简直像一场梦。"

林清点点头，遮掩似的喝了一口红酒。

"和你分别以后，我时常想起你……我很难过。那时候我们不懂爱情，以为相爱就是两个人在一起，"王琳幽幽地说，"脱离实际……

婚姻里需要爱情，也需要其他的，比如说，保障……我们不知道以后会怎样，也许会去不同的城市，也许会面临很多实际问题。"

她用叉子拨动着盘子里的小西红柿。

"练习一支探戈，可能只需要坚持一两周，可是，感情是一辈子的事，我们能坚持吗？"

"这也是当初你提出分手的原因吗？"林清问。

王琳点点头。

"你那时候成绩不差，我想你在大城市里找到工作不会有什么问题，可是我呢？我不是个很上进的人，我不认为自己能找到。即便找到了，我们两个都会面临很多问题，可能会过一段很清贫的日子……妈妈等不了，她希望我直接嫁一个有钱的男人……"

林清默然。截至目前，自己确实还是个清贫的人，虽然这两天似乎遇上了一个机遇，可是从本质上讲，自己还是一个朝不保夕的男人。

一个女人需要什么？需要很多，一套遮风挡雨的房子，一些至少不比别人差的衣服，一些化妆品，一种小资的生活，还有，男人的关爱和忠诚。这些东西，除了关爱，林清什么也没有。他能理解王琳，那是她的妈妈，而且韩昭仪的想法，客观地讲，也是合理的。

"可是……现在我们终于又有机会了。"王琳的脸上红红的，也许是红酒的缘故，"分别了这么长时间，我们居然又在这里相聚。你已经成了大集团的律师，而我，也可能会继承爸爸的遗产……林清，我们现在没有学生时代的那种空想和浪漫，现在的感情才是真正理性的、持久的，对吗？"

"对。"

意识到她话里的含义，林清由衷地感到欣喜，重新开始，这真的会成为现实吗？想到这里，他的心情无法再平静了，他傻笑起来。

晚餐的后半程是愉快的，林清又唱了那首五轮真弓的"靠一笔豆油……扫哇你带……考奥艾露瓦塔西诺……扫报一带有……"听得王琳娇笑不止。王琳笑靥如花，不需要更多的酒，他就醉了。

晚餐从下午五点半一直持续到了八点，在此期间，他的手机响过几次，他听也没听就按掉了。

"等这个案子结束，我想妈妈一定会对你刮目相看的。"饭后和她走在步行街上的时候，她说。

"是吧。"

"嗯。"她低声说，"林清，只要我们赢了，妈妈就会认为你值得信赖……我会和她谈的，我会把爸爸的遗产和她分享，而她……她再不能以任何理由来干涉我的感情，哪怕她是我的妈妈，也不行！林清，我们一起努力好吗？"

林清的心中装满了五彩的气球，快要胀破了，他握紧拳头，答道："小琳，我一定会帮你打赢这场官司的。"

"我相信你。"

他们站在街边，彼此相对而笑，林清真想伸手握住她的手，就像很久以前那样，甚至拥她入怀，却始终没有鼓起勇气。当王琳坐进出租车的时候，他扶住车门。

"小琳，能再次和你遇见，真是太高兴了。"他真心地说。

"我也是……"王琳的笑容真美，一如一年以前，也许这笑容、这声音在他心里从未离去，"你也早点回去休息吧……回头见。"

"回头见！"林清大声说，看着出租车远去。

"她对我说'回头见'了。"林清闭上眼睛，嗅着夜间诱人的空气，这个夜晚，城市夜空中弥漫着幸福。

第二天上午九点半左右，林清又接到了方律师的电话，这一次方律师首先向他表示歉意，说下午有事，能否把见面时间改为晚上八点。林清假模假样地算计了半天时间，最后以一副很为难的口气答应下来，方律师约他晚上在附近的某个咖啡厅门口碰头。

晚上八点，看来又要晚回去了，放下电话，他查看了自己的邮箱，华芳菲对自己的邮件未回复，但是林清相信她会尽力安排的。令他意外的是，他竟然又收到了BH2000的邮件。

"不要问我是谁。既然你知道这背后有势力，那就听我的劝。这是我最后一次提醒你了。"

林清冷笑一声，把邮箱关掉了。背后的势力，这个词离自己无比遥远，难道办个案子，还会有性命之忧不成？截至目前，只听说过律师被抓起来的，还没听说过律师被什么势力干掉的呢。

于公于私，林清现在都没有撤出的理由，这个案子关系到自己以后的前途，更关系到自己以后的幸福，仅凭几句恫吓或者"规劝"就想让自己放手不做，当自己在过家家不成？

整个下午，林清都在设计着晚上见到对方律师怎么说，要表现出胸有成竹的样子，又不能太过强势，把对方想说的话堵回去。他猜测对方律师如果有经验的话，已经对这个案子的基本形势有了初步的估计，晚上的沟通也许会提出一个方案来，或者表达出和解的意向。等自己听完方律师说什么，再对他说，他的意见自己会回去和当事人好好协商。至于是否答应，或者提出什么新意见来，就看王琳的选择了。

看来自己真的转运了，蛰伏了一年多以后，接到了一个大案子，遇到了自己的恋人，而且这个案子的对方当事人还主动提出和解。林清感到前途无限光明。

在小店里吃过晚饭，林清背着包向咖啡厅的方向走去，路灯、车灯、霓虹灯，街道上亮如白昼，人流来往穿梭，热闹非凡。他们可能是去就餐，可能是去逛商场，可能是去看电影，可能是去唱歌……这种夜生活林清以前从未感觉与自己有什么关系，他总是下了班就跑回家。

昨天晚上和王琳共进晚餐，这是林清少见的夜生活，也许以后就要经常体会这种美好的感觉了。手拉着手逛街，在商场里挑选商品，共进晚餐，一起唱歌，去游乐场，看电影，去听演唱会……恋爱的感觉无比甜蜜和温馨啊！

林清转了一个弯，走到了一条小路上，虽然只一个拐角之隔，但这条街上的人气却少了很多，树木茂密，遮挡着路灯的光线，朦朦胧胧的。街道两边的人很少，与身后几十米的繁华形成鲜明对比。

前行了一百多米，道路越发僻静，林清寻找着咖啡店的招牌，心里嘀咕着，把咖啡厅开在这里，明摆着是等着关门。想到这里，他的手机响了起来。

"方律师。"他对着话筒说。

"林律师，您到了吗？"方律师的声音说。

"我正在找你说的那个咖啡馆，"林清说，"还没找到。你到了吗？"

"我到了，就在路边的车里……你是背了个包吗？我看见你了。"

离林清十几米远的一辆车闪了闪车灯，林清放下手机，向那辆车走过去。林清走到车前，从车上下来两个人，他们的脸孔都在阴影中。

"林律师，你好。"

"是我，方律师吗？"

　　林清听到身后有脚步声，正在狐疑中，他的脖子已经被箍住了，随后他的肚子上受了两下重重的打击，然后是头部，一阵天旋地转，他被摔倒在地。林清感到自己的身上被重重地踹了几下，有几下更重的击打落在自己的头上。

　　林清脸朝下贴在冰冷的地面上，动弹不得，身体似乎失去了知觉。迷糊中听到有人说："把他弄到车里带回去？"

　　"不用，只让我们修理他，又没说要做掉他。"

　　"总得带点什么回去做个凭证，要不一根手指头？"

　　"用不着，他们也没出那么多钱，这样就行了。"

　　一只手抓住林清的头发，把他的脑袋从地面拎起来，用力向后拉扯着。一个熟悉的声音——那个所谓的"方律师"——在他耳边说着："这只是给你个警告……这两天你来回乱窜，窜得挺欢哪，你做了什么事，我们都清清楚楚。别为了别人的事那么上心，嗯？"

　　"你……你们是谁……"

　　"你甭问。你给那对母女带个话：不是自己的东西就不要抢，趁早滚回老家去，如果她们不听，下次就不是你，而是她们了，而且也不会只打几拳这么简单了。"

　　林清的头被重重摔到地上。

　　"哥哥我是好心，拿人钱财替人消灾，小子，钱财是别人的，命是自己的，惹急了人家，人家下次可能就要我们卸手脚了。我现在就可以把你拉上车，找个荒郊野地埋掉，管保一辈子没人发现，你最好也明白点。"

　　林清趴在地上，他感觉四周突然明亮起来，头顶上响起了如同打雷一般的引擎轰鸣声。他们想碾死自己？林清充满恐惧，却动弹不得，轰鸣声在他耳边回荡了一会儿，远去了。

他还活着。

林清伏在黑暗中，半昏半醒，有几辆车从他身边开过，车灯照到了路边躺着人，却没有一辆停下。直到一辆红色的车经过，终于有一个男车主停下了车，看清发生了什么事后，他拨打了急救电话。

躺在医院的病床上，林清浑身疼痛，脑袋很沉重，耳朵里一直嗡嗡地响着。林清睁大眼睛看了半天，才意识到警察在询问自己发生了什么事，他摇摇头，表示自己也不记得。

林清从没有直接面对过这种袭击，从没有这种恐惧感，更细一点儿说，在他这二十几年的生活中，他甚至没怎么和别人发生过冲突，踢球的时候，有时别人会在场上打群架，他却总是默不作声地站在附近。虽然从事律师这份看起来是专职"吵架"的工作，但那是动口。

这次他真正感受到了什么叫作"秀才遇到兵"，你可以熟读法条千篇，人家只要一拳就把你撂倒了；你可以大叫"我找法律制裁你"，人家在你"找法律"之前，先把你给灭了。

他不由自主地浑身发抖，护士握住他的手时，他有些神经质地紧抓住她。

就算是挨了打，林清也不会傻到和警察讲"打我的人是与什么案子有关"，第一，这没有任何证据；第二，他连对方的长相都没看清，就算抓到人他也认不出来；第三，如果他拼命追查，可能会逼急对方，没准下次人家就真的来"卸手脚"了。

警察还能二十四小时保护你不成？这次袭击已经充分说明，人家在暗中盯着你，想怎么对付你，就怎么对付你。

　　警察走后，病房里只剩下林清和护士、李金子，李金子低声问：
"怎么回事？是谁打你了？打得这么厉害。"

　　林清摇摇头，他也不想跟李金子说实话。

　　"你不会是在外面和人家搞三角恋，结果被对方收拾了吧？"李
金子猜测道，"要不你就是对哪个女人做了什么事，人家来报复你？"

　　李金子一本正经地猜来猜去，理由稀奇古怪，每一个都足以让他
吐血而死。拜她所赐，林清总算从恐惧中解脱出来。

　　李金子乐此不疲地编排了一会儿，发现暖水瓶是空的，便拎起暖
水瓶出了门。林清耳根子一清净，立刻紧张地思索着。

　　这次袭击绝对与案件有关，对方以马湘云的律师的名义约自己出
来，然后暴打一通，让自己不要太"上心"，让自己带话给"那对母
女"——还有谁？当然是王琳和韩昭仪——"不是自己的东西就不要
抢，趁早滚回老家去"。

　　不是自己的东西，说的就是股份。他们在说，股份本来就是马湘
云的，这对母女不该来抢。

　　此事百分之百与马湘云有关，不论对方是不是她的"律师"，仅就
恐吓的目的而言，她是唯一的获利者。华芳菲曾说过，马湘云与不明
势力有一定联系，如今这话应验了。

　　他们还怀疑过王明道的死没有那么简单，想到这里，林清心里一
寒：马湘云与黑道有涉，这种关联与王明道的死有没有关系呢？假设
王明道是他杀，仅凭马湘云一个女人做的话，难度确实大了点儿，如
果借助黑道的力量……她能找人修理自己，难道就不能干掉王明道？

　　我到底陷入了一个什么迷局啊？

　　现在回头看这个案子，林清多了一丝警惕之心。他终于明白华芳

菲说的这个案子"水深"的话，也明白了电子邮件里"保命"的提醒。

虽然不知道这邮件是谁发的，但林清现在知道这人是好意了。

第十一章　聚首

第二天早上，林清一睁眼就看到了李金子，她拎着一套饭盒，正从外面进来。李金子坐到他身边，把饭盒放到他床边的柜子上。

"现在感觉怎么样？"李金子一本正经地关心着，然后伸手扒开他的眼皮，看看他的眼睛，又把冰凉的手放在他的额头上摸了摸，冰得他一哆嗦。她的动作看起来专业得不得了，却让林清哭笑不得——他又不是发烧。

"看起来很好嘛。"李金子经验丰富地说，"估计今天可以回家了！"

"你怎么来了？"

"我有爱心嘛。"李金子一边说，一边把第一层饭盒打开，里面是热汤小馄饨，撒着碧绿的菜叶，第二层饭盒里是泡菜和萝卜，病房里立刻飘满了诱人的香气。

"好香啊。你特意去给我买的啊？"

"买的？到哪里买这么好吃的东西？"李金子没好气地说，"这是我包的！牛肉馅的，这一碗馄饨绝对是纯手工制作，不含添加剂，外面至少卖几十上百元呢！吃吧，今天优待你。"

　　林清很是意外，也很感动，赶紧谢道："唉，你看……你还特意给我做早饭……"

　　"我不给你做，你早上吃什么？"李金子关切地说，"再说，你要是觉得过意不去，你可以折现给我啊。"

　　林清张口结舌，不知道说什么好了，半晌，才说道："你……今天还不去上班吗？"

　　"我请假了。"李金子说，"你要是也过意不去，也可以折现给我……"她一边说，一边把饭盒放到他手里。

　　"吃吧，趁热吃，凉了就不好吃了。"

　　李金子是个刀子嘴豆腐心的人，明明在关心别人，却还装矜持。为了照顾自己，竟然会请假，林清一边感动，一边接过饭盒。小馄饨配着李金子的泡菜，非常开胃，他吃得额头上冒出了密密的汗，连汤都没剩。

　　"慢点儿吃，没人和你抢。"

　　"真是……太好吃了。"

　　"是吧？"李金子坐在病床边，双脚离地，随意地晃着，"好吃就行。"

　　一个护士走了进来，看了看林清的情况，在床头的本子上写了几个字，李金子问道："他没什么问题吧？"

　　"九点半以后医生来检查一下，没问题的话就可以办出院了。"护士说完就走了。

　　"看来没什么事。"李金子说，"咱们就等到九点半吧。"话虽如此，但还没到九点，她就开始把饭盒、水果塞进手拎袋里，准备等医生检查完走人。大约九点，病房的门开了，出乎意料的是，进来的不是穿着白大褂的医生，而是华芳菲。

她仍然是一副庄重的样子，却掩饰不住满面的惊骇，看到林清的样子，她立刻走到病床前。

"小林，你怎么样？"

"芳菲姐，你怎么来了？"

"我听说你进了医院，就知道你出事了。"她俯下身，"天哪，怎么打成这样……"

"你怎么知道我进医院了？"

"我往你住处打电话，一位小姐告诉我的。"华芳菲一边说一边有点不确定地望了望李金子。李金子倒是比较干脆，说道："对啊，就是我。你就是六点打电话来的那个人？"

"当然，原来是你啊，"华芳菲招牌式地笑了笑，"初次见面啊，我是小林的朋友，也算是同事吧。"

"呵呵，"李金子也招牌式地笑了笑，"我也是他的朋友，也是他的室友，和他同租一套房子。"

"哦……"华芳菲恍然大悟地点点头。

"芳菲姐，你怎么会将电话打到我家里去？你怎么知道我家里的电话？"

"你的手机总是没人接啊！"华芳菲无奈地说，"集团有每一个律师所有的联系方式，我当然会知道你家里的电话号码。"

"找我有什么事？"

华芳菲沉思了一下，脸上又浮现出那种领导看望伤员的经典表情，说："你是集团的顾问律师嘛……嗯，遭受了意外，我们肯定要来看望一下，慰问一下。"

"慰问？"李金子自言自语地说，"两手空空的……"

华芳菲假装没听到，亲切地说："小林，看到你没什么事，我就放心了。你安心休息，有什么消息，我会打电话给你的。"

华芳菲有话想和我说，会稍晚一点给我打电话。林清理解了她的意思，她是因为有别人在场，什么都不说。即便不打电话，后天就是周六了，自己会去她家，她也有机会说。

不过既然华芳菲来了，倒可以提一下自己向他们集团要求协助的事。"华总，"林清说，"我给您发过一封邮件……"

"我收到了。"华芳菲亲切地说，"开庭日期我们知道了，你要的那些材料，我会让他们尽快给你。"

"集团是不是作为第三人参加诉讼？"

"法院确实曾通知集团作为无独第三人参与诉讼，具体事宜集团还在研究。你安心休息吧，有些事以后再说。"

这是个好消息，林清想，如果集团参加诉讼，他们作为当事人的一方，说出的话其实有证言的效用，这样局势绝对会有利于这一方。

诉讼法所说的"第三人"，通俗地讲，就是诉讼中除了原告被告之外参加诉讼的人。所谓无独第三人，是"无独立请求权的第三人"的简称。

诉讼中对争议中的诉讼标的（比如钱、物、股权、其他资产等）虽然没有独立的请求权，但因案件的处理结果同他有法律上的利害关系，这个人（或者这个公司）就可以参加到已开始的诉讼中来，这就是无独立请求权的第三人。无独立请求权第三人参加诉讼，既不是原告，也不是被告，而是具有独立诉讼地位的当事人。

在诉讼中，为了维护自己的合法权利，第三人总是协助当事人一方进行诉讼，因为只要他协助的当事人一方胜诉，自身利益通常也就得到了维护。而第三人的权利不亚于原被告：在诉讼过程中，无独立请求权第三人有权了解原告起诉、被告答辩的事实和理由，并向人民法院递交陈述意见书，陈述自己对该争议的意见；开庭审理时，无独立请求权第三人有权陈述意见、提供证据、参加法庭辩论，法院做出的裁判确定第三人应当承担义务的，无独立请求权第三人享有上诉权。

所以，法院通知何华王纪集团参与诉讼，对林清而言是个好消息，这意味着何华王纪集团会对马湘云的身份进行说明，这说明只会有一个后果：否认马湘云的身份。

局势越来越明朗，也许正因此，那个女人才会使出这种下滥手段——攻击对方律师。想到昨晚的遭遇，林清又忍不住发抖，一半是因为愤怒，一半是因为恐惧。

林清出院后，罗安山和几位同事都打来了电话，他们知晓了林清被袭击的事，表示"深切慰问"，林清盘腿坐在床上一个又一个接电话，床头堆着水果，椅子上坐着李金子——她在数钱，那是林清给她的"折现"。

音箱里放着音乐，如果不是脑袋嗡嗡响，鼻青脸肿，这倒像是一个悠闲的假日。林清按照李金子的要求躺在床上，她在旁边一边削着苹果，一边轻声哼着歌。

"十个男人七个傻、八个呆、九个坏，还有一个人人爱……"

"你倒挺会选歌的，"林清没话找话说，"……挺好听的。"

"我唱歌能不好听吗？"

"李金子，听说你会三种语言是吧？"林清问。

"切！"李金子哼了一声，"我的天赋多了，我学什么都快，不就三种语言嘛！我要是真去学，掌握七八种语言不成问题。"

　　七八种语言——林清想起了西班牙语，从西班牙语，他又想到了《一步之遥》，想起了探戈。后天又要去华芳菲家了，说起来自己这一周还没有练过探戈步法。好在自己受伤了，华芳菲应该不会真的检查自己练习与否吧。

　　平心而论，与华芳菲共舞是一件既刺激又艰苦的事：华芳菲的舞蹈热情奔放，充满激情，有一种无所顾忌的感觉，这对于在现实生活中压抑已久的人来说，不啻于一种心情的放松；然而她跳得越好，就越能反衬出他的笨拙，当他被她搂在怀里甩过来甩过去时，用一句俗话讲，那是相当"伤自尊"，何况华芳菲还要检查他进步与否。

　　林清想，后天华芳菲会和自己谈什么？

　　华芳菲一定会去调查自己这次被袭事件的，她可能还会和自己谈一下在法庭上怎么配合。这种配合在林清看来是很轻松的，在他的想象中具体应该表现为：

　　林清："马湘云不是股东，只是个代理人。"

　　何华王纪的律师："对，马湘云不是股东。"

　　林清："王明道那个章是马湘云拿着的，王明道自己从来不用。"

　　何华王纪的律师："对，马湘云分明是伪造。"

　　林清："这股份应该归王琳。"

　　何华王纪的律师："对，我们也同意给王琳。"

　　马湘云的律师："我们提交某某证据。"

　　林清："假的，不承认。"

　　何华王纪的律师："对，我们也确认是假的。"

　　联想到他们袭击自己，林清沉浸在这种"法庭屠杀"的想象中，一个丑陋不堪的女人坐在对面，被自己气得脸色像猪肝一样难看，他似乎真的到了法庭上，对马湘云说："这就是你惹火我的下场！"越想越解气。

电话又响了，林清看了一下屏幕，那种心悸的感觉再度笼罩全身，电话是王琳打来的。

信息时代的传播速度实在令人惊讶，林清昨晚挨了打，今天不但华芳菲知道，同事们知道，竟然连王琳都知道了——似乎这个世界上没人不知道，挨打不算是光彩的事，林清甚至怀疑是不是有人拿着大喇叭在全城播音："那小子被打啦！"

"你现在没事吧？"

林清能听出王琳的焦急，她的声音和语气令他十分温暖，她在关心自己，自从分手以后，这种被女友关爱的感觉他再也没有体会过，虽然还不能说王琳是他的女友，但他内心深处已经把她视为自己的伴侣了。

"我很好，没什么事。"

"你现在在家里吗？"

"在，怎么？你……"

"罗主任告诉我你的地址了，我马上来！你等我！……"

"哎？你……"

王琳不等林清说完就挂断了电话，林清有些不知所措，他不想让王琳看到自己这副鼻青脸肿的样子，可是她已经说要来了。王琳为自己担心，这是发自内心的情感流露，更加令人感动。林清心中那个幸福的气球越鼓越大，脸上露出了笑容。

"你还真有女人缘啊……"李金子若有所思地说，"你刚进医院，就有女人来看你，回到家里，又有女人给你打电话。"

"哪有。"

"别否认，虽然不知道说的是什么，但电话里听得出是女人的声音。"李金子撇了撇嘴，"跟我有什么好否认的，看你的嘴角都快咧到耳根子了。"

"我的一个朋友，也是这个案子的客户……"林清辩解道，"听说我受伤了，想来探望一下。"

"都招到家里来了。"李金子问，"现在都快四点了，怎么，要留她吃晚饭吗？"

"嗯……"

"留吧，瞧你那点出息，人家来了，愿意的话就留人家吃个饭吧。"

李金子损了他几句，拿着平板电脑出去了，林清美滋滋地爬下床，开始打扫卫生，想着把房间弄得整洁些。把水果整整齐齐摆在盘子里，把床铺上的被子叠整齐，一些脏衣服被他一脚踢到了床底，用力过度，害得他的脑袋疼了半天。

李金子靠在自己房间门口，笑嘻嘻地看他在外面折腾。林清不知折腾了多久，总算把客厅和卧室弄得干净了点，然后蹿进浴室，在镜子前卖力地整理自己的脸，龇牙咧嘴地想把脸上的瘀青揉淡一些。

不知林清在房间里兜了多少圈后，门铃终于响了，他立刻向防盗门奔去，却被李金子一把拦住。

"干吗？"

"回去躺着。"李金子似笑非笑地说，"不是说也是这个案子的客户吗？你去躺着才显得劳苦功高嘛。去躺着，我来开门。"

李金子说得对。林清一边夸李金子是秀外慧中的时代女性楷模，一边蹿回房间里，躺在床上，盖上被子，显出一副坚强的样子。

女性是最容易被男人的苦难触动的，也很容易把这种同情转化为爱情。林清一边想着，一边竖起耳朵。门廊里传来了熟悉的声音："林清住在这里吗？"

"对。"李金子说，"你找他有事吗？"

"我是他的朋友，来看看他。你是……"

"我们一起住在这里。"李金子说。

林清听了差点从床上摔下去，这叫什么回答，直接说合租不就得了。"一起住在这里"，换作别人一定会想到"同居"二字。

果然，王琳进入他的房间时，看他的目光充满了疑问。林清暗暗叫苦，抢先介绍道："哦，来了？……可能你们已经认识了，小琳，她是和我合租这套房子的李金子，我们还有一个合租室友，叫李春，过一会儿也回来了。李金子，这是小琳。"

"哦。"王琳点点头，对李金子又笑了笑，便坐到他的床边。王琳看着他的脸，眼里立刻涌满了泪水："是因为我吗？"

王琳伸手握住林清的手，林清颤抖起来，她的泪水，她的抽泣，她的小手的温暖和柔软，真真切切。时隔多年，再度握住她的手，感觉如同初恋一般激动。林清用左手握住她的手，伸右手想去擦拭她的泪水，想了想不妥，就在枕边寻找纸巾。

为什么不事先在枕边准备点纸巾呢？林清暗骂自己，电脑桌下面的抽屉里就有纸巾，自己为什么没想到她可能会哭？犹豫间，王琳缩回手，从自己的包里抽出一张纸巾，擦拭着眼泪，林清的两只手都空了。

"别哭，我没事。"林清安慰道，"一点儿皮外伤，你看，我不是好好的吗？"

　　王琳伸手轻轻在瘀青附近抚摸着："疼吗？"

　　林清不但感觉不到疼，反而感觉很舒服，心里痒痒的，身上似乎起了一层鸡皮疙瘩，极为享受。

　　"咳咳。"李金子故意咳嗽两声，她不知何时又进来了，"小琳小姐，晚上一起吃饭吧？你们聊，我去买点菜。"

　　"哦，不用，我……"

　　"没关系，一起吃个饭而已。"李金子说着走出去了。

　　"她给你做饭？"王琳有些怀疑地往门口看着。林清慌忙解释道："我们三个偶尔会一起吃饭，不过很少，一般都是各吃各的。"

　　李金子出去了，家里只剩下了他们。

　　"是谁打的你？"

　　"我不知道，"林清坐起来，"那个人说自己是马湘云的律师，把我约出来。"

　　"马湘云的律师？"王琳睁大眼睛，"她的律师敢……"

　　"那个人绝不是律师。"林清说，"给我打电话的人就是打我的人之一，没有哪个律师会这样明目张胆。不过人肯定是马湘云那边派来的。"

　　"为什么？"

　　"他们提到这个案子，直接说自己代表马湘云，而且他们还让我给你们带话。"

　　"给……给我们带话？"王琳的脸一下子白了，"他们……"

　　"别怕，"林清安慰道，"他们只是说说，而且集团这边会保护你们的。"

　　林清感觉自己的安慰干巴巴的，毫无用处，如果对方只是说说而已，就不会把他打个半死了，这说明人家敢想也敢干。所谓集团的保护更是指望不上，这年头除非二十四小时贴身保护，否则谁也不敢拍胸脯打包票，再说，集团连自己的律师都保护不了。

"他们……说什么？"

"只是一些无聊的恐吓。……什么'不是自己的东西就不要抢，趁早滚回老家去……'还有什么'如果你们不听，下次就不是打几拳这么简单了。'"林清竭力装出一副宽慰的样子，"恐吓，总是这些话，是吧？"

王琳看起来单薄无助，她看林清的目光除了恐惧，还有些茫然，有些不知所措。林清抓住她的手，感觉她的身子在发抖。

"他们要……他们要伤害我们……"王琳突然转向林清，"我们，我们不打了，我们……"

"不会的，"林清鼓励道，"勇敢点儿，自己的权益要努力争取，他们最多也就是动手打人，估计这就到顶了……"他的心里闪过了王明道之死，知道自己在胡说八道，可是也想不出别的更好的话来了。

对方有可能会铤而走险，然而，这不是一万两万，十万八万，这是上亿资产，律师挨了一顿拳脚就放弃了，哪里有这个道理？再说，律师事务所把这么重要的案子交给自己，何华王纪集团也表示完全配合了，箭在弦上，岂能不发？想到何华王纪集团的全力配合，林清的目光突然一跳，意识到了一个严肃的问题。

何华王纪集团的代理人是谁？

这可非同小可，林清嗅到了一丝隐隐的危险气息。

第十二章　表白

　　何华王纪集团如果出庭参加诉讼，他们的律师必然也是本所的律师，也许是罗安山，也许是陈尔东，也许是别人。这样的话，本案就将面临一个律师事务所的律师同时代理原告和第三人的情形，也就是一个律师事务所的律师代理两方当事人。

　　虽然不是代理原告和被告，但是从理论上讲，原告和第三人还是可能存在利益冲突的，律师协会规定"同一律师事务所的律师不得在同一案件中代理双方当事人"，如果是这样的话，罗陈李黄律师事务所只能有一方的律师出庭——要么林清出庭，何华王纪集团的律师不出庭；要么林清不出庭，何华王纪集团的律师出庭。

　　林清感觉一盆冷水从头上浇了下来：这么明显的程序漏洞，为什么没早发现？何华王纪集团会另找律师吗？可能性不大；可能性最大的是——把自己撤换掉，换别人来做。

　　何华王纪集团的利益绝对大于王琳的利益。

　　可是何华王纪集团在本案中能获得什么利益？无论是谁拿到股份，对他们而言都是一样，他们之所以这么支持王琳，也许只是情感上的支持，比如说何总的情感；也许——王琳拿到股权对他们更有利。那个马湘云本身不是善类，这样的人成为公司股东，谁也不会放心得下。

如果是这样的话，撤换自己就不可能了，中途换律师不是个好事，要么一开始就别安排自己担任王琳的律师，要么就让自己做完。如果何华王纪集团的人足够慎重，一般不会在这件事上冒险。假设他们一开始就这么打算，那他们完全没必要把自己推上前，随便找个别的律师事务所的律师，以他们的能力并不是难事。

只要王琳坚持让自己做律师，就谁也不能撤换自己！林清暗暗咬了咬牙，别的案子倒也罢了，这是王琳的案子——值得自己豁出去。

"不管他们使出什么花招，我一定会帮你拿到这些股份！"

"林清！"王琳扑到了他的怀里，紧紧搂住他的脖子，"谢谢你……我知道，你一定会帮我的。我现在也只相信你啊！"

王琳的脸贴在林清的肩上，她柔顺的长发磨蹭着他的脸，那么光滑，还带着令人着迷的淡淡的香气。林清抱着她，时间似乎都凝固了，他只盼这一刻永远不要结束，她的拥抱，她的声音，她的发香，这一切都是真实的，这个拥抱对他而言胜过一切。

林清现在什么都不在乎了，就算马湘云再派人来，他也无所顾忌。为了王琳，为了未来，他愿意豁出一切。

"咳咳。"李金子的咳嗽声从外面传来，王琳像被烫到一样，"嗖"地坐直了身体。林清气得七窍生烟，一肚子苦水无处可说。李金子从外面溜达进来，笑眯眯的，腋下还夹着那个平板电脑。

"菜买好了，你们坐一坐，我去煮饭。"

"啊，不用不用，我马上就走了，"王琳一边说，一边盯着那个平板电脑，"我就是来看看林清……"

"来了就是客，留下吃饭嘛，我下厨，林清可一直说我做的饭菜好吃的。"李金子随手把平板电脑放在林清旁边，"喏，今天轮到你用了，我把今天我给你唱的那首歌存在百度音乐里了，你自己听吧。"

今天给我唱的哪首歌？林清莫名其妙，听起来似乎两个人有什么默契似的：爱吃她做的饭，平板电脑共用，她还给自己唱歌……这听起来实在太亲密了！林清最担心的事发生了：王琳瞥了林清一眼，目光里充满了恼怒。当年上学时她就是个爱吃醋的人，听了李金子的这些话，她的脸色完全变了。

"不必了，我还要回去和妈妈吃饭。"王琳站起来，语气冷了许多，"我不打扰了，要回去了。你躺着吧，我认路。"王琳看到林清要下床，说了一句，转身便走。

"哎？我都买好菜了……我送送你。"李金子惋惜地说，跟在王琳身后。两个女人的身影消失在门口，几秒钟后，防盗门"砰"的一声关上了。

林清气得浑身哆嗦。李金子若无其事地踱进来，两手一摊："你看，我都买好菜了……这样只好我们和李春吃了。"

"你……你太——"林清火冒三丈，大声说。

"我怎么样？"李金子脸一板，把脸凑到林清面前，恶狠狠地盯着他，"怎——么——样？"

林清被她吓住了，刚才的那股火气一下子被压了回去，他吭哧两声，说道："你怎么能……那是我的朋友……"

"你的朋友？都抱到一起了，只是朋友吗？"

"那又怎么样？"

"我哪一点儿不如她？"李金子大声喊起来，"我也是个女人！对于感情，每个女人都是自私的！难道你就没有感觉？"

林清的脑子"轰"的一声，被震得麻木了。他张大嘴，愣愣地看着李金子，似乎不认识她了。李金子坐在王琳刚才坐的位置上，她伏在了他的怀里，也伸手搂住了他的脖子，仰面望着他，他呆呆地望着她，不知所措。

"林清，我喜欢你。"李金子轻声说着，把脸埋在他的耳朵下面，"真的……你这个人是呆子还是迟钝？难道我真的引不起你的注意？"

"李金子，你……"

没有任何预兆，李金子的嘴唇深深地压在他的唇上，她抱得很紧，不让他有任何反抗的余地，林清下意识地举起手，不知是要推开她还是要抱住她，李金子的嘴唇柔软、热烈，他浑身燥热，呼吸也变得急促起来。

"嗯……"

李金子咬住了他的嘴唇，不让他离开，他的思维彻底混乱，激动、亢奋、惊恐、迷惘，还有一丝似乎是大祸临头的感觉，无数情感混杂在一起，令他喘不过气来。突然嘴唇一轻，她放开了他。

"你这个傻瓜。"

李金子坐在床边抚着额头的乱发，脸红红的，却散发着光辉。

"我会给你时间，我只是告诉你，我喜欢你。我也不会强迫你什么，直到有一天你发自内心地想和我在一起。"

她转身离开，厨具碰撞的声音从厨房里传出来——她去煮饭了。林清呆坐在床上，看着门口，身体和思维似乎都凝固了。

是梦？是幻？还是真实？李金子对自己说，她喜欢自己。合租一年多以来，自己还从没把她与"对象"这个词联系在一起，是因为她离自己太近吗？不但没想过，甚至有些忽视她。

一个相貌平凡的女孩，染着棕色的头发，每天会化一点儿淡妆，个子不高。性格有些强势，有时也很温柔，爱干净，爱洗衣物晒被子，会煮饭菜。

恋爱？结婚？林清的额头渗出了汗，和李金子吗？从未深入交往和了解过的人，还有她未知的家庭……和她恋爱的话，也许会有这么一幅场景：她和她的父母或者朋友聊得热火朝天，自己却因为听不懂而在旁边干瞪眼。

林清和王琳刚刚有了进展……这下成了一团乱麻。要费多少口舌和王琳解释？

林清拿过平板电脑，滑到百度音乐的图标那里，里面果然有一个"我的收藏"，点开看时，里面有一个音乐文件《姐姐妹妹站起来》，这就是李金子说的"为自己唱的歌"。林清点击了两下，闭上眼睛，向后靠在枕头上，音乐响了起来。

"那就等着沦陷吧，如果爱情真伟大，

我有什么好挣扎，难道我比别人差，

谁要周末待在家，对着电视爆米花，

想起你说的情话，哭得眼泪哗啦啦。

十个男人七个傻、八个呆、九个坏，

还有一个人人爱，姐妹们跳出来，

就算甜言蜜语把他骗过来，

好好爱，不再让他离开……"

听着这首欢快的歌曲，林清突然浑身冒冷汗，心乱如麻。

那天晚上，李金子和往常一样，似乎什么事也没发生，只是在她瞥向他的目光里，多了一丝温柔。尽管李金子表现得很正常，但林清知道，他们之间再也不会像以前那样轻松正常地相处了。

第二天李金子去上班了，林清一个人垂头丧气地在家里继续休息。一早，林清就打王琳的电话，果然，她不接他的电话，他第二次打过去时，她直接关机了。

完了，她果然吃醋了，林清连跳楼的心都有了。这一天，他打了无数次电话，王琳的手机要么关机，要么直接挂断。林清静不下心来考虑案子，李金子晚上回来时，他失魂落魄地躺在床上，连午饭都没吃，感觉不到渴，也感觉不到饿。

看到李金子，林清莫名地感到心虚，她对自己越好，他越觉得自己犯了罪，有一种惶惶不可终日的感觉。李金子晚上给他做了一碗拌饭，坐在床前看着他一口一口吃光，看她的神气，已经非常明显：她已经开始介入他的生活了。

是该欣喜，还是该悲伤？这种感觉令林清窒息。所以在第二天上午醒来，想到要和华芳菲见面，他竟莫名松了口气，有些迫不及待的感觉。他匆匆穿了衣服，走出家门。

在街边林清又给王琳打了电话，电话响了半天，却无人接听。王琳还是不开心啊！林清无奈地在街边踯躅着，不知该往哪里去，和华芳菲见面大概要在下午吧，在此之前，他应该去哪里呢？林清不敢回家，他怕面对李金子，拒绝的话他说不出来，接受的话他也说不出来，到时候见面了要怎样说呢？

华芳菲的电话救了他。林清看到屏幕上显示的是华芳菲的名字，一股感激之情油然而生。

"小林，好一点儿没有？"

"好多了，已经没什么事了。"

"今天要来我这里，对吧？"

"是啊，芳菲姐，我正想问你呢，几点？"

"还是下午两点吧，我跟你谈谈案子上的事，谈完再去我家里。还是上次那家白桦，你记得地址吧？"

"记得，"林清舒了口气，"我一定准时到。"

放下电话，林清感觉心情放松不少，他看了看手机上的时间，现在是十点多，先找地方吃个饭，再坐车去荣华东道，怎么也得花去两个多小时，其他的时间……可以随意逛逛吧。

林清找了一家兰州拉面馆，叫了一碗炒刀削面，一边吃一边想着下午谈什么。有三件事他迫切地想了解：第一，华芳菲想跟自己谈什么；第二，她对袭击自己的人有没有了解，对这一事件怎么看；第三，何华王纪集团怎么出庭，派谁出庭，如何协调代理冲突的问题。

尤其是第三条，此刻属于重中之重。

华芳菲今天的打扮和上次一样休闲，波浪状的头发松软地披散着，只是脸色灰暗，看起来有些疲倦。林清在她对面坐下时，她正在接电话，脸色凝重。

"把这个消息确认一下，务必准确。请他们知会一下各方面，给个面子，也知会一声，万一需要，我们也不会吝啬……跟他们约一下，下周安排个时间，一起吃个饭。另外，你把这事跟何总说一下……对。"

华芳菲把手机放在桌子上，皱着眉头。林清有些不安，华芳菲今天的气场有些不一样，不知她会和自己谈什么，自己的那几个问题又如何提出。华芳菲和上次一样给他叫了罗汉果姜茶，然后沉思着。

"芳菲姐……"林清试探着叫。

"你现在好点了吧？"华芳菲说，"脸上的瘀青淡了很多。"

"基本没什么事了。"

"看来被照顾得很好啊，"华芳菲开玩笑说，"那天那个小姑娘是谁啊？是她照顾你的吧？"

一听到华芳菲说李金子，林清就拉出了一副苦相：林清本来就在为这事儿烦恼。华芳菲没过多调侃他，一边帮他倒茶一边说道："你知道我刚才在给谁打电话吗？"

"谁？"

"我们的保安部主管陈隆，你没见过。"华芳菲说，"他这个人以前是在街上混的，和各方都有联系。这两天他一直在调查是谁袭击了你，不过目前还没调查出来。"

"哦？"

"这事儿必须查个清楚，目前来看，袭击你的肯定是马湘云那边的人，可是马湘云找的是谁？如果她找本地的，陈隆很快就能知道是谁，可是截至到目前，他还没得到任何消息。这很奇怪。"华芳菲沉思着说，"就算她找了外地的，这边也应该会得到点儿消息啊。"

林清感觉暗暗心寒。

"芳菲姐，你们的保安部主管有这么大能耐啊？"

"这么大的集团，要保障安全，总得各方面打点。"华芳菲呡了下杯沿的咖啡，"有时候不是你想洁身自好就可以，你不得不为，不是为了害人，至少也要防止为别人所害。和这些人建立联系，至少能保证在别人要害你之前，你就能得到消息，花钱消灾。你得懂这个道理，只要是人类社会，总会有些防不胜防的事，这是人类的生存之道。"

"哦……"

"这次袭击也说明了一件事，"华芳菲慢慢地说，"马湘云那边确实与某些势力有某种联系，而且他们对这个案子志在必得，不惜使用各种手段。如果是这样的话，王明道的死可能真没那么简单啊！"

这话也是林清想说的，上次华芳菲提出怀疑，林清就记在了心里，这次被袭击，他早早就联想到了王明道的死，这也是他为什么要忧心王琳母女的安全。

"你被袭击的事，陈隆会尽快查出真相的，他会努力保障你的安全，所以你不要有太大压力，安心把这个案子做好。"

"好。"

林清虽然感到不安，但是若能保障自己的安全无疑是件好事，这也能让自己专心做案子，不必担心下一次会如何被修理甚至被干掉。同样的道理，如果他们能保护自己，自然也会保护王琳和她母亲。

想到这里，林清安稳了很多，他甚至想立刻打电话给王琳，告诉她们"你们放心吧，你们不会有事的"。

"芳菲姐，还有一件事，"林清问道，"你那天在病房里说，集团也收到法院的开庭通知了，通知集团作为第三人出庭，对吧？"

"对。"

"什么时候通知的？"

"很早就通知了，差不多和王琳收到诉状的同一时间。"

"啊？"林清大为意外，"集团很早就接到通知了？那为什么一直不告诉我？如果集团作为第三人出庭，这个案子就好办多了。"

"是吗？"华芳菲淡淡地问。

"……嗯，我还有个疑问。"林清按捺住心跳，"集团打算派谁出庭呢？"

"集团不打算出庭。"

华芳菲的语气相当平淡，林清却不敢相信自己的耳朵，"什么？"他追问道，"你说什么？"

"集团从一开始就没打算出庭。"

林清陷入迷惑中，他首先意识到的是，这样的话，一个律师事务所代理两方的局面就不会发生，自己的出庭将不会有任何问题；随后林清意识到，自己这一方将缺少何华王纪集团在法庭上的直接支持。同时林清冒出更多疑问：为什么这个安排不告诉自己，集团对这个案子到底是一个什么立场？

"因为集团不出庭，所以才让我代理王琳，对吗？"

"对。如果集团出庭，你们律师事务所肯定是要代理集团的，就不会让你们安排律师代理王琳。从一开始，集团法务部就确定了一个原则，那就是不参加，就算接到法院的传票也不参加，绝不在公开场合做出支持任何一方的表态。"

华芳菲看着林清的表情，笑了笑，说道："你要知道，集团有自己的立场，首先要为自己考虑。这个案子在判决之前，股权的归属还处于不确定的状态，如果我们公开支持王琳，万一法院把股权判给了马湘云，她进入股东会，以后股东之间还如何相处？所以我们可以暗中支持王琳，却不能公开与马湘云撕破脸。"

林清默然，他知道她说的是实话，但仍有一种被欺骗的感觉。

"我也不瞒你，当初选中你，真实的原因是你年轻。尽管我们是暗中支持王琳，但马湘云事后一定会知道，到时候我们可以说，我们随便指了个年轻律师给王琳，老律师一个也没出手，马湘云也就不会再说什么了。这样我们进可攻退可守。我们原想有整个律师事务所作为你的后盾，你再差也差不到哪里去，没想到通过几次接触，大家都觉得你很精干。特别是上次你到集团来调阅文件，并提了几个问题，个个都切中要害，罗安山看了你的那些工作，他认为你是个人才，我们对你的表现可以说更加放心了。"

虽然是夸奖，林清却感觉到了愤怒，一种被当作棋子的愤怒涌上心头。难怪这样的大单会落到自己头上，原来是随便找了个新手来填坑，这种做法可以说对王琳一方极不负责，对自己更是充满了欺骗，亏得他们在年会上对着自己摆出一副"救星降世"的嘴脸来，装出一副天降大任的模样来。实际呢，一开始他们就不打算尽全力帮忙。

林清看着华芳菲，她在他眼里的形象有些改变了。

第十三章　塞维利亚

"那……华总您找我，又是为了什么呢？"

华芳菲听到"华总"二字，抬头看看林清，她应该明白他这么叫的含义，似乎有些无奈。

"小林……我知道有些事，你一时半会儿想不通，换了我也一样。可是如果你一开始就站在公司的立场考虑，你可能就不会这么生气了，公司不是慈善机构，首先要保护自己才能帮助别人。再说，我说过我会帮你，就一定会帮你，截至目前，我一直在帮你。很多事情我没告诉别人，也不该告诉别人，可是我告诉了你，包括今天这些事，就是想让你了解整体状况。"

华芳菲似乎斟酌着，继续说道："你要的那些材料，我已经尽可能地让各部门在周一回复你，我帮你不能帮得太明显，我上次说过，集团内部关系错综复杂，我们做什么事情，马湘云那边很快就会知道。我们这一方也不是铁板一块，各有各的利益，各有各的盘算，我和你走得太近，对你来讲不是好事。"

"那你为什么帮我？"林清反问道。

华芳菲皱起眉头，陷入思考，看起来有些心神不定。

"我有我的理由，私人理由。"华芳菲终于说道，"这个理由一点儿也不阴暗，我也会找机会告诉你，不过不是现在。你只要知道我是真的想帮你，你好好考虑一下我的话吧。"

华芳菲的确没有必要告诉自己这些，知道这些东西，对何华王纪集团没有任何好处，对她自己也没有任何好处。难道华芳菲真的想帮自己？然而经历了这一切，他已经有些疑神疑鬼了，林清突然想，也许她是利用自己会这么想，让自己更加信任她，从而为她所用，可是林清想不通自己在这里面能起到什么作用，会为她带来多少利益。

帮助自己的理由是私人理由，会"找机会"告诉自己，林清对此疑虑重重。什么私人理由？

也许华芳菲真的想帮我，也许她真的有什么私人理由。

想到这里，林清更加心神不宁，转念又想，如果她真对我有什么企图，上次就完全可以。正在犹豫中，华芳菲递给他一沓纸。

"这是什么？"

"这是马湘云律师的资料。"华芳菲说，"这个人做了十几年律师，经验很丰富，办过几个经典案子。这是我从法律数据库里找到的几份他代理的案子的判决书，基本上都是胜诉。虽然这个案子事实比较清楚，可是没有集团的公开协助，你还是要谨慎行事啊！"

"法律数据库里有好几个他办的案子？"林清吃惊地问。林清赶紧接过这沓资料，首先看到了对方律师的名字："纪佳程。"

这名字很陌生，上面有一张照片，看起来比自己没大多少，这个人居然已经做了十几年律师，从外表还真是看不出来。这个人和袭击事件有没有关联呢？林清相信一定有，马湘云绝不会背着自己的律师做事情，因为任何动作都有可能对律师的诉讼活动造成影响，作为马湘云的律师，如果说对马湘云的行径不清楚，这种可能性微乎其微。

想到这里，林清对这位律师生出了一丝憎恶的感觉。

华芳菲能想到去调查对方的律师，这表明她确实是在帮助自己，想到这里，林清对华芳菲再度萌生一丝亲近之意。也是，请自己吃西班牙小吃，和自己跳跳舞，对自己能有什么恶意呢？

"好了，我要说的基本都说了，你有什么问题，现在可以问我了。"林清的脑子快速思索着。

"华姐……嗯，你有没有给我发过电子邮件？"

"电子邮件？"华芳菲疑惑地问，"没有。什么电子邮件？"

华芳菲的表情不像是在作伪，虽然早就猜到不是她，但林清仍有些失望。林清把自己近日来接到的几封来自 BH2000 的电子邮件及其内容对华芳菲说了，听到对方让林清趁早抽身，华芳菲的眉头皱了起来。

"难道说……"

"什么？"

"很难说发邮件人对你是好意还是恶意。"华芳菲沉思道，"也许是好意，也许是在暗暗警告你，希望通过这种方式逼你退出……这个人那么快就知道你做了王琳的律师，还能拿到你的电子邮箱——谁有这么大的本事？"

透过镜片，林清看到华芳菲的眼睛紧盯着咖啡杯，眉头紧锁。

"谁能那么快知道集团找你做这个案子？……这件事必须查一下，也许可以借此查出是谁在给马湘云通风报信……小林，"华芳菲严肃地说，"如果你还信得过我，你就听我一句话。"

"华姐，您说。"

"从现在起，你对这个案子要有一个清晰的判断，如果有人针对这个案子给你任何指示，你都要掂量一下，包括我给的指示，一切以你对案子的判断为准。"华芳菲脸色凝重，"从现在起，你尽量不要和别人单独会面，尽量待在人多的地方，保证自己的安全。即便公司里的人和你联系，除非你信得过他，否则不要透露案子的任何情况，你明白吗？"

林清慢慢地点点头。

"关于怎么会有人这么快知道消息，给你发邮件这事儿，我回去会调查，至少要确定这人对你没有恶意。从现在起，有什么事情我会在每天晚上九点通过电子邮件通知你。"

林清点点头。

"你还有什么问题吗？"

"暂时没有了。"

"好了，公事谈完了。"华芳菲往后一靠，整个人放松下来，"坐一会儿吧，然后去我家。看你的样子，这段时间没顾得上练习吧？"

林清有些难为情地点点头。

"希望你基本步法没忘记。觉得上次的小菜味道怎么样？"

"很好吃，"说到吃，林清的脸上多了几丝活力，"挺新奇的，今天您还要做吗？"

"当然。跳探戈就要有那样的气氛，天天吃你可能不习惯，每周吃一次肯定能提起你的胃口。"

他们在咖啡店里又待了半个多小时，时而谈谈林清的案件思路，时而谈谈西班牙风光。天色渐暗，华芳菲看了看表，示意林清该走了。

再度坐在华芳菲家的沙发上时，林清已经没有了第一次的拘谨，他现在可以坦然地坐在那里调换电视频道。华芳菲在厨房里忙碌着，餐具的叮当声不时地传入他的耳朵。在此期间，林清还跑到餐厅，隔着吧台看华芳菲做小菜，当时她正从煮蛋器里拿出六个水煮蛋来，剥去鸡蛋壳，对半切开，很小心地把蛋黄取出来，留下白色的蛋清，然后把已经调好的馅料填进去。华芳菲把一枚橄榄插在馅里，把两个填满馅的蛋清合上。

"里面填的什么？"

"奶酪、牛奶，混合碎橄榄肉、盐、黑胡椒粉。"华芳菲一边说，一边把这些鸡蛋放进烤箱里，"这是烤鸡蛋。你还是回去等吧，等能吃了我就叫你。"

林清回到沙发上坐下，莫名地有些伤感，如果这是在自己家里，自己坐在沙发上看电视，一个女人在厨房忙碌，那该有多幸福、多温馨啊！

在林清的脑海里，这个在厨房忙碌的女人一会儿幻化成王琳，一会儿幻化成李金子，变来变去，搅得他头疼不已。大约过了十分钟，华芳菲招呼他到餐厅，那里已经摆好了餐盘，倒好了雪莉酒。林清知道她又要去换衣服了，果然，十分钟后，她再度穿着晚礼服出现在了餐桌的另一端。

这次华芳菲穿的是一套白色礼服，半边肩膀微露，头发扎在背后，既随意又别致。当她向他举起杯子时，他也举起杯，跟着她一起说道："干杯！"

"干杯！"

这次喝起雪莉酒来，林清觉得适应了很多，看着餐盘里的几样小菜，他猜测着是用什么原料制成的，华芳菲似乎猜出了他在想什么，解答道：“烤鸡蛋、鸡肉卷、小土豆炖蔬菜，还有奶酪沙拉。”

西班牙还有炖菜。林清一边想一边用叉子叉起一点儿尝了尝，味道还不错。

“芳菲姐，您的手艺还真棒啊，您会做多少种小菜？”

“如果原料齐全的话，十几种总是有的。”华芳菲一边想一边说，“也许还可以自创出几种来吧，不过就不知道算不算西班牙风味了。”

“其实我觉得欧洲挺好玩的，”林清说，“那么点地方，分了那么多国家，那么多语言，那么多不同的文化。像西班牙语和英语完全就是不同的。”

“说得对。”华芳菲笑着说。

“可是有些词倒是有点相近，比如说好吃，”林清说，“英语发音和西班牙语发音就差不了多少嘛。”

当林清说出这句话时，他发现华芳菲哆嗦了一下，刀叉悬在半空，似乎呆住了，脸色变得苍白。她认真地看着他，目光里的信息完全无法读懂，但她的表情却令林清感到害怕。

“芳菲姐？我说错话了吗？”

似乎惊醒了一般，华芳菲低下头，有些刻意地用刀子切着烤鸡蛋。

“没什么，想起点事。”华芳菲一边说，一边遮掩般猛喝了一口酒，脸上很快浮现出红晕，然而吃了两口，又陷入沉思。

“我上学的地方是塞维利亚，是安达鲁西亚自治区和塞维利亚省的首府，离海很近，离葡萄牙和直布罗陀海峡也很近，隔着直布罗陀海峡，对面就是摩洛哥。”华芳菲突兀地说道。

林清竖起耳朵，她明显是要讲什么事情了。

“我们学校就在塞维利亚城里，”华芳菲一只手托着腮，另一只手握着叉子拨弄着盘子里的东西，"当时我去的时候，家里好不容易才凑足学费，我的生活费只能靠打工赚取。安达鲁西亚像我这样的中国留学生有很多，当然有的人根本不是去上学的，到了当地连课也不上，天天打工，很多中国学生甚至连西班牙语都说不好。

"为了生活，除了在餐馆打工，我还经常帮一些外国学生补习西班牙语，赚取一些零用钱，我收的费用不多，时间也比较灵活，所以经常会有人找我补习。第二年的时候，经人介绍，有一个中国学生找我补习，他到西班牙学习舞蹈，却不会西班牙语，鬼知道他是怎么出来的。不过他很穷，没钱付给我，但他很诚恳，恳求说可以教我跳舞作为补偿。那时候我哪有闲心跳舞，可是看他说得那么可怜，再加上都是同胞，我心一软也就答应了。在西班牙我们都用西班牙名字称呼对方，我给他起了个名字，叫鲁本……"

"您的西班牙名字叫什么？"

"波妮塔。意思是漂亮的女孩。"

华芳菲的脸上浮现出一抹红晕。

"鲁本是个很能吃苦的人，他虽然语言能力差，但补习时态度很认真，除了上课和补习，他还打工赚取生活费。他……很痴迷舞蹈，有时我去他那里，看到他在努力地练习，那种全神贯注的模样看起来……很帅气。"

林清笑了，他大致猜到会发生什么了。

"我们走到一起了……"华芳菲坦率地说，脸上带着微笑，"我们一起吃饭，一起补习，当我教他'好吃'这个词时，他和你说了同一句话。刚才我真是吃了一惊，还以为他又出现了。"华芳菲话里带着一点儿感伤。

"哦，是吗？"

"这不是第一次。"华芳菲苦笑着摇摇头，"我还记得在西班牙一起过的第一个圣诞节，我们在租的小公寓里做了几个小菜，那天晚上，鲁本为我唱了一首歌，一首西班牙语歌。那时候鲁本的西班牙语连发音都没掌握好，可是他却用心学唱了一首歌，唱给我。"

林清笑不出来了，他完全理解这个男人的心情，他想起了自己当年学唱日语歌的情景：反复听着录音，用一个又一个汉字标出读音，然后把这些拗口的句子背下来，还要跟着原唱练习。这一切很费劲，也需要很大的耐心和精力，但这都是为了让自己心爱的女人开心。当年王琳听了自己唱的《恋人》，热泪盈眶，华芳菲听了鲁本的歌，相信也会十分感动。

"《一步之遥》。"华芳菲沉浸在回忆中，"鲁本的发音很怪，但唱得很认真，很用心，那是我听过的最好听的歌，因为他是用心唱给我的。所以，那天你在年会上唱这首歌时，我真的震惊了……太像了，而且，你竟然也会跳探戈——那天是我在带你跳舞，很多年前，是鲁本在带我跳舞。那天晚上他为我唱完后，我们在小房间里共舞，他当时很愧疚，说没钱给我买一套好的礼服，还说，总有一天他会和我有一个美好的未来，我们会有一所大房子，里面会有一间专门的舞蹈房，他会和我在晚餐后穿着礼服共舞……"

华芳菲说到此处潸然泪下，她把杯里的酒喝光了，又倒了一杯，这次她不是浅浅倒半杯，而是像倒啤酒一样，倒得满满的。华芳菲盯着酒杯看了一会儿，又喝了很大一口。

"鲁本现在在哪儿？"林清轻声问。林清其实隐约猜到了什么。

"在天上。"华芳菲指指天空。

"啊……"

"否则，我至今还会单身一人吗？我现在有了大房子，也有了舞蹈房，如果愿意，我甚至可以买下一所舞蹈学校，可是那个应该与我共舞的人……已经去了天堂。"

林清咽了一口口水，不知道说什么好。

"他是为了多赚点钱……我们在西班牙过得很艰苦，每天上课，打工，只能睡四五个小时，但生活还是很拮据。鲁本为了让我不用那么辛苦，就拼命想办法赚钱，后来，有一个当地的华人介绍给他一份工作，每次工作时间短，报酬却很高，你知道那是什么吗？"

林清摇摇头。

"发信号。"

"发什么？"

"发信号。鲁本一直不告诉我，我是在事后才知道那是怎么回事……你知道塞维利亚和摩洛哥就隔着一片海，离直布罗陀海峡又近，所以当地的非法移民特别多，每年偷渡过来的人也特别多。当地的团伙协助他们偷渡，一般每隔一段时间，就在深夜接应偷渡客从海上偷渡过来，鲁本就负责在看到海上的信号后，按照别人的指示，向海上发信号。海上的人看到信号，就会登陆。"

华芳菲抽泣起来。

"鲁本隔段时间就会在深夜出去，每次都能拿回一万到两万比塞塔回来，有时还能拿回美元，我们都很高兴。可是有一天他出去了，直到第二天晚上都没回来……后来另一个和他一起的中国学生告诉我，那天晚上警察早就埋伏在了附近，偷渡的人刚踏上海滩，警察就冲了出来……他告诉我，鲁本吓坏了，他沿着海滩拼命跑，拼命跑，警察叫他站住，可是他不知是太害怕了还是听不懂，还是拼命跑，拼命跑……他手里还拿着用来发信号的灯，后来警察开枪了……"

啊！林清在心里暗叫一声。最坏的结果真的发生了！

"鲁本就这样死了。"华芳菲看着天花板，泪眼蒙眬，"这是我内心永远的痛。从那以后，我一直形单影只，多少个夜里我从梦中惊醒，发现枕巾湿湿的……那个人再也不会回来了……我再也没有跳过探戈，再也没有听过这首《一步之遥》。虽然我买了这首歌的唱片，买了有这首曲子的电影，什么《闻香识女人》《真实的谎言》，可是从来不看……直到那次年会你唱了那首歌。"

华芳菲含泪的脸上露出笑容："那一刻，我真怀疑鲁本的灵魂附在了你的身上，回来找我了。"

林清咬住嘴唇，抑制住自己的心情。原来如此，所以华芳菲会邀请自己共舞，会帮助自己，一切的一切，原来是因为自己学唱了那首歌，也许是那曲探戈触动了她灵魂深处的记忆。

"你现在明白了吧……我对你不会有任何恶意，我不会害你。你的一些举止太像他了，我知道所谓灵魂附体是不可能的，但我仍然相信你是他安排的，来告诉我，他其实一直与我同在……林清，我并不是个善良的人，我帮助你也是出于自己的私心，但是为了鲁本，我一定会竭尽全力帮你，保护你。"

华芳菲把杯中的酒一饮而尽。

"我所要求的回报，只是每周一次晚餐，一次共舞，帮我重温那种感觉。"她喃喃地说，"塞维利亚，你还记得我吗？"

林清的大脑被一股强烈的情感充斥着。他咽了一口唾沫，用蹩脚的西班牙语为她唱道：

神气的马儿总是先一头而赢，

它不紧不慢，先行一段，

当它回转，它似乎又来叮咛……

华芳菲静静地听着。整个房间如此安静，只有林清的声音在低声吟唱，也许是喝了酒的缘故，他的嗓音圆润，毫无干涩，当他唱到高潮部分时，华芳菲低低地合唱起来。

差一点儿就赢，

那轻佻而愉快的女人左右了我的神经，

她直白而强烈的主见摧毁了我的性情，

而当她微笑着发誓说爱我，

到头来，却又是空口无凭……

"谢谢。"华芳菲含泪笑着说。

"不用谢。"

女人，有时就是为了那么一丝捕风捉影的感情就能做到极致的动物。

这可能是自己尽最大能力为她做到的事了，一首歌，一支舞蹈。林清明白，自己不会怀疑华芳菲了，这个女人已经向自己吐露了心底最柔软的部分，露出了灵魂深处的伤痕，她信任自己，自己唯一能回报她的也只有信任。林清为这种信任而感动，这种被需要的感觉，在他以往的生活中从未经历过。

也许真正吸引男人的，恰恰是这种被需要的感觉。

第十四章　再度见面

第二天上午林清醒来时，心里五味杂陈，各种思绪纠结在一起，迟迟理不出头绪来。他现在可以信任华芳菲了，但仍需要面对何华王纪集团不参加诉讼的现实。他一方面要面对华芳菲复杂的情感，另一方面还要面对李金子大胆介入自己的生活；他一边要为王琳做案子，一边还要面对她目前的冷漠……

林清突然想起自己昨晚很晚才溜回来，李金子会不会跑来追问自己昨晚为什么回来那么晚。想到这里，林清又是担心又是无奈：李金子不是自己的女朋友，可是自己见了她却总是心虚，自己怎么会这样子？

肚子咕噜噜地叫着，昨晚林清本来就没吃多少，再加上跳了很长时间的舞——昨晚他诚心诚意地陪着华芳菲说话，练习了很久步法，他的肚子里能剩下什么东西才怪。林清犹犹豫豫地爬起来，穿上衣服，打算溜出去弄点东西吃，最好不被李金子发现。

然而林清刚拉开门，就看到李金子面对着自己在往餐桌上摆餐具。林清吓了一跳，李金子却好像什么事也没发生，向他招呼道："醒了？来吃早饭吧。"

李金子的声音和往常一样，毫无生气，林清悬着的心终于落了地，有些迟疑地走到桌边。桌上摆着一锅白粥，一盘子煎馒头片，还有一碟小咸菜。

李春可怜巴巴地坐在桌子另一头，那模样活像只受了委屈的耗子，他怨恨地看了林清一眼，说道："李金子，现在可以吃了吧？你看他这不是来了嘛……"

"吃吧吃吧，撑死你。"

李春站起来去拿勺子，李金子却抢先一步拿走了。她给林清盛了一碗粥，又给自己盛了一碗，才把勺子给李春。这种厚此薄彼的做法令李春相当不满，看林清的目光里满是恶毒。

林清更心虚了，不知李金子葫芦里卖的什么药。林清低着头，乖乖地喝着粥，吃着馒头片，在空肚子的早上吃到这样的早饭无疑是一件令人舒服的事，小咸菜拌着香油，香气扑鼻。

吃完早饭，李金子在厨房洗碗的时候，李春蹿进了林清的房间，一进来他就问："你们什么时候开始的？"

"什么开始不开始的？"林清知道不妙，于是装傻。

"别装蒜！"李春暴跳如雷地说，"你知道我在说什么！你明知道我喜欢李金子，你还和我抢！"

"你在这里干什么？"李金子在门口喝道，"我是件东西吗？"

李春气呼呼地走出去，"砰"的一声把门关上了，李金子一副无所谓的样子，动手开始收拾林清的房间。林清慌忙说："那个……不用了，我……"

"做你的事吧，要么休息，要么做案子，玩游戏也可以。"李金子头也不抬地说。

　　林清不知说什么好了，李金子麻利地把房间收拾好，最后抱起了林清换下来的衣服，林清想起里面还有自己的内衣，张了张口，却不知说什么。想到自己的衣服上还残留着华芳菲身上的香水味，他头上渗出了密密的汗珠。

　　"那个……"

　　李金子一脸轻松地抱着衣服出去了，不久林清听到卫生间里传来了哗哗的水声——她难道在这么冷的天给自己手洗衣服？林清慌忙从床上跳下来，跑到卫生间，果然，李金子正在把所有的衣服泡在水里，往里面撒洗衣粉。

　　"李金子，用洗衣机就可以了……你看，这多……"

　　"领子用洗衣机洗不干净，还有袜子也是。"李金子放完洗衣粉，擦着手，"泡十分钟吧。"

　　李金子一边说一边走进厨房，开始洗菜，林清跟在她后面，看到她这样，更加心虚了。

　　"嗯……其实，我昨晚什么也没做，"他不知道自己为什么要向她解释，"……也就跳了跳舞。"

　　"没关系。"李金子淡淡地说，"我现在没有任何权利限制你啊……我说过，我会给你时间，直到有一天你发自内心地想和我在一起。到那个时候，如果你还是这么晚回来，满身香水味的话，我真的会狠狠地收拾你的。"

　　她一边带着微笑说着，一边"嘎嘣"一声，把一根胡萝卜掰成了两半。

　　太可怕了！

　　林清不敢再说什么，回到自己的房间，掩饰般的开始翻案卷，故意翻得哗哗有声。幸好林清从何华王纪集团复印回那么多材料，避免了他拿着几页纸翻来翻去的窘境，看起来还确实像在认真研究案情。

说真的，他要仔细研究这些材料了，何华王纪集团的支援已经变成了"暗中支持"，他不会在法庭上得到直接支援，从现在起要独自作战了。

值得安慰的是，仅从现有材料来看，如果正常审理，自己掌握的证据也是占优势的，其实他更担心的是马湘云一方的阴招，比如再次袭击，比如暗中对王琳母女的袭击。虽然华芳菲保证说会想办法保护自己，可是百密总有一疏，谁敢打包票呢？

何华王纪集团从一开始就没打算出庭，然而这个计划直到昨天才告诉自己，这是故意还是疏忽？林清虽然不是天生的阴谋论者，但仍感觉有些吃不透。既然要帮助自己，华芳菲为什么遮遮掩掩，让自己保密，还说这个案子水深？为什么在自己到集团调取证据的时候摆出一副公事公办的样子？她在做给谁看？她在第一次周末见面时说："……盯着老王这股份的人，远远超出你的估计。这其中的利益纠葛，说一天也说不清楚，每个人都有自己的算盘。罗安山带你去见何总，一个小时后我就知道了，别人当然也会知道。可能只有你不知道，你早已被很多人盯上了……"华芳菲跟自己说这些话是在暗示什么？是指公司内部有人也在盯着王琳的股份吗？他们在这个案子里起着什么作用，与自己接到的邮件有无关联，与自己遇袭有无关联，与何华王纪集团不出庭有无关联，这些问题简直成了一团乱麻。华芳菲和何总能帮助自己，难保不会有人在暗中帮助马湘云。

想到这里，林清暗自感叹：钱这个东西真是不得了。算起来这个案子里牵涉的人，除了自己和王琳，其余至少是七十年代的人，有的甚至是六十年代、五十年代的，基本都是受过正统教育长大的人，可是他们却为了金钱花费如此多的心机。一亿元以上的资产，无数人眼中的天文数字，无数人奋斗一生也攒不到一个零头，也难怪他们会如此疯狂。

莎士比亚说："金子，黄黄的，发光的，宝贵的金子！只要一点点，就可以使黑的变成白的，丑的变成美的，错的变成对的，卑贱的变成尊贵的，老人变成少年，懦夫变成勇士……"

现在只不过把金子换成了"金钱"，伟人之言，真的是至理，人性之丑陋，乃至如斯。唯有华芳菲的真性情在这个事件中，透露着一丝温暖和光辉。

林清对案情的研究没有什么新意，反而把更多的心思花在了揣摩李金子的表情和如何与王琳见面上，其间李金子进来过几次，除了一次拿平板电脑，一次来叫他吃饭，看到他"投入"地研究案子，她不但没打扰他，还给他泡了一杯绿茶，每隔一段时间就进来往他的茶杯里续热水。

真是个好女孩啊，林清感慨道，平心而论，和这样的女孩结婚，一定会过着非常舒适的生活，因为她会把所有的事都替你做完。换作王琳，这样的待遇想都别想——她不让自己伺候就不错了，当年楼上楼下地帮她跑腿是家常便饭。

可是感情这个东西真的很奇怪，人就是愿意这样自讨苦吃。爱情不是搭积木，不是谁看着合适，搭在一起就建起一个房子来，一个家庭最重要的是感情吧？

晚上睡觉前，李金子把平板电脑又给林清送回来了。林清躺在床上，发现音乐栏里"我的收藏"目录下多了一首歌《我们说好的》。

第二天早上，林清走进办公室时，每个人都在看他，和他寒暄，问他现在好点没有，用各种目光打量他的脸。林清的办公桌上放了一张卡片，上面写着："欢迎归来，早日康复！"

我这才几天没来啊……他的心里有种暖洋洋的感觉。

几个合伙人先后过来慰问林清，让他感觉受宠若惊。罗安山也来了，他拍了拍林清的肩膀，问道："不用继续休息吗？"

"主任，我很好，没事了。"

"好小伙子！"罗安山点点头，"我没看错你。今天下午，跟我一起去一趟何华王纪集团，见一下何总。何总也听说了这件事，要慰问你一下。"

"啊，这太……"

"这也是应该的。"罗安山止住他的客气话，说，"我们的律师是为了何柏雄交代的案子被袭击的，于情于礼，他都应该出来说句话。你上午把别的事情处理一下，下午跟我过去。"

说是把别的事情处理一下，现在林清哪里有别的事情。一上午林清就坐在那里翻来覆去地看案卷，不时接受同事们的问候。他们中午共同请他吃了一顿饭给他"压惊"，还拉上了一个合伙人，结果这个合伙人不得不为这十几个人的大吃大喝埋单。看来老板也不好当，总有这么多没心没肺的人惦记着他口袋里的那点钱。

开车往何华王纪集团赶的时候，罗安山的表情分外严肃。

"照他们跟你说的这些话来看，这绝对是马湘云派来的。"罗安山阴沉着脸，"这个女人，还真是明的暗的一起来。小林，你还敢不敢做这个案子？"

"当然敢！"

　　"好样的！"罗安山恨恨地说，"我还是头一次遇到这种事，连律师都袭击，今天这事，我们也要何总这边给个说法，这个案子的复杂程度看来远超当初的估计，律师都有人身安全问题了，何总必须给我们足够的保障才行。"

　　"罗主任，你见过马湘云吗？"

　　罗安山眉毛一抬，"怎么会没见过？我以前一直觉得她还好……什么东西……"

　　罗安山是真动怒了，林清自进所以来，还没见过他这么骂过脏话。罗安山骂完，就告诉林清："估计今天何总会有点意思，到时候给你你就拿！"

　　"这不好吧……"

　　"不好个屁！"罗安山骂道，"你都给他流血了，有什么不敢拿的？拿！"

　　你说拿，我一定拿。林清心里说。

　　罗安山和林清进入集团的时候，何总还在处理事情，秘书请他们在会议室等候，十几分钟，秘书请他们进了何柏雄的房间。

　　这是林清第二次进入何总的办公室，里面的摆设没什么变化，只有何柏雄满脸倦意地靠在老板椅上。看到他们进来，何柏雄向他们招了招手，示意他们坐下，自己慢腾腾地站起来，走到了茶几旁边。

　　"人不服老不行啊。"他一边感叹，一边慢慢拿起茶叶来，"现在真容易疲劳……"

　　"何总，我来吧。"罗安山早已没有了车上那股咬牙切齿的气势，殷勤地端过茶壶，开始烧水，动作熟练，"您啊，多保重身体，这么多人都指着您吃饭呢。"

"老喽！"何柏雄苦笑道，"现在有多少人还盼着你好啊？对了，小罗，哪天你再来一趟，我跟你谈谈遗嘱的事。前两天华盛的老李，你知不知道？打完高尔夫，坐在那里喝了杯啤酒，然后人就没了。"

"啊？华盛的李总？死啦？"

"他比我还小两岁呢！万一哪天我有点什么事，总得有个交代。"何柏雄叹息道，"不说这事了，小伙子，你受惊了，也吃苦啦。"

这是领导在慰问自己，林清自然知道该怎么做，他摆出一副受宠若惊的样子，感谢何总关心，顺便表示自己会继续战斗。

"好小伙子啊，有韧劲儿！"何柏雄夸道，"看到你，就想起了我年轻的时候。小伙子，年轻人要多磨砺，有时候吃的苦比你这次的磨难要痛苦得多，可是你要咬牙坚持，几十年后，你回头一看，这都是人生财富啊！"

"记住，这是何总人生经历的宝贵经验！"罗安山教诲地说，"何总是在提携你！"

"谢谢何总！"林清唯唯诺诺地说。

"这事我也有责任，没有估计全面，唉……"何柏雄叹息一声。这时水烧开了，罗安山烫着杯子，开始泡茶，何柏雄看着他把茶水倒进一个个小杯子里，点点头，"这也在提醒我们，这女人疯了，我们不得不防。说到这个嘛……"

何柏雄把一个信封推到林清面前："拿去买些补品，好好补补身子！"

"不用，不用……"林清盯着信封，心里盘算着里面有多少钱，两手却作拒绝状。

"叫你拿你就拿！何总不喜欢别人客气，"罗安山在旁边说，"何总给你，你就安心用，等时间长了你就知道了，何总对下面的人最大方了！”

　　“拿着吧，”何柏雄慈祥地说，“收起来，然后咱们谈谈这个案子，我有个新的想法。”

　　就在这时，桌上的电铃响了，随后传来了秘书的声音。

　　“何总，她们来了。”

　　“哦？不是让她们三点再来吗？居然早到了一个小时……”何柏雄面露愠色，“嗯……也罢，让她们进来。”

　　“何总，您还约了别人？”罗安山说，“那我们就先……”

　　“不，你们先别走，在外面等我。”何柏雄沉吟着说，“既然她们早到了，我就先和她们谈谈，然后再和你们谈，这事我也要听听你们的意见。叫秘书带你们去坐一坐，喝点饮料。”何柏雄指了指桌上的信封，“快收起来。”

　　林清刚把信封揣进怀里，门就开了，林清向门口望去，热血霎时又涌上了大脑。

　　站在门口的是王琳和韩昭仪。

　　他们的目光相遇了，王琳看到他，目光一跳，又是意外，又是惊愕。林清几乎想向她迈出步去，然而王琳却扭开头，不理他，他的肌肉僵住了。

　　韩昭仪看到林清，也是微微一怔，接着挤出了一丝笑容，点点头。她有些慌乱地说：“哦，小林也在啊，呵呵……你看，你看……大家都在是吧？……何总，我……”

　　“坐吧。”何柏雄用冷漠的口气说，“小罗，小林，你们先到外面等等，我和她们谈点事。”说这话的时候，他抬头望着天花板。

　　林清和罗安山忙走出办公室，经过王琳身边时，王琳终于看了林清一眼，眼中满是怨恨，她嘴角动了动，似乎要说什么，没等林清回味这个表情的含义，他就被罗安山拖出了房间。

王琳是想和自己说话吗？林清想着，心怦怦直跳，只要她给自己一个解释的机会，自己一定会告诉她，自己和李金子真的没什么……

林清和罗安山坐在沙发里，不知何柏雄和王琳母女在办公室里谈什么，想着王琳刚才对自己的表情，久久不能平静。

"估计何总要向她们母女谈你了。"罗安山用随意的口吻说，"这个案子你又费心又受苦，没准你会引起女孩子注意呢。对了，这个小姑娘看起来和你年纪差不多啊。"

罗安山点了根烟，自得其乐地讲着："等这个案子办完了，你真可以追追这个女孩子呢，这女孩子长得不差，而且以后也会有身家……"

林清有些心虚地想，如果这些人知道自己和王琳的真实关系，不知会作何感想。

林清盯着办公室的门，不知道何总今天叫王琳母女来是什么事，是要告知她们集团不打算出庭的决定吗？还是说这老先生打算和她们洽谈以后合作的事了？

也许一会儿办公室门打开，他们会笑容满面地出来。林清突然又感觉王琳离自己越来越远了。

里面的谈话持续了很久，至少有一个小时，门再度打开时，林清立刻站起来，和罗安山一起向门口望去。何总并没有送她们出来，先出来的是韩昭仪，王琳跟在她身后。韩昭仪的表情很奇怪，脸涨得通红，似乎很愤怒，当她看到林清时，她的嘴角动了动，但还是一言不发地走了出去。王琳反而有些兴奋，看到林清，她低下头，微笑着。

王琳在对自己笑！林清的心情瞬间明媚起来，王琳又看了他一眼，目光温柔，还带有一丝羞涩。她垂下眼睑，轻轻点点头，快步追了出去。

林清有些留恋地看着门口，罗安山扯了他一下，他忙收回目光，跟着罗安山走进何柏雄的办公室。何总还坐在茶几边，脸色居然也不太好看，联想到韩昭仪的脸色，林清猜测他们吵架了，但王琳的表现又不像。

"坐吧。"何柏雄一边说，一边把几个小茶杯里的残茶倒掉，用木夹把杯子扔进小锅里煮着。

"何总和她们谈完了？"罗安山笑嘻嘻地坐在对面。

"谈完了，真是……"何柏雄长长出了一口气，"见到这个女人，我真是……唉，要不是为了老王的女儿……我绝不和这种卑劣势利的女人说话！"

一向温和的何总突然骂出这句话，着实吓了林清一跳。

"要不是这个女人，老王这些年也不会活得这么辛苦……现在居然还有脸跑来谈遗产问题！"何柏雄盯着小锅里沸腾的水，"我一开始就没给她好脸色，直接就说，这次的继承是王琳继承，至于王琳她母亲的利益，不在我们考虑范围之内。至于王琳拿到遗产后和谁共享，我们不管。"

原来如此，林清有些明白韩昭仪的脸色为什么那么难看了，这些话相当不留情面，任谁听了都难以接受。韩昭仪居然没有大吵大闹，她的心理素质还真不是一般的强。

"何总，也不至于这样嘛，"罗安山劝道，"为了那个小姑娘，还是忍一忍……"

何柏雄一边从小锅里把煮过的杯子夹出来，一边缓缓说道："我已经决定了,我要收购老王的这些股权。"

罗安山和林清都愣了。

第十五章　恩怨

"您要收购王明道的股权？"罗安山的身子瞬间挺得笔直，"什么时候？"

"现在。"

"向谁收购？"罗安山问。

"向王琳收购，叫她把继承的股份转让给我。我把钱给她。"

"不行！股权未定，您怎么收购？"罗安山叫了起来，"您把钱给她们，万一法院判决股权属于马湘云，您怎么办？找她们退钱？她们都不知道到哪里去了！"

"要真是那样，就当我把钱给她们了！"何柏雄不耐烦地说，"再说，小林不是说这案子对王琳有利吗？"

"您为什么要收购？"罗安山身子前倾，"这对您没有一点儿好处！如果真要收购，等法院判下来您再收购，否则法院判下来股权属于马湘云，您这钱就等于扔到水里去了！这可是上亿元的资产啊！"

"你不懂。"何柏雄叹息道，"小罗，再这样下去，不知还会发生什么。今天是律师被袭击，明天就可能是她们母女俩，只要她们是股东一天，或者争夺股权一天，她们就可能有风险啊。马湘云这个人我知道，她发起狠来什么都做得出来，她杀了那个老婆子我没意见，万一伤害到小姑娘，我怎么对得起九泉之下的老王。我把股权收购过来，明确告知马湘云那边，她的矛头就不会对准小姑娘，而是对准我。想伤害我，她能做到吗？而小姑娘这边立刻就能拿到钱，也相当于早一点儿继承到遗产，她不吃亏，还可以早一步置身事外，这多好啊！"

原来如此！何柏雄想把股权收购过来，把钱给王琳母女，从而让她们拿着钱置身事外。林清在脑子里来回盘算半天，这对王琳有百利而无一害，简直是天上掉下了馅饼，里面的馅还是燕鲍参翅。王琳的笑容是基于这一点吗？林清一时有些发蒙，感觉这好事似乎让人不敢相信。

拿了和遗产等值的钱，置身事外，留下何柏雄去和马湘云死掐，这样的好事，哪里去找？

"何总，"罗安山向前探身，脸色都变了，"现在案件还在审理中，变更诉讼当事人是不可能的，她们不可能置身事外！您……"

"这一点我想好了。"何柏雄挥挥手，"我和她们签个协议，约定把股权转让给我，我把股权转让金先打给她们，一旦胜诉，她们配合我办理股权变更手续。诉讼还是以她们的名义进行，反正她们不用出庭，律师出庭就可以了！只要你知道，"他指指林清，"你实际上是代表我，就行了。"

何柏雄的话很严肃，罗安山几乎要跳起来了。

"我反对您这么做！这对您没有任何好处！"罗安山激烈地说。

我支持您这么做，这对王琳只有好处。林清在心里说。

如果真的这么做，马湘云将不得不面对何柏雄，她有再大的能耐，也无法和何柏雄这样的商场老手抗衡；王琳母女直接拿到了钱，得到了解脱；自己也将实际变为何柏雄的律师，和何总的关系更进了一层——这怎么看，都是大大的好事。

"当然了，我不能直接给她们卖这个好，我刚才对她们说，这是你们提出来的意见。"

老爷子，您真是我的亲人！林清都快要叫出来了。这么一来，促成好事的就变成了自己和罗安山，在王琳那里，在韩昭仪那里，自己这面子也太大了！

林清看着罗安山焦急的脸，唯恐何柏雄改变主意，恨不得对律师事务所主任大吼："闭上你的嘴！"

然而，罗安山固执地提出反对意见，他坚持认为这是不合理的。

"何总，"他恼怒地说，"我给您做律师十年了，这些年我看您做了无数决定，这一个是我唯一一次坚决反对的！您怎么会做这样的决定？到底欠她们什么，要这样帮她们？您帮她们请律师，已经够意思了，现在您还……"

"我不欠她们任何东西。"何柏雄摇头说，"我只想告慰一下老王……我不能看他唯一的孩子吃亏，更不能看他最爱的女人和他的女儿搞得你死我活，那样他在九泉之下都闭不上眼！老王……是我的恩人啊！我……也只能做到这些了，况且只要是拿钱就能解决的事情，我不在乎。小罗……这里头纠缠了很多事，你们不知道……"

说到这里，何柏雄似乎想起了什么事情："小罗，你倒几杯酒来。"他有些疲倦地指指里面。

罗安山站起来，走到里面的小间里，倒了三杯褐色的酒出来。何柏雄接过一杯，掂在手里，他的眼角有些潮湿。

"二十多年前我下了岗，一个人到这边来讨生活，来了一个礼拜，都没找到什么活干，身上的钱花光了。当时我在街上走，兜里一分钱也没有，很饿，饿得发晕。在街边小摊上我看到半碗剩面条，也顾不上什么，端起来就吃，老板却把碗夺过去，当众骂我，赶我走……"

何柏雄闭上眼，眼角流出了一滴泪水。林清被他说得满心酸楚，这个身家亿万的老板，当年竟会为了半碗剩饭……

"这么多年，我从没忘记那天，那种饥饿的感觉，饿得想把整个世界吃掉，饿得放弃所有尊严，捡别人的剩饭，受尽白眼和辱骂，只求活着……人哪！就为了那么一口饭！"他挤出一丝笑，接着说："那天我哀求老板，他也不肯给我吃。直到老王走过来，帮我买了一碗面。"

虽然明知何柏雄没饿死，林清还是松了一口气。

"我和老王此前从不认识，他是看我可怜，给我买了一碗面。当时他坐在我对面，问我怎么回事，我一边说，一边吃，还不停地掉眼泪。他问我是哪里人，后来发现居然还是老乡，他就告诉我，让我明天到他们单位去，看能不能找个活儿给我干，临走他还给了我五元钱。"

"老王当时在他们单位的供销科，跟他们领导说了说，给我安排到场站里当小工，托他的福，我有了饭吃，有了地方住。你们说，老王对我的恩大不大？我该不该报他的恩？"

罗安山和林清一起点点头。

"这是老王第一次帮我。"何柏雄望着墙上的画，"过了一年多，我从小工升到了队长，我这人总是记得他的恩，时常上门去看他们。老王对我很热情，每次都端茶倒水，留我吃饭，他老婆——也就是这个韩昭仪，那女人看我只是个场站里的小工，衣服又破旧，就很不喜欢让我去，久而久之，我也不好意思去了。后来老王单位换了个新上司，不知为什么看他不顺眼，就把他挤出了供销科，派去管理车队，这样老王的收入就少了，当时老王的老婆在怀孕，两口子经常为这事吵架，老王一吵架就跑到场站来找我，和我喝闷酒。"

何柏雄露出一丝冷笑。

"这个韩昭仪……她只认得钱。她年轻的时候是挺漂亮的，好打扮，总是出去炫耀老公搞供销有多风光，后来老王收入少了，她就给他脸色看……这种女人，"他呼了一口气，"我是老王介绍的人，在公司里也没什么好，那时我一咬牙，决定不干了，与其将来被别人赶走，还不如拿着攒下的一千五百多元钱自己去打拼。

"我先是在街边卖早点，饭团、煎饼果子都卖过，后来和别人合伙摆了个馄饨摊子，一年下来攒了三万多元钱。过年前，我到他家里去，拿了一万元钱，想谢谢他的恩，当我拿出钱来，韩昭仪的态度立刻变了，变得很热情，可老王死活不收，他让我自己留着应急。最后我只好揣着钱走了，临走说，这就算我暂时替他保存的。后来我知道，韩昭仪为了这事，和老王大闹了一场。"

"后来我的生意慢慢做大了，我向伙伴借钱，盘下了一个小店面，开起了小饭馆，还买了辆摩托车运货，我满心打算找机会报老王的恩，结果没想到自己又拖累了他。我们的小工骑摩托车运饮料时撞了个老太太，把人家撞进了医院，我们把店里的所有钱拿去也不够赔偿人家的医疗费，当时寒冬腊月，我和搭档四处求借无门，站在街边，连投河的心都有了，思来想去，只好厚着脸皮，又去找老王……"

何柏雄的泪水终于流了下来。

"那时王琳才一岁多，韩昭仪那天抱着孩子，在家里破口大骂，说我是丧门星，只会害人，要把我赶出去。老王怕老婆，可是即使这样，他还是借给我三万元钱，那几乎是他的全部积蓄……就算现在，你跟别人借三万元钱，人家都不一定肯借，那可是90年代初！三万元钱救了我的急，却拆了老王的家！韩昭仪直接和老王闹离婚，我跑去哀求嫂子不要离婚，都给她跪下了，她还是离婚了。韩昭仪带走了全部家当，带着孩子直接走了，从那以后，足足二十年，老王就再也没见过女儿。"

何柏雄的眼里闪着激愤的光。

"我度过那个危机，终于开始顺风顺水了，由小做大，不断加入新的合作伙伴，十五年前，我转行做了贸易公司。我们公司有一些钱后，我把他拉进来，把我的一点儿股份分给他，只求报恩，老王这些年一直疯狂地找女儿，他从没把心思放在公司上，满心只想着快点找到女儿……他认识了马湘云，这样的好人哪个女人不喜欢呢？马湘云甚至愿意为他付出全部身家……可是他一直不肯结婚，满心希望自己的女儿回来，只有女儿接受了，他才会迎娶马湘云……"

何柏雄向两边伸出双手。

"我不能对不起老王！今天这一切，是我挣出来的，可是如果老王在当年没救我，我什么都不会有。我要对得起他，他唯一的骨肉，我必须保全。我派人调查过了，韩昭仪离开老王后又嫁过一个人，一年多就离了婚，然后单身至今，我知道，那个女人回来没安好心，可我不是为了帮她，我是为了王琳。"

"我知道马湘云也很苦，这些年一直是她在支持老王，可是她现在做得太过分了，而且，我始终怀疑……算了这件事情结束后，我会给她个交代的。小罗，小林，你们不用再劝，这件事，我决定了。"

房间里鸦雀无声，林清看着何柏雄脸上的眼泪，对他莫名生出了一丝敬意。对王琳的父亲，林清除了敬佩之余，更感到酸楚。一个这么好的人，娶了一个这样的老婆，过了二十年悲苦的生活，终于与亲人团聚，却不幸离世。

林清知道何总说的"我始终怀疑……"是指什么。这个怀疑，华芳菲暗示过，他自己也有所怀疑。如果王明道是被暗害的，那他的人生真是不折不扣的悲剧。更可悲的是，这场悲剧居然持续到了他身后，他的女友和女儿现在为了遗产搞得你死我活。

何柏雄把摊子接过来，让王琳等人撤出。

善莫大焉。

"何总，您……我一定会做好这个案子。"林清压抑着自己的感情，认真说道。

"谢谢。"何柏雄点点头。

"那也太便宜那个女人了，小姑娘拿到钱，还不是那个女人她用？既然要帮她们……就打个七折！不，六折！"罗安山沉吟道，"就告诉她们，上亿元的资金不好筹措，如果打折，可以早日签合同付钱！您这是把风险都担过来了，应该打个折！否则她们也太舒服了！"

"不打折，按原价值给她们！"何柏雄淡淡地说，"我为人但求无愧于心，要做，干脆就做得大气一点儿，绝不能让那个女人背后说我坏话。我全价给她，她就不会说我趁火打劫什么的了。"

上亿元！林清抑制着内心的激动，几乎端不住酒杯了，面前这个老人实在是男人中的男人。这样的豪情，这样的胸襟，这样的气魄，究竟几人能有！

"这件事，目前要保密，只有我们在座的几位知道，连其他股东都不要说。我需要点时间，还得筹措一下资金，顺利的话，半个月内就能筹措完毕。小伙子，"何柏雄转向林清，"你要好好做这个案子……目前有什么困难，就告诉我，我叫下面全力支持你。"

林清几乎立刻就要拍着桌子高喊"没有困难，坚决完成领导交给的任务"了，幸好他没有失去理智，他一边表示一定会排除困难，一边说起了目前的难题。

"如果公司不出庭作为第三人，那我们在提交证据时就需要公司很多资料的档案原件。"林清请求道，"本来我们预备公司会出庭，会提交相应的证据，现在我们不得不自己提交。这些文件中相当大一部分是没有在工商局备案的，所以原件我需要从公司拿到法庭上核对。"

"公司档案？"何柏雄问，"那都是重要的资料，你需要什么？"

"我需要股东签名的原件。"

"好吧。"何柏雄点点头，"我关照下去，在开庭前一天，把你要的文件的原件给你。你要保存好，不要遗失，用后尽快归还。"

"谢谢何总！"林清高兴地点点头。

"还有什么问题吗？"罗安山问林清，"没什么问题的话，你就先回去吧。我和何总还要商量些别的事情。"

林清站起来，发自内心地弯腰与何柏雄握了握手，带着对他的敬意离开了办公室。

王琳的利益得到绝对保护了，她确定会成为亿万富豪，接下来就是自己和她的问题了。

下一步会怎样？不知道，但林清知道，如果这个案子打输了，韩昭仪就更不会让王琳和自己在一起了，只有保障了她们的利益，自己和王琳才会有一线生机。

林清怀着激动的心情走出了何华王纪集团的大楼，意外地，他看到王琳站在台阶下看着他。

王琳先是看着他，随后她的脸上露出了一丝微笑，接着绽开了一朵鲜花。她向他跑来，没有任何预兆地扑到了他的怀里，林清抱住她，内心充满了幸福。

王琳把脸埋在他的下巴下面，在他怀里扭动着身子，突然一把推开他，握起拳头，用力向他打去。"坏蛋！坏蛋……"

打他的时候，王琳的脸上满是娇羞和嗔怪。林清不躲不闪，一边享受着她的拳头，一边解释道："那天……她其实就是我的室友，我和她真的没什么……"

"再有下次，我真的再也不理你了。"王琳跺着脚说。

"我发誓！我发誓！"

"坏蛋……"王琳低下头，抹着眼泪，"我恨死你了，本来都决定再也不理你啦。"

阳光暖暖地洒在他们身上，尽管是冬日，但林清仍感到了空气中的暖意，王琳抱着他的手臂，如同小鸟依人一般，和他并排走着。

"你妈妈呢？"

"回去了……她和何伯伯关系不好，虽然不知道是什么缘故。"

林清知道，可是他不想说。

"林清……谢谢你……"王琳幽幽地说，"何伯伯跟我们说了，你对我的案子很上心，你们还建议他买下我们的股份，免得马湘云继续针对我们。你……真是太关心我了。"

"这是我应该做的。"林清在说这话的时候，自己都觉得心虚。

"我知道，你想保障我的利益，我也因此更感激你……"王琳嫣然一笑，"妈妈是个爱财的人，嫌贫爱富，可是我现在有了这些钱给她，她就不能再干涉我了……林清，我，很开心。"

我也很开心，你这么说以后，我更开心。林清想。

这个案子的压力已经变得小多了，可以说对王琳有了交代；爱情如此甜蜜；前途充满阳光。

今天又是一个黄道吉日。

"我们一起吃饭好吗？"

"不行……"王琳的脸红红的，"我得回去看看妈妈，她刚才被何伯伯说了之后，一出来就生气走了，我不放心她。"王琳握住林清的手，轻轻抚摸着，"林清，周三就要开庭了，你要加油……"

"你放心，"林清笑着说，"为了你，我会尽力的，越是对我们有利，何总买股份这件事就越不会出现变数。"

"改天见。"

王琳踮起脚尖在他的脸颊上轻轻吻了一下，脸色通红，随后步履轻快地跑开，消失在地铁站口。

林清在外面晃荡到天黑才回家，他在商场的厕所里看了一下何柏雄的慰问金，居然是一万元。当他在路边望着橱柜里的商品时，他脑子里浮现的是和王琳携手逛街的场景，他想得很多，甚至想到了以后和韩昭仪如何相处，是不是要和王琳一起去拜祭王明道，在他墓前要不要下跪，怎么叫爹。

将来会怎么拍婚纱照，在哪里生活，生几个孩子，会买什么车，会到哪里旅游……

这些杂七杂八的事情纷乱而无头绪，然而每一件都那么甜蜜，甜蜜得使他在橱窗前盯着婚纱一站就是半小时，活像个白痴。

当林清回到家里时又有些心虚了，李金子又给他做了饭菜，经过下午和王琳的相处，他感觉无法心安理得地吃李金子的饭菜了，却不知如何提起。一看到李金子脸上淡淡的笑，林清就跟做了亏心事似的钻进了自己房间，然后被李金子赶出来洗手吃饭。

要怎么和她说呢？她会如何反应？生气？爆炸？悲伤？流泪？每一种都很可怕。

林清犹犹豫豫地坐到桌边，最后打定主意，能拖一天是一天，就这么瞒着吧。等哪天她心情好了，或者机会来了，再想法和她说……

"喏，给你。"

李金子把满满一碗米饭放到他面前，把菜向他推了推，往他的碗里夹着鸡翅、拌粉丝、香肠。她做这些动作已经相当公开化了，一点儿都不避讳李春。

林清拿起筷子，他突然觉得自己在犯罪，对李春，对李金子，对自己，更是对王琳。

第十六章　抢夺

何总亲自下令，下面人的反应速度果然不同凡响，第二天下午，林清接到了华芳菲的电话，她说，因为"何总的交代"，她已经命令下面准备了档案原件，以配合他的工作。林清在表上填的那些问题已全部得到了解答。如林清所料，这些答案确实对本方有利。

华芳菲在电话里还是一副公事公办的口气，但林清能理解她语气里的欣喜，还有一丝惊讶，显然，大老板支持他的工作令她高兴。

华芳菲知不知道何总的收购计划？也许知道了会更加惊讶吧。鉴于何总明确要求这事先保密，林清没向华芳菲提及此事，只是在电话里程式化地感谢华总的关心和支持。华芳菲最后和林清定好在开庭前一天的下午将原件交给他。

接下来的两天是在快乐中度过的，工作轻松，感情进展顺利，每天下午他都会和王琳见面"谈案子"，颇有些假公济私的味道。冬日的午后，暖暖的阳光照耀着，林清的手里握着王琳柔软的小手，两个人没有了校园里的青涩，漫步在街头。他想为她买点什么，她却坚决地拒绝了。

"我不会让你再为我花钱了。"王琳温柔地说，"你已经照顾我太多了。"

王琳挽着他的手臂，脸颊贴在他的肩上，在一家旅行社的门前，看着招贴广告。临近圣诞、元旦、春节，旅行社设计出了无数线路，从台湾到新马泰，从马尔代夫到欧洲十一国，从美国到澳洲新西兰，应有尽有，每一张广告都力图体现出当地最美的风光来。

"等这一切结束了，我们去旅游好不好？"王琳憧憬地说，"我们去欧洲，那里好浪漫，好浪漫，我们可以去巴黎，去米兰购物，嗯，还有爱琴海……你觉得哪里比较好？"

"啊……都好……有你在，哪里都是好的。"

"别拍马屁！"王琳嗔怪道，"你想去哪里？说说嘛！"

"嗯，比如说塞维利亚……"林清想也没想，随口说。

"塞维利亚？"王琳诧异地问，"在哪里？那里有什么好玩的？"

笨！林清回过神来，暗骂自己不谨慎，自己也有些疑惑，怎么会说出塞维利亚来？难道华芳菲说的那个鲁本真的灵魂附体到了自己身上？林清总不能说是因为华芳菲对自己讲了塞维利亚的传说吧，急中生智，林清答道："我喜欢看西甲，可以看看塞维利亚队的比赛嘛。"

"哦。"王琳恍然大悟地点点头，"反正那边到处都是好玩的地方，等我们有钱了，可以痛痛快快玩一玩！"

"嗯！"林清把一时的心虚彻底抛到了脑后，开始憧憬着那种《罗马假日》一般的爱情。

开庭前一天的上午，林清给华芳菲打了电话，告诉她自己会在下午两点去拿档案原件，整个上午，他都被几天来心中洋溢的兴奋激励着，连同事都看出了他一副自信满满的样子。罗安山有些不放心，还专门跑来为他打气。

"明天只是证据交换，问题不大，仔细点就行了。"罗安山鼓励道，"只要认真发挥就行了，对方律师就算再厉害，机会也是不大的。"

"请主任放心！"林清用力点点头，"我不会让他占什么便宜！"

"我当然对你有信心！"罗安山有些心神不宁地说，"……小林啊，这可是何总交代的事情，你一定要打起十二分精神，认真分析对方律师的观点。对方发表完观点，你先咳嗽两声，这样可以争取到几秒钟的思考时间，不要轻易发表观点，但该说的也一定要说……"

这哪里是"有信心"，明明白白就是信心不足。

上亿元的案子，交给你这个才干了一年多的嫩芽，不放心也是正常的。虽然满心不爽，林清却不敢表现出来，反而摆出一副诚恳的样子，连连点头。罗安山似乎也明白自己不好说太多，叮嘱了几句，才犹犹豫豫地离开。

大老板这副样子，搞得林清也紧张起来，以至于下午林清去何华王纪集团时，越接近大楼，他越心慌，特别是想到自己一会儿要见到华芳菲，更是如此。

不仅仅是因为案子，更多的是因为心虚。

自从华芳菲把自己内心最脆弱的一面告诉林清，林清对她的感觉就有些不一样了。这种感觉很怪，已经超越了一般的友谊，似乎自己必须也要对她坦诚，甚至必须去满足她、保护她，否则就会有一种强烈的不安，似乎这成了一种义务。

然而林清却恰恰有事在瞒着她：和王琳的恋情，还有何柏雄的收购计划。

尤其是后者，直接影响本案的实际走向，极其重要，甚至有可能影响何华王纪集团的股权分配。林清、王琳、韩昭仪、罗安山、何柏雄都是知情人，却全部选择了保密，光这一点，林清在华芳菲面前就感到心虚了。林清觉得自己辜负了华芳菲的善意，也背叛了她的信任，不知将来她知道自己欺骗她时，会用怎样的眼光看自己。那双眼睛里会不会再度流露出那种令人心碎的目光？

当着下属的面，华芳菲的笑容仍然那么程式化，但她的目光却富有深意。在林清表明了来意后，她装出一副公事公办的样子，沉思一下，似乎想起了什么，说道："哦，这是何总亲自交代的事啊。林律师，您稍等一下。"华芳菲转向早就站在一旁的苏珊，"苏珊，叫你整理好的材料，准备齐全了没有？"

"今天上午已经收集齐全了。"苏珊笑容可掬地说，"按照您和何总的要求，我今天上午亲自核对过，所有文件都在这里了。"苏珊脸上的笑容和上次的冷漠简直是天壤之别，也许在领导面前她一向如此。"您和何总"这个称呼更是耐人寻味，当着华芳菲的面，她把何总都排到后头去了。

"你去拿来，请林律师核对一下。"

苏珊出去了，华芳菲转向林清，她的笑容很温暖。然而，华芳菲笑得越温暖，他心里越内疚。

"明天有信心吗？"

"应该问题不大。"林清答道，"有了这些东西，我想推翻马湘云的那些证据应该有八成把握了。剩下的就看随机应变，我想应该没什么问题吧……"

"你以前出过几次庭？"

"十·几次吧……"林清有些羞愧地说，"程序我是懂的……"

"那也算比较有经验了。"华芳菲鼓励道，"正常发挥就行，你要加油啊，我看好你。"

"多谢华总。"林清点着头说，就在这时，苏珊抱着一个纸箱，从门外进来了。

这些材料，装在一个原本装复印纸的纸箱里，满满的。里面有财务账册，有卷宗，看起来沉甸甸的，林清伸手去接，手不由得往下一坠——这些案卷真的很沉。林清把箱子放到旁边的台子上，琢磨着：这么重，可怎么拿呢？

"这么多？"华芳菲用探询的眼光看着苏珊。苏珊点点头，说道："全在这里，有些都是装订好的，没法拆开，只好把整个卷宗全部给他。"

"哦……"华芳菲不说话了。林清无奈，只得对着单子开始一项一项地核对原件与复印件，这次何总下令果然有效果，所有材料都齐全，而且还分门别类地排列整齐了，每一份材料都贴着各种颜色的小标签，以确保可以从厚厚的卷宗中迅速找到。

花了半个多小时，终于核对完毕，林清和苏珊的额头都沁出了细细的汗水。华芳菲倒是气定神闲，在他们核对的时候，她若无其事地看着电脑，还不时喝着红茶，看林清和苏珊把所有文件装进了纸箱，办理着交接单，才望着林清问道："这么多，你今天就要拿走吗？"

"是。"

"这么多，你怎么拿？"华芳菲沉吟道。

"我打车拿回去。"林清说。

"哦……好吧。"华芳菲点点头，叮嘱道，"这里面都是公司的原始档案，还有财务账册，非常重要，你务必小心保管，千万不能遗失。实在不行，你可以先把它放在公司，明早我派司机送到法院去……"

从华芳菲的眼睛里，林清看到了一丝温暖，心里暗暗感激。但是他不打算这么做，把已经签收的材料托别人保管，他哪里放心。而且，万一明天发现这些材料被公司里什么人动了手脚，开庭时少了哪一份，那可真是哭都没地方哭了。"不用了，我自己带回去。"林清说。

"好吧。"华芳菲没再坚持，她看着他们把纸箱封了起来，用胶带捆好，林清抱起箱子，向她很有礼貌地告别，在他出去的时候，他看到华芳菲一边对他笑着，一边拿起了电话。

难为她想得这么周到，林清在电梯里想。离开华芳菲，他松了一口气。林清抱着纸箱穿过办公区，正遇上邓华德在前台签收文件，一看到他，这家伙的眼睛就眯起来了。

"又来啦？上次的客还没请呢，今天晚上……"

"今儿个可不行！"林清找借口，"明天要开庭了，我要准备案子。"

"那就改天！等你明天开完庭，我给你打电话！……你抱着这是什么东西？"

"证据呗。"林清把箱子往上托了托，免得从手里滑落，"正好，帮我按电梯。"

邓华德按了电梯，小眼睛一通乱眨，盯着林清手里的纸箱："这么多？都是证据？啧啧，什么重要的东西，还要麻烦大律师亲自跑来，很重要吗？"

"明天开庭的证据，你说重要不重要？"看到电梯门打开，林清一边说一边进入电梯，"帮我按一下底楼。"

来到楼下时，阳光有些耀眼，寒冷的空气一直冲到了他的肺里。林清抱着纸箱来到街边，看着前面来往的车流，寻找着挂绿灯的出租车，街边打车的人很多，而且都没有礼让精神，连续两辆车都被别人抢先打走了。林清向左望望，还有至少三四拨人在铆着劲儿准备抢出租车，抱着这么大个纸箱子，他抢过他们的概率几乎为零。看来自己有个车还是很必要的啊，再或者华芳菲能派个车送送自己——他有些后悔刚才没有向华芳菲提出派车接送了，如果提出的话，再加上自己拿着重要文件，华芳菲应该会堂而皇之地给自己安排车辆，也许还会亲自开车送自己呢。

一辆面包车停在他附近，挡住了林清看车流的视线。他迟愣了一秒，突然意识到从面包车上下来的人正在向自己冲过来。

林清下意识地向后一躲，抱紧了怀里的箱子。冲在前面的是一个长头发的男人，戴着宽大的墨镜，他抓住了纸箱，差点把它拖到地上去。他用力把手往纸箱和林清之间挤，林清紧抱住纸箱，不给他这个机会。就在这时候，第二个、第三个人冲了过来。

拳头如同雨点一般重击在林清的头上、脸上，打得他一时不知所措，下身也被踹了一脚，他抱着纸箱摔倒在地，这三个人一边踢打他，一边竭力想从他的手里把纸箱抢走。林清听到了压低的咒骂声，还听到了附近人发出的惊叫声。

这是重要证据，不能被抢走！林清死命蜷住身体，抱着纸箱。怎么没人来帮自己？时间好漫长，自己能支撑多久？

"住手！"

远处似乎有人大吼，林清听到有人低声说了句"快走"，他身边的人突然不见了。几秒钟后，他听到了发动机的轰鸣声，还有轮胎摩擦地面的刺耳声远去。

又有人奔到了林清的身边，抓住他的手臂。

"林律师！你怎么样？"

"拦住那辆车！拦住那辆车！别让他们跑了！"

"记车牌号！快记车牌号……"

有人在拉扯林清的手臂，林清本能地抱紧纸箱，抗拒着拉扯。这个拉他的人大声说着："林律师，自己人，已经没事了。"

"小林，你怎么样？小林！"

竟然是华芳菲的声音。听到这个声音，林清慢慢抬起头，华芳菲的脸色煞白，单膝跪在他身边，正在扶自己的肩膀。华芳菲的左手握住林清的手，透过方形的镜框，林清看到她的眼睛瞪得很大，近乎惊慌失措。

林清用力捏了一下她的手，表示自己没事。神经一松弛，他就感到头痛欲裂，身体像散了架一样。华芳菲把他扶起来坐在地上，他还抱着纸箱不放。

林清的身边围着七八名保安，都穿着何华王纪集团的绿色制服，一个穿着黑西装的人正站在花坛上面往远处看着，一个保安从远处跑过来，叫喊道："陈主任，跑啦！没抓住，实在是来不及！"

"车牌号记下来没有？"这个穿黑西装的人问。

"没看完，里面有个7，最后两个数字是5和3，外地牌照车！"

"行！弄个外地车来，以为我查不到！银灰色面包车，车型应该是金杯，外地牌照，里面有7，尾号53！"这个陈主任跳下花坛，一边走一边咆哮，"搞到我们头上来了，我倒要看看是谁这么作死！"

"散了散了！没事了，散了散了！"几名保安对着周围的人群喊叫着，驱赶着他们。穿黑西装的陈主任蹲在林清身边，看了看他的眼睛，问道："怎么样？要不要去医院？"

"肯定要去，"华芳菲急促地说，"陈隆，马上把这事儿报告给何总，然后派四个人先到医院去，我马上送林律师去医院，这些材料放在我的车上，到了医院，两个人要站在我的车边，不可离开一步，另外两个人要紧跟我们，听到没有？"

"收到。"陈隆简单地说。陈隆三十多岁，理着板寸头，白衬衣黑西服红领带穿得很利索，可是从西服紧绷的程度来看，他的身体一定甚为强壮。他的眼中此刻杀气腾腾，令人望而生畏。

"叫姜三喜他们把车开出来，开两辆，等华总的车出来，你们四个坐这两辆车，跟到医院去，听到没有？"

"是！"

华芳菲点点头，低声对林清说道："等我去取车。"随后便向大楼飞奔而去。陈隆从林清手里接过纸箱，左右横了一眼，几名保安立刻围在四周，这些人一个个脸色铁青，手拿丁字棍恶狠狠地盯着四周。这种架势，谁要是来抢东西，基本上就会被当场打死。

林清松了一口气，他现在终于觉得安全了。

几分钟后，华芳菲的红车轰鸣着从地下车库冲出来，带着一声刺耳的刹车声，停在他们身边。陈隆想把纸箱放到后备厢里，华芳菲从车上下来，大声说："放到后座上！"

陈隆点点头，把车的前座向前放倒，把纸箱放到后座上。华芳菲的车只有双门，如果不经过前座，谁也无法碰到后座上的东西。华芳菲坐到车里，陈隆抓住林清的手臂，把他扶到副驾驶座上，对华芳菲说道："华总，我就不去医院了，我要马上去向何总汇报这事儿，查到的结果我会电话告诉您的。这几个人您随便使唤，不用管下班不下班的。听见没有？"

最后一句是说给保安们听的，他们整齐答道："听到了！"

"给我精神点！回来我不亏待你们！可谁要是给我捅了娄子，你们也知道我的规矩！"

"主任！我们有数！"

林清仰着半躺在皮座上，感觉像做了一场噩梦，劫后余生。林清的肋部非常疼痛，头上似乎麻木了，脸上也火辣辣的，左眼直到现在还模模糊糊的。现在安全了，林清甚至想缩在这里永远都不出去。

两辆白色的面包车从地下车库冲了出来，停在华芳菲的车前方。四名保安拎着丁字棍，分别上了两辆车。陈隆跑过去和两个车上的人说了什么，向他们跑过来。

"华总，前面小姜的车先走，您在中间，老吴的车在后面。我都交代好了！"

华芳菲点点头，陈隆用力挥挥手，第一辆面包车启动了，华芳菲紧跟其后，迅速进入车流。

"小林，你现在感觉怎么样？"华芳菲问。

现在车里只有他们两个人了，华芳菲不再掩饰，脸上满是关切。

"还好……"

"我们现在去医院，给你检查一下。"华芳菲一边说，一边望着后视镜，"你看清袭击你的人的模样了吗？"

"没有……"林清有些疲倦地回答，他实在不想说话了，只想安静一下。华芳菲沉默着，专心开着车。

就在这寂静中，林清的脑子里似乎闪过了什么。他们为什么袭击自己？

袭击毫无预兆，却必有原因。几个人从车上冲下，向自己扑来，然后——他们在抢纸箱。

为什么要抢纸箱？

纸箱是装复印纸的纸箱，用胶带密封，上面没写"重要资料"，没写"诉讼证据"，没写"档案原件"，更没写"内有现金一百万"。这么个箱子，平时放在大街上都不一定有人拿，这些人分明知道里面的内容很重要，否则谁会来抢？林清可以百分之百地肯定，这次袭击和明天的开庭紧密相连，否则哪里会有这么巧，自己刚拿到明天开庭的材料，就有人专门来抢。马湘云，马湘云，第一次是袭击律师，第二次是抢夺证据，还真是无所不用其极！

问题是，抢夺的时机也掌握得太好了，自己刚把证据从楼上拿下来，他们就动手抢夺，真正实现了无缝对接——这难道能用"凑巧"二字来解释吗？他们怎么知道自己会在这个时候拿着这些东西下来？林清在脑中仔细分析着：

第一，他们知道自己会来；

第二，他们知道自己会从公司拿文件（证据原件）；

第三，他们知道自己所拿文件的重要性；

第四，他们在自己下楼的时候立刻实施抢夺行动，并且准备了逃跑的交通工具。

这是一起早就计划好的抢夺事件，也许他们早就埋伏在附近，只等着自己来取证据原件。一旦他们把证据抢走，明天自己的证据交换就面临着极为不利的后果：失去了这些原始档案，何华王纪集团又不肯出庭参加诉讼，马湘云在证据上的劣势将不复存在。

他们怎么知道自己会来？怎么知道自己来拿材料？

林清用余光暗暗瞥了瞥华芳菲，正好她的目光扫了过来，他赶紧装作茫然地向四周望望，有气无力地问道："芳菲姐……到了吗？"

"快了，你撑不住了？"华芳菲关切地问。

"有点儿难受。"林清不用装，他本身就很难受。

"忍一忍，马上就到了。"华芳菲一边说一边打电话，问道："苏珊，你和李主任联系过没有？我们再过五分钟就到了！……好，我知道了。"

林清闭上眼睛，忍着疼痛，心里却感觉一阵阵发冷。他想起自己离开时，华芳菲去拿电话的手。华芳菲在打给谁？是在通知楼下的人"他下来了，穿着什么衣服，快去抢"吗？华芳菲是知道自己下午要来取什么东西的。

林清打消了这个念头，当时的情况，也许再过几秒钟，自己就会被打昏，纸箱就会被抢走，如果真是华芳菲安排的，她就没必要随后带着保安部的人冲下来阻止。况且，既然法务部和何总安排了档案移交的事，那么各个涉及的部门都有可能知道这件事，比如档案室、财务部、法务部、秘书处，再比如几个股东……

可是那些人为什么会在今天在楼下守着呢？难道他们推测明天开庭、自己今天一定会来取文件？这也太冒险了。公司里不可能每个人都知道自己是今天下午来的，自己只和华芳菲约了今天下午……想到这里，他再度对华芳菲产生了猜疑。

第十七章　内奸

　　华芳菲也许不知道林清在猜疑什么，车队开进医院停好，四名保安外加两名司机围在了华芳菲车的前后左右。一名保安首先冲进医院，过了一会儿，推了个轮椅跑了过来，另一名保安把林清扶下车，扶上轮椅。华芳菲锁了车，对剩下的四个人说道："守住这辆车，不许任何人接近。"

　　"是！"几个人恶狠狠地答道。

　　"不用挂号，直接去普外科，找李主任。"华芳菲说，她大步走在前面，一个保安推着轮椅，另一个拎着丁字棍跟在一边。这种情形令林清感到非常不妥，却无可奈何。他们直接来到了普外科，尽管外面无数人在排队等着叫号，但一个中年人还是很快从诊室里出来，指挥护士把林清推进一间空着的诊室。

　　"李主任，又来麻烦你了。这是我姑姑家的弟弟。"华芳菲和李主任握了握手，说道，"今天被人抢劫了，你帮我检查一下，看看怎么样。"

　　"好，我来看看。"

　　李主任摸了摸林清的额头，扒开他的眼皮看了看，然后解开林清的衣服，用听诊器听了听，冰凉的听诊器接触到身体时，林清打了个寒战，在华芳菲面前裸露皮肤，他感觉很难为情。李主任的手很凉，在林清的衣服里摸索着，在他的胸口、腋下慢慢移动着，轻轻按压，小声问着林清的感觉。

"做个 CT 吧。要不要住院观察一晚上？"

"不用，我明天有事！"林清立刻答道。

"哦。一般来说问题不大，"李主任沉思着说，"做个 CT，如果肋骨没有问题的话……"

李主任开了张单子给华芳菲，一个保安飞快地跑出去。

"我给放射科打个电话，很快就出结果，放心吧。"

CT 显示肋骨没事，这让林清和华芳菲都松了一口气。他们走出门诊大楼时天已经黑了，林清这次是自己走的，没让保安搀扶，觉得自己似乎没什么问题了，只想立刻回家。走到华芳菲的车附近时，林清突然想：自己有一两个小时没看着纸箱了，里面的资料会被动手脚吗？

想到这里，林清觉得自己的心理相当阴暗，看着四个保安、两个司机，还有华芳菲在车边交谈，他感觉每一个隐藏在夜色中的面孔都那么神秘莫测。也许自己已经置身于一个神秘的棋局中，这些人在棋局外面饶有兴致地看着自己。林清不知道事态会朝哪一个方向发展，掌控权完全在别人手里，他就像个过河卒子，回不了头，也不知道该往哪个方向才算是回头。

他们交谈完毕，向林清走过来。

"就按刚才说的，我送林律师回去。"华芳菲吩咐道，"你们不用跟着我，回去找陈隆说一下，叫他另行安排几个人，到林律师家的楼下守着，没事最好，万一那些人今晚再到林律师家突袭，一定要保护林律师和案卷材料的安全！估计对方动手会在深夜，叫陈隆安排的人今晚八点之前到，但不要惊动林律师，让他好好休息，明天好好开庭，明白吗？"

"明白！"

"辛苦你们了，我回去给陈隆打个招呼，今天辛苦的同事，每人发个红包。"

"谢谢华总！您放心，我们今晚也去！"几名保安高兴地说，"我们办事，您放心！"

华芳菲矜持地笑了笑，示意林清上车。林清上车时，回头望了望，那个纸箱还摆在那里，连位置都没变过，他心里略微安稳了些。华芳菲发动了车，在保安们的敬礼中开出医院，一出医院她脸上的笑容霎时消失得无影无踪。

"小林，今天晚上你不要回家了，到我家去睡。"

"啊？"林清猝不及防，一下子慌了，"那个……什么……不用……"

"就这么定了。"华芳菲低声说，"明天早上开庭之前，你和文件都不能出事，他们既然敢袭击你，既然敢抢证据，就证明他们没什么不敢做的。为了保险起见，你今晚到我家去住，他们怎么也不会想到你会在我那里吧，而且我家的门，没有密钥谁也进不来……明天早上，我开车把你和这些重要材料送到法院，只要开庭质证完毕，他们抢夺证据就没什么意义了。"

这些话令林清陷入迷惑中。既然如此安排，华芳菲为什么还要安排保安到自己的住处附近蹲守？为什么不安排保安到她家楼下监控？

"小林，你觉不觉得今天这事儿发生得有些奇怪？"

"什么……你指什么？"

"太巧了……你刚下楼，就被他们抢，时间上怎么会这么凑巧？"华芳菲有些阴郁地说，"而且你来拿原件的事，外面的人怎么会知道，而且还知道得这么清楚？这事在公司里也没几个人知道……这难道不很蹊跷吗？"

华芳菲说的正是在来医院的路上林清想到的，只不过那时候他在怀疑她。难道华芳菲意识到自己在怀疑她，用这话来试探自己，打消自己的疑虑？

"是有些蹊跷……"林清装出一副傻乎乎的样子说，似乎刚想起来。

"幸好我不放心，你下去的时候，我打电话给陈隆，叫保安部在楼下的人看你一下，如果你打不到车，就通知我一下，我下去开车送你。他们告诉我你打不到车，我刚下去，就看到你被人围着打。真是万幸啊！"

这是一种合理的说法，林清想。按照华芳菲的说法，今天东西没被抢走，还要归功于她。林清满怀疑虑，不知该不该相信她，却又找不出任何破绽来质疑。

"这些人对我们的动向如此了解，很显然，公司里有人在给对方通风报信。"华芳菲的脸色阴沉沉的，"……这倒不是坏事，正好可以利用这件事把他查出来，可是当务之急是明天的开庭。我告诉他们你今天回家去住，这个信息有可能对方很快就会知道，说得更难听点，我不知道我们中间有没有对方的'内鬼'，我之所以对保安部的人说谎话，也是为了避免信息泄露到对方那里去。你今晚回家住风险很大，到我那里去住，案卷和证据在我那里非常安全，明天早上我开车送你。"

林清不知说什么好，此刻，对于到华芳菲家，他隐隐有一种恐惧感，唯一能让他心安的就是他自己的那个小房间。可是华芳菲的话无懈可击，他不知如何回复，只觉得自己是一个人偶，被人摆布。

"我那里洗漱用具都有，你今晚就在我那里委屈一下，过了明天上午就好了。"

林清定了定神，现在说什么都没用了，也许这真的是一种比较好的选择。除了华芳菲刚才说的那些理由，截至目前，那一箱证据都在华芳菲的控制之下，如果自己拿着证据回家，明天开庭时发现证据被换掉了，那可真是浑身长嘴也说不清了。到华芳菲家去睡，证据就放在她的家里，明天开庭之前都在她的控制之下，万一里面有什么猫腻，自己就无须承担任何责任了。

什么时候变得心理这么阴暗了？华芳菲如果猜到他心里有这种念头，会怎么想？

林清点点头。

接下来两个人都没有说话，林清看着车流的灯光，虽然决定去华芳菲家，但心里还是发虚。下一个问题是，去华芳菲家睡在哪里。以往只是去跳跳舞，今天可是要过夜……

华芳菲停车时一直在四处张望，等林清下车，她掀倒座位，让林清抱着纸箱，随她快步回到家中。林清听到身后她哗啦啦地反锁、上铰链，感到心里略微安稳了些。

"把这东西放到我的房间里去。"华芳菲指着里面一个房间说，"明天早上拿去法院。"

也好，就放在你那里。林清把箱子抱进华芳菲的房间里。虽然来了多次，华芳菲的卧室还是第一次进入，一进门首先映入眼帘的就是一张硕大无比的床，床上盖着一床红色的被子，看起来有些凌乱。看到这张床，林清又开始心虚了，所幸华芳菲没跟进来，他急忙把纸箱放在床头柜上，退出房间。

华芳菲在客厅中，忙着把沙发上的东西挪开，她把一套运动服递给林清："凑合着当便服穿吧，新的，没穿过。浴室第一个橱子里有新毛巾和新牙刷，你去洗个澡吧，我给你弄点吃的。"

热水哗哗地淋在身上，林清特别冲洗着被打的部位，因为他觉得这和热敷的效果是一样的，受伤的部位淋了热水，刺痛不已。

镜子里是一张额头青了一块的脸，一看就是被打过，狼狈不堪。这瘀青明天肯定消不了，到时候难道要以这副模样去开庭吗？想到马湘云、对方律师看到自己这副模样，可能会露副得意扬扬的表情，林清恨得牙痒痒。

林清用毛巾擦干身体，换上华芳菲给他的运动服，华芳菲已经在客厅的沙发上铺上了厚厚的被子，不是同睡一室，林清稍微松了口气。

"今晚来不及做什么饭菜了，我煮点面好吗？"

"嗯。"

在华芳菲煮面时，林清走到窗边，微微掀起窗帘，往楼下看。电影里经常有这样的场景：楼上的人在缝隙里看到楼下停着一辆车，车里有几个戴着黑墨镜的大汉盯着楼上。然而林清此时看到的是楼下很昏暗，而且停了无数辆车，他什么也看不出来。

楼下会有人盯着楼上吗？林清坐在被子上愈加心神不宁。华芳菲的面端到了桌子上，他吃面时一直在心里反复揣摩着今天发生的事，虽然明天就要开庭了，他却怎么也静不下心来考虑案子。

快点过去吧！林清突然有了一种很疲倦的感觉。其实这个案子本身并不复杂，但有无数的案外因素，以及一些说不清道不明的东西，或者说迷雾。快点开庭吧，快点出结果，快点签股权转让协议，快点让王琳置身事外，然后，林清就可以和王琳去过自己想要的生活。

"躺下吧。"华芳菲对他说。

"啊？"

"我煮了两个鸡蛋，给你揉揉瘀青的地方，你明天总不能这副样子去开庭。"

华芳菲的手里拿着两个用纱布裹着的鸡蛋。林清躺在沙发上，华芳菲用一个鸡蛋在他的眼部轻轻滚动着，鸡蛋还是滚烫的，贴在伤处又热又刺痛。

林清一只眼闭着，另一只眼微微张开，他看到华芳菲在全神贯注地为自己忙碌着，神态安详宁静。华芳菲此刻散发着母性的气息，动作轻柔，让他的整个身心都放松下来。

华芳菲是真的关心自己。

虽然自己刚才还在猜疑她，然而他确信此刻的感觉是正确的。人总是有些直觉的，在感性的时候，得出一个结论并不总是需要确切的理由。

鸡蛋慢慢变凉了，华芳菲端详了他一下。

"好像效果不明显……看明天会怎样吧。"

"多谢你，芳菲姐。"

"你今晚早点休息，什么也别想，明天安心开庭。"华芳菲在林清身边的茶几上摆上苹果、水杯、纸巾，"需要什么就喊我，好吗？"

"好的。"

"你休息吧。明天，一定会一切顺利的。"

　　林清这一夜没怎么睡好，先是梦见自己又被袭击，结果吓醒了，然后又莫名其妙地恐惧，唯恐有人破门而入，把自己和华芳菲乱刀砍死，抢走证据。好不容易迷迷糊糊睡着，又梦见王琳嫁给了别人。

　　林清带着一身冷汗醒来，感觉再也无法睡着了。看了看手机，现在是凌晨五点多，他陷入了不由自主的心悸：一个大案子，本来应该做好准备，精力充沛地去开庭。可是现在的状态，现在的形象，现在的睡眠质量……也许开庭的时候自己会昏昏沉沉，状态极差，被对方律师牵着鼻子折腾。

　　华芳菲的房门紧闭着，毫无声息，她是在熟睡还是也在失眠？孤男寡女共处一室，怎么听起来都应该是个暧昧的夜晚，可是这房间里的气氛却让人压抑。

　　你已经有心上人了，林清暗想，不能再胡思乱想。他开始又一次回忆对方提交的每份证据，以及自己将要提交的每项证据，模拟自己在开庭，对对方提交的证据进行三性（真实性、合法性、关联性）质证，对方会如何质证自己的证据——这方法还真有用，他居然又睡过去了。

　　林清在食物的香气中醒来，时间是早上六点半，往常这个时候他还在被窝里迷迷糊糊，现在却睡意全无，感觉脑子很清醒——这是个好兆头，至少自己不会带着一脑子糨糊进法庭。

　　华芳菲在厨房打着电话。华芳菲起得真早啊，锅碗的碰撞声混杂着她的话音，在寂静的房屋中显得特别清晰。林清凝神听着，他感觉她的声音有些怪，到底是哪里怪？也许，是她的语气？

　　"……好，这就明白了。"华芳菲的声音不高，却很严肃，"你辛苦了……不，不，不，你不要去问他，再说你能把他怎么样？通知人事部，今天等他一来，就给他结算工资，让他走人。告诉他们，任何人吃里爬外，哪怕职位再高，也别想在公司待下去。他就是个例子。"

华芳菲停了一会儿，不知电话那端说了什么，她又说道："何总那边我会去说的。现在请你派两个人来，八点之前到我家楼下，送我和林律师一起去法院……对，林律师昨晚是在我这里过的夜。"

华芳菲的语气很重，林清向后一仰，觉得自己出汗了——在这里过的夜，多么引人联想的话！以当代人的八卦程度，也许不到中午，一个故事就编出来了。

早餐是白粥和咸菜，这让林清想起了李金子，心里更是有些慌：昨夜又没回去过夜，也没给她打个电话，不知她会不会为自己着急？如果王琳知道自己在华芳菲家过夜，她岂不是要暴跳如雷？

林清暗暗用餐巾纸抹了抹额头。

"吃吧。"华芳菲把一碗粥放到他面前，"昨晚睡得好吗？冷不冷？"

"挺好的，不冷。"林清说。

"一会儿他们会过来，护送我们去法院。"华芳菲说，她用汤匙搅着自己的粥，眉头紧皱，"你放心，一切都很安全。"

"嗯。"

他们默默吃了一会儿，林清忍不住好奇，问道："芳菲姐，你早上那么早，是给陈主任打电话吗？你要开除人吗？"

"把你吵醒了？"华芳菲笑得有些勉强，"是啊，是和陈隆通话，昨天我们紧张了一夜，陈隆也忙了一夜，终于把那个内鬼找出来了。"

"找出来了？"林清的眼睛霎时瞪得溜圆，"真的？是谁？"

"这个人你也认识，唉……就是苏珊啊。"

"啊……"

"我本想等开完庭再跟你说的，不想你分心。"华芳菲叹息道，"说实话我也很难受，她也跟了我快七年了，是我最最信任的人，我把她当成自己的妹妹，可是我实在想不到她会出卖我们……陈隆昨夜和保安部的人查了公司所有的监控录像和通话记录，发现每次你打来电话之后，公司都会有人打电话给马湘云，在那个时间的录像里每次都是苏珊打电话。时间和时长正好相符。昨天你一走，她立刻就打电话出去，应该就是在通知下面的人。"

林清张大嘴，呆愣了。

"你现在不用想这些。"华芳菲摇摇头，"你安心准备开庭。今天上午我也去旁听，等开完庭我就回去处理这件事，到时候一切都会清楚。"

那个秘书就是内鬼？林清回想着接手此案以来的一切，不但没感觉轻松，反而愈加沉重。以苏珊的职位，当然会知道集团每一位律师的联系方式，也会知道自己从公司调阅了什么材料，更知道自己要来取证据原件。

华芳菲的秘书居然是对方的人，马湘云居然布局如此周密——而仅就这一边而言，华芳菲似乎和何总也不完全是一路，否则就不会跟自己说什么"这个案子水深"，何总也不会瞒着她收购王琳的股份，这公司里的钩心斗角也许远超他的想象。

林清不想站队，他只想快点结束这一切，然后拥有自己的一切，事业、爱情、梦想……

林清坐在华芳菲的车里向法院出发，华芳菲一路上都没说什么，也许是不想给他施加什么压力。在华芳菲的车后跟着一辆面包车，里面是两名穿着西装的集团保安，都是退伍军人出身，被陈隆派来保护他们，特别是保护证据原件。

　　车子停到法院附近，一名保安抱着纸箱，另一名保安走在他身边，护送着他们走进了安检通道。进入审判大楼，林清终于松了口气：在这里，不可能会有人冲出来抢夺证据了。

　　在法庭外面，林清看到了一女一男正在交谈着什么，华芳菲眉头一皱，小声说道："那就是马湘云。"

　　正主儿到了。林清内心一阵紧张，强行压抑住自己的喘息，尽量表现得淡然一些。走进法庭门口时，那个女子抬头看了他们一眼，看到华芳菲，脸色一沉，把脸扭了过去。

　　衣着并不显眼，虽然没怎么化妆，但是能看出她面容姣好，只是有些苍老和憔悴。尽管如此，她瞥向林清时眼里流露出的凶狠和仇恨仍然令林清非常反感。

　　这就是和王明道"非法同居"（林清故意恶意地想起这个词）了很多年的女人，一个为王明道付出全部、现在又可能失去一切的女人，一个很可怜的女人。

　　这也是一个心狠手辣的女人，一个背后有着不明势力的女人，一个与王明道的死脱不了干系的女人，一个与林清两次遇袭脱不了干系的女人，一个在华芳菲身边安插细作的女人。

　　还有，一个与王琳作对的女人。

　　马湘云。

　　在马湘云身边的就是她的律师吧，看到自己今天安然带着证据前来，他们又能使出什么阴招来呢？

第十八章　证据交换

离开庭还有十分钟，马湘云坐在对面，阴冷地盯着林清，这令他很不自在。从进入法庭，马湘云就一言不发，眼神足以把他挫骨扬灰，她的律师却不在身边，不知到哪里去了。看不到她的律师，林清有些不安，他站起来，似乎要去洗手间，出了法庭，暗自透了口气。

"林律师。"

林清抬头望去，马湘云的律师从洗手间的方向溜溜达达走过来，一副轻松的样子。马湘云的律师向林清伸出手，用很随意的口气自我介绍道："我是马湘云的律师，纪佳程。"

林清有些厌恶，想到马湘云一伙对自己的攻击，对王琳的诉讼，不知眼前这人在里面起了什么作用。是不是居中策划？林清在心中骂着"败类"，但出于礼貌还是和他握了握手。

握手的时候，林清仔细打量了对方一下，纪佳程看起来应该有三十多岁，风衣和西服都没系扣子，显得很随意。林清看到他的脸时愣了愣：他发现纪佳程的左眼圈是乌青的，就像被人狠揍了一拳似的。

"纪律师，你的脸？"

"哦？哈哈，有点狼狈是吧？都是拜这个案子所赐……"纪佳程看着林清，眉头微微皱起来，"林律师，你的脸？"

"哈哈哈，也是拜这个案子所赐啊！"

"拜这个案子所赐"，这也算比较客气的说法，总不能说"被你们打的"。可是对方律师的脸上居然也会有这样的瘀青，完全出乎林清的意料。他是被谁打的？想到华芳菲说过的马湘云与"不明势力的联系"，林清脑子里冒出一个念头：他不会是被自己的委托人打了吧？

林清想象着一个场景，马湘云狞笑着："这个案子如果打不赢，老娘就把你……"然后一个凶神恶煞般的大汉一拳打到纪律师的脸上……林清心里霎时涌起一股怜悯的感觉，想要向面前这个"可怜的人"表现出自己的"善意"。

然而纪佳程的脸上完全看不出任何"悲伤""恐惧""无奈"，或者"忧郁"，他看林清的眼光似乎富含深意，语气却很活络，林清一时有些迷惑了。两个人都打着哈哈，互换名片，彼此寒暄着，谁也不谈与案子有关的事情。

直到临近开庭，他们才分别走进法庭。林清走进去时，发现马湘云和华芳菲彼此扭开脸，似乎刻意互相回避着。林清走到被告席上坐下，华芳菲坐在旁听席上，向他点了点头，在她身边，穿便装的保安紧紧抱着那个密封的纸箱。

书记员核对了双方当事人的身份、授权手续，核对了旁听人员的身份证后，一名法官穿着法袍匆匆走进来，坐到审判席上。法官介绍自己名叫兰海，是本案合议庭成员，主持本次的证据交换。履行完各项告知和询问程序，证据交换正式开始。

"由于第三人何华王纪集团经合法传唤不到庭，并且明确表示不参加诉讼，我们今天在原告、被告之间进行证据交换。首先由原告说一下诉讼请求、事实和理由。"

纪佳程咳嗽一声，拿起诉状，准备宣读。

"等一下，为了节约时间，你就别念了。"兰法官说，"你的诉讼请求、事实和理由与诉状一致吗？有没有变更？"

"没有变更。"

"那你别念了。被告代理人，是否收到诉状？"

"收到了。"

"答辩。"

林清咽了口唾沫，从庭前的交谈，他发现纪佳程这种笑眯眯的家伙一般都很难对付。此刻，林清又看出这个法官不好对付了。这个法官对法庭的掌控相当娴熟，而且办事干脆，绝不拖泥带水。

林清有些紧张，以致前几句答辩磕磕巴巴，有些颠三倒四。纪佳程在对面露出淡淡的笑容，这笑容令他更加慌乱。林清逃避似的把脸扭开，目光与华芳菲碰到一起：她向他微微点点头。

华芳菲的笑容如同一针安抚剂，让他心里安稳了许多，整个人慢慢冷静下来，语速逐渐放缓。这个案子是林清准备了很久的，只要消除紧张，他的思路就立刻清晰起来。林清没有大讲理由，只是简单地说："不同意原告所有的诉请，请求法庭依法全部驳回，原告的诉请于法无据，也没有事实基础，实属恶意诉讼。"

林清看到纪佳程脸上的笑容减少了些，若有所思地盯着自己，便也露出一丝微笑。他故意不进行详细说明，就是不想让对方知道自己在想什么。

"下面由原告举证。"法官看着电脑，等书记员记录完毕，对纪佳程说道。

纪佳程调整了证据的顺序，他首先向法院提交了《出资协议》，证明王明道在生前与马湘云有约定，约定他实际上是在代马湘云持股，股份的实际所有人是马湘云。

"被告质证。"法官转向林清。

"被告要求看原件。"林清要求道。

纪佳程从文件里抽出一张皱巴巴的纸，交给书记员，书记员转交给林清。

纸张有些脏，似乎很残旧，上面马湘云的签字和王明道的盖章却很清楚。林清与自己手里的复印件核对一遍，双手把它还给书记员。

"被告对该份证据之真实性、合法性、关联性全部有异议。"林清强调道，"第一，该份文件并无王明道本人签名，仅有一个所谓的名章，而该名章现在是由原告持有的，所以这份文件是便于伪造的；第二，王明道在公司参加股东会一向是签字的；第三，股东身份的认定应当以工商登记机关的登记备案为准；第四，请注意这份文件本身。"

法官愣了一下，探询地望着林清。

"这份文件如果是真实的，就是一份重要文件，原告理应妥善保存，可是这份文件却明显是折皱过的，可以看出这是一张新的纸张，故意以这种方式做旧。而且下面的签字和盖章相当新鲜。"

法官从书记员手中拿过原件，仔细端详着。

"所以，我们现在当庭申请法庭对该份文件上签字和盖章的生成时间进行鉴定！"

法官皱着眉头转向原告方，问道："原告，你方是否同意鉴定？"

"同意。"纪佳程笑眯眯地答道。

　　看到他的笑容，林清的心里又有些不安稳了。纪佳程为什么如此镇定，似乎毫不在意，难道他胸有成竹？法官没有发表意见，只是让书记员记录在案，接着要求原告继续举证。

　　纪佳程举出的第二套证据是汇款单，这些汇款单证明了马湘云汇款给王明道、何华王纪集团的事实，总金额为人民币三百三十万元，纪佳程表示，这些汇款单明确了王明道出资款的来源，结合证据一《出资协议》证明了马湘云是实际股东的事实。

　　核对完证据原件，林清发表了质证意见。林清首先对汇款单的真实性、合法性予以确认，但对于其所要说明的事实提出了异议。

　　"请法庭注意以下几点：第一，公司的出资人是王明道，至于王明道的款项来源，那是王明道与别人的借贷关系或者其他债权债务关系，不能直接就认为王明道的股份归别人所有。"林清身子向法官方向前倾，"第二，请注意这几张汇款单上的用途一栏都写着'普通'，没有写'出资款'，因此不能认定这些款项就是出资款，只能认定为马湘云在汇款单记载的时间曾经向王明道和何华王纪集团汇过款。那么这款项的性质是什么呢？只能认定为普通的债权债务关系，比如说借款。特别是汇给何华王纪集团的款项，不能证明是给王明道的，因此与本案无关！"

　　"你胡说！"坐在对面的马湘云指着林清叫道："你这个律师，你不知道情况……胡说！"

　　马湘云脾气真差，看到她涨红着脸，一副似乎要吃了自己的样子，林清居然一哆嗦。没等林清抗议，法官先说话了。

　　"原告！请遵守法庭纪律！"法官喝道，"待会儿会给你时间让你说，现在是被告发言，你不许说话！"

纪佳程轻轻拍着马湘云的手臂，马湘云的眼睛都红了，似乎在尽力抑制着，呼呼喘着粗气。林清有些快意地看着她挨训，等法官转向自己，他做出一副无奈的样子，似乎说，对方怎么这么没规矩，林清说道："对本证据的质证意见发表完毕。"

法官点点头，转向马湘云："原告现在说说吧，对这份证据有什么补充。注意，就证据本身发表意见，如果是发表对案件的观点，就留到正式开庭时再说。"

马湘云挺起身子，想要说什么，纪佳程却抢先拉过话筒，一只手拍拍她的手臂阻止她，同时说道："请法庭注意一下各张汇款单的时间，这与何华王纪集团增资扩股的时间相吻合。此外，鉴于被告否认证据的关联性，我们请求法庭前往何华王纪集团调取相应的出资记录，以证实马湘云向何华王纪集团汇款的性质。"

法官点点头，让他继续举证。林清垂下头，知道这些汇款单最终可能会被认可，对面这个律师看来对证据规则和证据链组织相当娴熟——到底是前辈啊！

事务所同事聊天时有共识，开庭时，如果对方是新律师或者是年纪比较大的律师，比较好对付，因为新律师一般临场经验不足，老律师由于历史原因，一般都不是法律专业出身，更多的是凭经验办案。最麻烦的是做过几年律师的中青年律师：这些人一般都是科班出身，法律基本功扎实，经验也有，而且精力充沛，对新法规的掌握相当快，也善于玩证据规则，临场反应也快——碰上他们，基本就是硬仗。

现在坐在他对面的就是这样的人，这提醒他必须打起精神，防止自己出现纰漏。尤其令他心神不定的是，纪佳程总是一副轻松的样子，林清发表意见时，纪佳程会突然露出笑容，林清一看到他笑，就会怀疑自己是不是哪里说错，被他抓住了。

纪佳程最后举出的证据，是十几份股东会决议，上面的签字人都是马湘云，他表示，这证明了马湘云的股东身份。

林清没有看原件，迅速对证据的真实性、合法性予以确认，但表示这不是完整的证据，因为实际上每份股东会决议后面都附有王明道授权马湘云代为出席股东会、代为参与表决、代为签署决议的授权书。林清指称马湘云故意不提供完整证据，被告即将举证完整文本。

原告举证就此完毕，被告开始举证。

林清在开庭前已经把厚厚的两摞文件交给了书记员，此刻书记员把一套递给了纪佳程。纪佳程拿到证据，连看都没看，就向法庭提出了异议。

"这个，我无法质证。"纪佳程掂着那摞证据的分量，满脸无辜，"证据是当庭给我们的，我们事先没有见过，也没有充分的时间对相关证据进行核实，所以我们不能质证。"

"当事人也在这里，"法官提示道，"她对于相关材料的真实性……"

"涉案事实发生在很多年之前，而且我相信其中部分材料我们是没见过的。"纪佳程说，"如果不经过核实，我们的质证意见可能会与实际不符，这会损害我们的诉讼利益。"

纪佳程的话无懈可击，法官思考了一下，决定今天先由林清举证，原告可以在下次开庭时再质证。林清有些怨恨地盯着纪佳程，他本想利用"举证期限截至到证据交换日"对原告搞突袭，让他们在没有充足时间核实证据的情况下匆忙质证，没想到对方根本不上当。

林清收回心思，开始举证。首先向法庭提交了何华王纪集团的公司章程和股东名册，以证明王明道才是公司的股东。

林清瞥了一眼纪佳程，发现他翻看着自己的证据，仍然淡淡地笑着，似乎胸有成竹。林清有些不安，深吸一口气，继续举出第二组证据。第二组证据是十七份股东会决议、股东会会议记录，目的是证明：1. 王明道是以股东身份参与公司事务；2. 在该部分文件上，王明道均是手写签名，没有盖章，这说明王明道没有用私章的习惯。

林清又瞥了一眼纪佳程，发现他仍然没什么反应。这与他的预计大相径庭，他原以为，这时对方律师应该"脸色凝重"，没想到对方律师却没什么反应。

纪佳程有什么后路吗？林清暗自揣测着，心里感觉很不安稳。林清举出的第三组证据是六份马湘云签字的股东会决议以及股东会会议记录，后面还附着王明道授权马湘云代为参加股东会的授权书。其中，在股东会会议记录里均明确记载着马湘云是"王明道的代理人"。

林清发现纪佳程虽然还在微笑，但眉头微微皱了一下，随即又恢复了自如的神情。

"被告还有证据吗？"法官问。

林清踌躇不决，纪佳程那副似笑非笑的样子搞得他心神不宁，唯恐自己遗漏什么，然而法庭不会给他太多时间犹豫，他不得不有些迟疑地说："没有了。"

"好，今天的证据交换到此结束，本案举证期限到此终结。逾期提交的证据，除非对本案有实质性的影响，法庭会酌情考虑，否则法庭不再接受。"法官往后一靠，"至于正式开庭时间……你查一下咱们的排期。"他对书记员说。

"下周五下午可以。"

"下周五下午一点半，本院第四法庭开庭，"法官决定，"今天当庭通知，传票会稍后寄给你们。双方当事人阅看笔录无误后签字——退庭！"

兰海"砰"的一声砸下法槌，站了起来。

书记员从打印机里取打印好的庭审笔录时，兰海法官斜靠在审判桌上，问道："怎么样，原、被告双方愿不愿意在法庭主持下调解？"

"没什么调的！"马湘云立刻拒绝了，她望向林清的眼神令后者相信，如果有条件，她绝对会把他私刑处死。

马湘云回答得太干脆了，丝毫不给法官面子，纪佳程有些无奈。林清心里暗暗高兴，却表现出一副遗憾的样子。果然，法官说道："你们回去好好看看证据……原告代理人，你是律师，回去给她讲讲是怎样看待这个案子的，话不要说得太死，过分强硬不一定是维护自己利益的最好途径。"

这话已经很明显了，林清立刻感觉浑身来劲——这些法官都是老手，看了这些证据，基本上对这个案子有了大致判断。这话已经明确显示出了他的倾向，大概是为了搞平衡，他马上又转向林清："被告，诉讼总是有风险的，你回去也和当事人谈谈。"

林清认真地点点头，表示一定回去做工作——做才怪呢！他签了笔录，望向华芳菲。华芳菲点点头，虽然都很严肃，但从彼此的眼神里，两个人都看出对方在笑。

"被告，你们签完就先走吧，"法官看着林清签完笔录，说道，"原告留下，我和你们谈谈。"

林清欠了下身，开始收拾自己的案卷。他走的时候，纪佳程还是笑眯眯地和他告别——一看到他的笑，林清心里又不安稳了。

第十九章　吻

证据原件随保安回公司了，坐在华芳菲的车里，林清还在复盘整个庭审过程，琢磨着自己有没有出纰漏。越往后，他的身心越放松。

大局已定。

有经验的人都能够看出来，马湘云现在已经无法翻身了，这个案子就算开庭的话，就现有证据而言，王琳赢的可能性极大——如果不是基于律师固有的谨慎而不把话说满，林清甚至想说，王琳赢定了。

这样的话，何柏雄的收购就不会有任何意外发生了吧，林清将开始一个崭新的生活。就算不再成为何华王纪集团的律师团成员，林清也将过上幸福的生活。

想到这里，林清长舒了一口气，心满意足地听着车载音响的音乐，轻轻地哼唱着：

乌黑的发尾盘成一个圈，缠绕所有对你的眷恋，终于找到所有流浪的终点，你的微笑结束了疲倦……

华芳菲开车一直把他送回办公室。这一路上，华芳菲的表情都很放松，虽然话不多，但对他的表现相当肯定，对案件目前的局面也相当乐观。

"我要回去和何总讲一下今天的情况，"华芳菲笑着说，"你也累了，今天回去早点休息。"

林清的心里充满着快意，目前的局面是对马湘云最好的羞辱：无论你如何使阴招，你都得眼睁睁看着局面朝你期望的相反方向倾斜。当然这还不够，林清迫不及待地想看到一切尘埃落定的那一天：法院判决股份属于王琳、王琳拿到钱、何柏雄拿到股份，马湘云人财两失的那一天。

当着华芳菲的面林清不好说什么，一回到办公室，他就迫不及待地给王琳打了电话，电话里她的声音有些紧张，听他说庭审比较顺利后，似乎松了一口气。王琳随即约他晚上一起吃饭，要犒劳他的辛苦，顺便听他介绍一下开庭的情况。

电话刚一放下，罗安山就出现了。

罗安山是专程来问上午的庭审情况的，明明看起来比较紧张，却装作很随意，有些过分地轻松，问："小林，怎么样？"

"效果不错！"

罗安山眼睛一亮。林清介绍完上午的情况，主任的脸明显松弛了很多。

"是吗？如果是这样的话，这个案子可以说基本上差不多了……"罗安山沉吟道，"这样，我给何总打个电话，说一下上午的情况……"

"华总已经赶回去了，她应该会向何总报告的，"林清得意地说，"何总收购股权就更没问题了。"

罗安山的笑容一下子僵住，声音似乎都变了："你……你和华总说过股权收购的事了？"

罗安山没有意识到自己的声音有些夸张，林清的心莫名一哆嗦，抬头看他，发现主任张着大嘴，眼珠子都快凸出来了，满脸惊骇。这一声和这副表情如同一桶冰水，把林清刚才那点志得意满浇得干干净净，代之以"闯祸了"的心虚。

"没……没有啊！"

"到底有没有？"罗安山厉声说。他的手用力扶着林清的办公桌，那架势简直像要掀了桌子一般。林清期期艾艾地答道："没……没有！这事我谁也没说过。"

罗安山的表情在林清看来有些狰狞，他的眼神是林清以往从未见过的，他直直盯着林清看了好长时间，脸上才突然出现了笑容。瞬间，罗安山仿佛变了个人，恢复了平时的和蔼，还用手在桌子边缘扫了扫，似乎刚才他看到林清的桌子有点脏，帮他擦一下一般。

"当然了……其实，说了也没事。这事何总可能已经和华总沟通过了，不过有些事情，当事人自己说是一回事，我们律师说出去就是另一回事了，是吧？呵呵呵……"

林清结结巴巴地说："真的……没说，华芳菲还……还不知道呢。"

"那就好，那就好。"罗安山用鼓励的口吻说，"你一向比较谨慎，这我是知道的……你好好休息一下，可能还要去见见何总，当面汇报呢。"

罗安山用奇怪的目光看了林清一眼，就很亲热地拍拍他的肩，出去了。

这是怎么了？

林清疑惑地望着办公室的门，那点兴奋劲儿早就无影无踪了。自己说错了什么话吗？自己刚才的话可能会造成歧义，可是即便华芳菲知道股权收购的事，又会怎样？何柏雄又不是低价收购，而是足额收购——这是在做好事啊，而且这是为了报恩，得不到什么利益，并且还有风险，他在担心什么？担心华芳菲会抢着和他做好事？当然，何柏雄会持有更多股份，可他本来就是大股东嘛，有45%的股份，加上王明道的11%，也到不了总资产的三分之二，对于公司的重要事项没有绝对控制权。

林清回忆着刚才的对话，甚至有点不确定罗安山霎时间表现出来的凶狠是否只是自己的错觉。罗安山的反应实在太出格了，即便是"律师不能乱说"，也不至于这样吧？

真是败兴。

林清有些丧气地宽慰自己：别想了，想点高兴的事，比如晚上要见王琳了。想到晚餐，林清心里涌起一丝渴望：他想象着自己会如何向王琳汇报今天的战果，王琳会用多么爱慕、崇拜、信任的目光看着自己，他们会相拥，会共同规划美好的未来。

没错，未来。富足，甜蜜，充满爱情的未来。

王琳将身家上亿，这意味着他们将生活无忧。然而，自己也要争气才行，吃软饭的男人终究会被人看不起的。要努力办案，争取成为一个名律师，以这个案子为契机，大干一场！不久以后，他会有一个不一样的形象：办着重大案子，穿着律师袍接受采访。

事务所的几个主要律师都有自己的律师袍，这玩意儿是律协设计的，某些重要场合（比如重要开庭、录制电视节目），会要求律师郑重其事地穿上律师袍出场。林清找到事务所的行政，让她给自己订一套律师袍，心里满怀着憧憬。

如果今晚就能拿到该有多好。

　　林清想象着这样一幕，他拎着袋子去见王琳，王琳问："这里是什么？"林清回答："我的律师袍。"王琳惊喜地说："我还没见过呢，快穿上我看看！"林清就披上律师袍，王琳在身边用崇拜、爱慕的眼光望着自己……

　　在这样的遐想中，下午四点，林清的电话响了，华芳菲打电话来告诉他，已经将开庭情况汇报给何总了，何总对开庭情况非常满意。华芳菲特意嘱咐他，说他昨天和今天很累了，要早点回去休息。林清"嗯嗯啊啊"地放下电话，看看表，四点一刻了，再过一个多小时，他就要去和王琳约会了。

　　满怀期待中，电话又响了。林清拿起电话，意外地听到了王琳的声音。

　　"林清？"

　　"小琳？"林清的心怦怦直跳，她还怕自己忘了晚上的约会吗？"啊……我正在收拾东西，准备出门呢。我会准时到的。"

　　"哦，我是想和你说，"王琳的声音有些怪怪的，"我今天下午不能去了……嗯……有些事情，要不我们改天吧？"

　　林清感觉一盆冷水从头上浇下来，一直冷到了内心深处。那股兴奋之情瞬间无影无踪，代之以难以忍耐的失望。林清期期艾艾了半天，也不知道自己说了什么。

　　"什么？我没听清。"王琳在电话里说。

　　"我是说……没事，嗯，没事。"林清言不由衷地说，"那……就改天。"

　　"好的，那我们改天，拜拜！"

　　电话挂断了，林清此时的心情低落到了极点，似乎从巅峰一下子降落到了谷底。他原来的计划、原来的憧憬统统化为泡影，这种巨大反差尤其令人难受。他坐在那里，慢吞吞地把东西收拾好，最后意识到，今晚自己要回住处吃饭了。

想到要见李金子，林清感觉很尴尬，没有了马上下班的急迫感，他在下班后又过了好一会儿才慢吞吞地离开办公室，沿着街边慢慢走着。

夜幕降临，华灯初上，街头的车灯汇成一条条壮观的长龙，风吹拂着他的脸，令他的心绪逐渐平静下来。林清沿着街边慢慢走着，身边的橱窗透出各色的光芒，把他的脸照得五彩斑斓。当他穿过家门口的地下通道时，他看到了上面熟悉的身影。

李金子站在台阶上面，她似乎也是刚下班，拎着挎包在那里等自己。林清完全没有心理准备，但是突然遇到后，没得选择，他的心情反而放松下来，笑了。

"回来了？"李金子伸手接过他的包，动作再自然不过了，"走吧，我回去做饭。"

林清想把包拿过来，李金子把包换了手，放到了身体的另一侧，林清便讪讪地缩回了手。李金子望着他，他脸上的伤痕在灯光下毫无隐藏。林清等着她盘问伤痕的来历，她却只是看了一会儿，就收回了目光。

"晚上想吃点什么？"

"随便，我今天没什么食欲。"林清说。他偷看李金子的脸，发现她的脸上没有任何异样，她似乎对他昨夜不归的事毫不在乎，他心里安稳了很多。

"那……我给你煮点拌面吧，清淡一点儿。"李金子说，"你今天开庭，一定很疲劳了，不能吃油腻的东西。嗯，就这样吧。"

说完这句话，他们已经走进了小区。林清望了望熟悉的道路和楼房，向四周扫了一眼，昨天晚上，何华王纪集团的保安就在这楼下蹲点守候，唯恐有人会袭击这里，现在开庭完毕，再也不必担心有人来了。此刻这里是那么热闹祥和，充斥着生活气息，一楼的老伯伯们吃完饭，坐在门口聊着天，小孩子在奔跑嬉戏。林清跟在李金子的后面上了楼，李金子立刻进了厨房。

林清回到房间后，脱下外套，坐在电脑前。李金子越淡然，越若无其事，对他越好，他心里就越不是滋味。看着李金子忙碌的背影，他禁不住想，和王琳在一起时，他要想方设法讨好她，和李金子在一起时，反而是她来照顾自己。也许和李金子在一起是个不错的选择，她绝对会是个好妻子，只是他隐隐有些不情不愿。

晚饭在李春怨恨的目光中结束，他看着李金子不断往林清的碗里夹小菜，林清都有些不好意思看他了。吃完晚饭，李春阴着脸在水槽边洗碗，李金子用纱布裹了一个滚烫的鸡蛋，走到林清旁边。

"躺下吧。"

"什么？"

"躺下，我给你用鸡蛋滚一下。"李金子指了指林清的眼睛，"让瘀血散得快一点儿。"

"不用。"

"躺下。"李金子用不容置疑的口吻说。

林清顺从地躺下，闭上眼睛咽了口口水。林清不敢看李春，知道他的脸肯定已经涨成了猪肝色，更不敢看李金子的眼睛。他感觉滚烫的东西在自己眼眶四周滚动着，热气透过眼皮，热辣辣地烘着自己的眼球，突然想起了昨晚——在那张沙发上，自己也是这样躺着，华芳菲用两个鸡蛋也是这样在自己的瘀青处滚着，当时她的神情专注而温柔，将女性的温柔和细心尽显无余。

李金子一定也是这样吧？

林清能感觉到李金子呼出的气息喷在他脸上，却不敢睁眼看李金子，害怕面对她的关心。鸡蛋慢慢凉了，随后眼睛上一轻，鸡蛋被拿走了。还带着热度的手指在轻轻搓揉着瘀青的地方，很舒服，丝毫没有痛楚。

林清睁开眼睛，就在这一瞬间，李金子的嘴唇紧紧地印在了他的唇上。

"唔……"林清哆嗦了一下，大脑一片空白。林清的手举起来，也不知道想要做什么，李金子抓住他的手，用力压到他的头部两边，嘴唇仍然紧贴着。林清感觉到她的舌头用力挤进了自己的嘴里，他想摇头时，李金子咬住了他的嘴唇。

该挣扎，还是就这样？在林清方寸大乱的时候，她突然放开他，直起身来，她的头发凌乱，这一个亲吻竟搞得她满头大汗，林清和她对视了一会儿，她突然羞涩地笑了。

李春从厨房出来，说："李金子，碗洗好了。"

李金子看了看林清，嫣然一笑，拿着冷掉的鸡蛋进了厨房。李春一看到林清躺在沙发上就一肚子火，一边嘴里嘟嘟囔囔地说着"就这点伤至于嘛"之类的话，一边要看电视，要坐沙发。这给了林清一个理由，他站起来逃进了自己的房间。

一直到睡觉，李金子都没有进一步的表示，好像什么事都没发生过一般，林清却翻来覆去无法入眠。这算什么？李金子这是在直接进攻了吗？也许自己昨天的一夜不归刺激到她了？这个吻把他逼到了死胡同里，要么接受，要么就要明确地拒绝，否则自己将陷入"脚踏两只船"的境地，如果让王琳知道了这件事，或者李金子告诉她"我们接吻了"，王琳肯定会暴跳如雷，接下来就是天崩地裂。

和李金子谈恋爱，这个念头从未进入过林清的脑海里，每次李金子的表示都会让他后退。他不讨厌李金子，对她也有好感，做朋友没问题，可是要做恋人——他感觉自己真的处在了危机中，绝不能再陷得更深了！必须尽快有个了结，再拖下去对各方都会造成更大的伤害。可是要如何开口呢？

明天就和她好好谈谈，告诉她，自己真正爱的是王琳。

林清缩在被窝里，只盼着这一夜长一点儿，这样摊牌的时刻就会晚一点儿，因为摊牌的时刻一定是李金子和他决裂的时刻，他内心里不希望这样的事发生。然而天终究会亮的，等他迷迷糊糊睁开眼，天已经大亮了。

厨房里飘着早饭的香气，李金子却不在，林清看了下表，已经八点多了，她一定是去上班了。错过了和她摊牌的机会，林清告诉自己：没办法，只好等到晚上了，心里却为这样的拖延而松了一口气。

林清来到办公室，无事可干，心里盘算着晚上怎么和李金子说，还有要找个什么借口和王琳联系。

罗安山从林清旁边走过，"来了？到我办公室来。"

林清无精打采地站起来，跟在他后面，走进罗安山的办公室时，看到办公桌上一片狼藉，堆满了文件。罗安山一屁股坐在老板椅里，点起一根烟，一边收拾着桌上的文件，一边叼着烟说道："你昨天的表现不错，昨天下午华芳菲对何总讲了上午的庭审情况，何总非常满意。昨天晚上，何总和王琳谈这个案子时，还夸了你，说：'你看，我给你找的律师怎么样？'"

"何总昨晚和王琳谈案子了？"

"是啊，"罗安山把文件堆在一起，"开庭了嘛，肯定要和王琳交流一下情况。毕竟何总为这件事出了这么多力，他和王琳沟通案情也是理所应当的，顺便谈谈购买股份的事……"

办公桌被清理出了好大一片空间，罗安山一边说，一边把最后几本文件放到文件堆上，结果它们全滑到了地上。林清低头帮他捡起来，心里释然了。

第二十章　再见

原来昨晚王琳不能来是要和何柏雄见面，何总是集团大股东，也是王琳此次诉讼的幕后支持者，更是即将收购股份的人，和他见面显然更加重要。约会随时都可以，当然要先办正事。

林清直起腰，把这几份文件交给罗安山，瞥到最上面一份的标题是《关于何华王纪集团与科威特萨法石油公司合作协议的具体实施方案》。罗安山随手把它们扔到一边，继续说："现在案子看起来问题不大了，嗯，这样何总购买股份的事基本也不会有什么变故了。何总昨天和王琳大致敲定了股权转让的时间，筹措资金大约还需要一个多月，定在下个月二十五号签订股权转让协议。"

时间定下来了？林清的心怦怦直跳。林清暗自算了一下，大约还有一个半月多一点儿，一个半月后，一切都将结束，王琳和自己将开始新的生活——幸福的生活。

"昨晚谈完了，何总、我还有王琳一起吃了晚餐，我们吃的时候还谈到了你，"罗安山笑眯眯地说，"小林，这个案子你的表现不错，很尽心，我想何总那边应该会心里有数的……"

要是你们知道我和王琳的关系，恐怕就不会这么想了。为了她，也为了我自己，我不尽力才怪。林清心里想。

林清抑制住自己激动的心情，听着罗安山滔滔不绝，思绪却离开了这个办公室，飞到了王琳身边。王琳现在在做什么？也许她很快就会打电话给自己，约自己见面，和自己分享昨晚的会谈结果，分享她的喜悦。

林清的目光落到罗安山桌上的文件上，暗自给自己鼓着劲。不能做一个吃软饭的男人，即便有钱了，也要自强，这样才不会被人看不起。要努力，将来也要成为罗安山这样的大律师，有自己的律师事务所，办的全是大案子。

律师业内也有所谓高端低端之分，有的律师就喜欢办理诉讼案件，喜欢出庭；有的律师则喜欢办理非诉讼业务，比如银行、破产、改制、上市等，这种案子标的额巨大，一个案子就能收几十万元甚至上百万元律师费。林清想起刚才罗安山的那份增资扩股文件，感觉有些羡慕，自己什么时候能到这份儿上。

林清自己也不知道是怎么从罗安山的办公室离开的，回到自己座位上时，还有些眩晕。

眩晕过后是紧迫感，必须和李金子摊牌了，必须有个了断。一想到和李金子晚上要怎么说，林清又陷入了尴尬，就在这时，他的手机响了。

王琳真的打电话来了，大概是说昨天的事，和自己约新的时间见面吧。林清按下接听键，那熟悉的声音此刻那么悦耳。

"林清？"

"哎，小琳。"

"嗯……昨天不好意思啊。"

"没事，你有事就先忙。"林清讨好地说，"我们有的是时间。"

"你下午有空吗？"

这么快就来了！林清连忙说："有，怎么？"

"下午四点，在上次那家意大利餐厅楼下见面，好吗？"

"好啊！"

真的是和自己约会，整个一上午，林清都感觉飘忽忽的。中午的时候，行政从律协回来了，给他带来了律师袍。林清付了钱，把它展开，左右端详，金红色的徽章看起来相当庄重。林清拿着律师袍走进卫生间，披在身上，镜子里有一个怪怪的人看着自己。他比了半天，也没看出什么出彩的地方，心里安慰自己：这是因为卫生间的光线太暗了，而且这袍子本身又不是时装，穿上这袍子是职业的象征。

林清把律师袍装回软兜里，放在办公桌上，想着一会儿如何拎着这个软兜去见王琳。下午一点多，天色有些阴沉，这几个小时，他几乎度时如年，时不时地看看电脑屏幕右下方的时间。三点半的时候，林清一跃而起，拎着软包就下了楼，打定主意今天不带公文包了，就放在办公室，身上只带钱包即可。

来到那条熟悉的步行街，那家意大利餐厅门前，林清站在门口往两边看着。希望餐厅位于步行街的街口，人流如织，他在人群中搜寻着，那个美丽的身影会从人海中突然出现。

附近的店里传出了悠扬的音乐声，林清靠在一根罗马式灯柱上，想到昨天开庭，想到未来，一边搜索，一边惬意地听着音乐，哼唱着：

因为爱情，简单的生长，依然随时可以为你疯狂，因为爱情，怎么会有沧桑，所以我们还是年轻的模样……

"林清。"王琳在他身后轻声说。

林清的身体轻轻跳了一下，迅速转过身来。王琳不知什么时候已经站在他身后。林清有些不好意思，讪讪地说："你什么时候到的？我都没看到你。来，我们进去吧，起风了，可能要下雨……"

林清伸手去拉王琳的手，但是王琳轻轻地把手往回缩了缩，他抓了个空。这个举动给了他一个很不好的感觉，他抬头探询地望着王琳，看到她的表情很奇怪。

林清的心莫名地一沉，觉得有什么不好的事将要发生，这种感觉似乎有些熟悉。王琳开口了，声音并没有恋人之间的那种感觉，反而有些冷漠。

"不用了。在这里就好。我只是来跟你说几句话就走，我晚上还有事……"

林清的心完全沉了下来，他一时不知所措。王琳的声音毫不亲切，似乎在他们中间建起了一面无形的墙，他敏锐地感觉到，自己似乎要失去什么了。

"什么事？"林清挤出一丝笑容问。

"这个案子辛苦你了。……我想，现在一切已经差不多了，也该谈一下我们之间的事了。"

"哦……"林清愈加不安，难道，难道……

"林清，我们永远做朋友，好吗？"

林清的血液凝固了，他终于明白了自己为什么会有这种熟悉的感觉。那是分手的感觉！她的话如同一记重锤，砸得他几乎要口喷鲜血，他不知道说什么，只是呆呆望着她。

"我知道你对我好，可是……我和你是不可能的，我们最终还是要面对现实，我们是两条线，有过交叉，走过交叉点，就会分开，而且再也不会重合。"

真的是这样，林清的身体往后倾斜了一下，靠在了灯柱上，支撑住自己，手里装着律师袍的软包软软地落在地上。王琳把脸别开，望着远处，不与他对视。

"其实，我一直很矛盾，从一开始，我就在犹豫，到底要不要和你在一起，你为我的事这么尽心，我不知道要如何跟你说这件事。林清，你骂我也好，说我利用你也好，我都没意见，可是……我想，我们终究是不合适的……等这件事结束，我就去日本，妈妈也会陪我过去，我们可能再也不能见面了，我……"

林清已经不知道自己是什么感觉了，几分钟前，他几乎攀登上了人生最快乐的巅峰，现在有人抽走梯子，直接把他摔到最深的深渊。这种从天堂到地狱的转变来得如此之快，让他大脑里一片茫然。

"林清，你是个好人，真的。你一定能找到一个特别好的女孩子，我……要说的就是这些。"

王琳说完，低下了头。此刻的王琳，仍然那么美丽，那么清纯，林清却感觉她如此陌生。王琳轻声说了一句："再见了。"然后转身走开了。

望着她的背影，林清的心中似乎有什么碎掉了，他有一种念头，想喊她，想去追她，想想求她，可是嗓子里似乎堵着棉花，发不出任何声音。林清望着她走出步行街街口，拦了一辆出租车，再也没有回头望他一眼。

一滴雨水滴到了他的脸上，冰冷刺骨，随后更多雨丝打在了他的身上。步行街上的人加快了脚步，开始向四周的建筑内跑去，只有林清还站在灯柱下，一动不动，地上还"躺"着那个装着律师袍的软包。

林清疑惑地望着天空，一切都是那么昏暗，冬雨淋湿了他的头发，也冰冷了他的心。他就这么站在雨中，向着王琳消失的方向，失魂落魄。

"再见了。"王琳说的是"再见"，可是林清明白，这次，也许真的是"永远不见"了。

"……我和你是不可能的，我们最终还是要面对现实，我们是两条线，有过交叉，走过交叉点，就会分开，而且再也不会重合。"

一年多以前，在那个下午，在那间教室，阳光暖暖地洒在林清的身上，他的心却如同冬天一样寒冷。

一年多以后，在这个下午，在餐厅门前，冬雨冰冷地打在林清的脸上，他的心如同刀割一般疼痛。

"……我想，我们终究是不合适的……"

不同的场景，同样的话语。由同一个人的口中说出，伤害着同一个林清。

一切都是假的，从一开始就是假的——爱情，承诺，幸福生活的憧憬，她的笑，她的亲吻，她的泪水，还有她的拥抱——全是假的。

原来在一开始，王琳就没想过和自己在一起，在"犹豫着怎么和自己说"。王琳在犹豫什么？不是怕伤害自己，而是怕自己不尽心尽力。那么她后来所做的一切，都是为了让自己努力做好这个案子。

现在何柏雄要收购股份已经成了定局，已经不需要再为诉讼烦恼了。巨额财产即将到手，王琳将获得胜利。

在这一切的背后，只有利用，只有利益。

　　而林清，在这场感情里，再度成为一个不折不扣的失败者，被欺骗，被背叛，为了一个虚幻的泡沫，拼尽全力；为了一个不存在的未来，拼死拼活。当一切利益到手后，王琳再度无情地抛弃了他，弃如敝履。林清曾以为自己是为了自己的爱情和未来而打拼，到最后，生活却狠狠地打了他一记耳光，告诉他：你所做的一切，只是在为他人做嫁衣。

　　这难道就是这个世界留给我的一切？

　　林清闭上眼睛，抑制不住眼角溢出的热泪，他的头重重地垂了下来，心中充满了痛苦、伤心，还有悲愤。林清的整个身体都在颤抖，不由自主地颤抖，怎么也控制不住。

　　忍住，忍住。林清告诉自己，拼命抑制着。如果不这样，也许他会跪到地上号啕大哭吧……

　　你又一次践踏了我的感情，把我的爱情撕得粉碎，将我从天堂打入了最深的地狱。你利用我，欺骗我，伤害我，然后，若无其事地离去。

　　既然我的爱情已经被你撕得粉碎，踩得破烂不堪，那至少让我保留一个男人最后的一丝尊严吧，安静、不失体面地离开。

　　林清默默弯腰，捡起已经湿透的软包，双腿如同灌了铅似的挪动了一步。

　　我能支持住。

　　再见……不，是相忘于江湖……永远。

　　雨中的城市街头，林清踉跄的身影，孤单，落寞。

　　林清就这么走回了家里，到家时李金子还没回来，他把湿透的软包扔进洗衣篮，却不知道接下来要做些什么。看着自己的这个小窝，不由得悲从中来，强行抑制着才没哭出来。

这副窝囊样给谁看？就算被甩了，也要争点气，活得更有人样才行！

林清把湿衣服脱下来，换上家居服，他把律师袍从软包里解放出来，用清水涮了涮，克制着把它扔到楼下的念头，晾到了阳台上。随后他就躺在床上发呆，不知道自己在想什么，虽然觉得浑身发冷，却一动不动。李春回来了，李金子也回来了，这么长时间，他的姿势都没有变一下。

"你今天回来得很早嘛，"李金子走进来，看了看他的表情，"晚上想吃什么？"

一看到她，林清心里的痛楚有增无减，他原计划的"摊牌"此刻想起来更像是一场闹剧。他一直在盘算着怎么拒绝她，此刻她却是最关心他的人。看到他目光呆滞，李金子走过来，伸手摸了摸他的额头。

"好像有点热……你淋雨了？是不是感冒了？"

转瞬之间，林清的床边就多了一杯热水，李金子拉起被子，盖住了他的身体。林清感激地望着她，此刻的她给人的感觉是那么温暖。李金子做完这一切就出去了，和李春的对话从门外传了进来：

"这家伙怎么了？"

"他有点发烧，淋雨了。"

"真娇气，你说这么点雨就能淋病了。你这是干吗？"

"给他做晚饭啊。"

"他倒是好运气……咦？外面挂着个黑布。"

"是他晾的吗？什么黑布，那是律师袍。"

"律师袍……啧啧，这家伙还弄个律师袍，看他那身形，也不知穿起来是个啥样子。"

"肯定比你强。"李金子不耐烦地说,"人家是律师,当然弄个律师袍,穿起来当然有那个样子。你以为像你?你想穿还穿不了呢。"

"李金子,你太小看人了,"李春不满地说,"我要是穿上这玩意儿,比他可像样多了。不信等这玩意儿干了,我穿上给你看看……"

"拉倒吧,就你?"

李金子的脚步声往厨房方向去了,林清缩进被窝里,再也没有勇气面对她。此刻的林清,只想逃避,远远逃避开,再也不想面对任何人。

然而,该面对的东西还是要面对的。整整一夜林清都没有睡好,显得很憔悴,早上李金子摸了摸他的额头,觉得热得不是很厉害,嘱咐他不要凉着。一到办公室,他就埋头在电脑上打游戏,什么也不干。

罗安山来了,把林清叫进了办公室。罗安山先是东拉西扯了一会儿,再次表示对他的评价是如何如何高。当罗安山告诉他前面这番话时,林清的脸上毫无笑意。

"你没事吧?"罗安山疑惑地问。

"没事。"林清摇摇头。

"这个案子,你也辛苦了,我们对你的表现,都很满意,也考虑让你进入集团的律师团队。"

罗安山嘴里说出的话似乎是鼓舞人心的,然而林清感受到的只有酸楚。这些话如同一把刀子,每个字都割得他体无完肤,让他想起了这个案子的一切,想起自己被利用、被抛弃的事实。

罗安山一边说,一边翻着自己办公桌上的案卷:"假如真的能成为集团的律师团成员,对你来说可是件大好事,以后要继续努力。昨天我和何总也谈过了,何总的意思是再过一段时间,就要和王琳签股权转让合同,这事对王琳来说就算差不多了。从现在起,你就不用再管这个案子了，我看看有没有别的案子安排给你……"

要把自己踢出这个案子？

这是何柏雄的意思，还是王琳的意思？

林清默默望着罗安山，他笑眯眯的，却清楚地告诉他，林清将会被踢出这个案子。

林清不记得自己是怎么走出罗安山的办公室的。他回到办公桌前，无所事事地盯着电脑屏幕，从身体到灵魂都空虚无比。

这算是你给我的另一个惊喜吗？还有没有进一步的？

这样也好，一了百了。

第二十一章　你是我的了

午饭没有吃，回到家里李金子已经做好了晚饭，他还是一点儿没吃，只是躺在床上发呆。李金子晚上摸他的额头，觉得很热，便急着给他找退烧药。

"要不要吃一点儿东西？"李金子坐在床边问，"水果也行，我给你削个苹果好吗？"

林清摇摇头，对她挤出一丝笑意，轻声说："我没事。"

一束灯光打在李金子的脸上，她焦急的表情一览无余。突然，林清觉得她美极了，他暗暗诧异，为什么以前没有发现这一点。李金子给他倒了一杯水，便拿起他的衣服去洗了，林清吃了药，闭上眼睛，脑子里一团乱麻。耳朵里传来李春的声音，他又在纠缠李金子了。

"李金子，你看，我穿上是不是很好看？"

"哎呀！"李金子大喝一声，"你怎么穿他的律师袍？脱下来！"

"有什么嘛！你看看，我穿这个是不是更有派头了？"

"你穿这个简直是不男不女！"李金子说，"你的外套那么脏，就把这袍子套在外面？快脱下来！"

"急啥……"

"快点……"

林清微微一笑。周末了，明天可以好好休息一天。就在这时，他的手机响了，他像被蜇了一下，瞪眼看着手机，看到上面显示的是"华总"两个字，似乎有些失望，又似乎松了口气。

"芳菲姐……"

"小林，休息了两天，你现在感觉怎么样？"

"好多了。"林清闷着声音说。他不想被别人当作病人一般怜悯。

"那明天下午，照旧吧。"

"好……"

但愿华芳菲没有感觉出我语气的异样。放下电话，林清苦笑着想。华芳菲知道自己已经被踢出这个案子了吗？如果知道了，她大概也不会再叫自己去跳舞了吧。

晚上睡觉前，李金子又给他吃了退烧药，林清迷迷糊糊地睡着了。这一觉不知睡了多久，当他醒来时，感觉嗓子渴得冒了烟。

房间里台灯开着，现在还是深夜，林清撑着身体坐起来，感觉到了一丝凉意。看了一下闹钟：现在是深夜两点。

台灯怎么开着？难道有人来过了？林清望了望床头柜，那里本来应该有一杯清水的，可是现在却空空如也。在他发愣的时候，门一开，李金子端着一杯水走了进来。

"把你吵醒了？"李金子笑了笑，"那杯水放了好久，已经冰凉冰凉的了，我怕你半夜醒了口渴，喝凉水不好，给你换了杯热的放在你旁边。你现在要喝吗？"

林清点点头，从她的手里接过杯子，喝了一口，水有点烫，喝下去浑身发热。林清贪婪地把水喝光，把杯子递给李金子，这才发现那是她平时喝水的杯子，不禁微微一窘。李金子把水杯放到一边，林清发现她穿着睡裙，吃了一惊。

"你……这么冷，你会感冒的。"

李金子盯着他看了一会儿，似乎下定了决心。她掀起被子，飞快地坐在了林清身边，用被子盖住自己的身体。林清被她的举动吓呆了——她钻进了他的被窝！他感觉她柔软的身体隔着薄薄的睡裙贴着自己，心立刻剧烈跳动起来，似乎马上要蹦出嗓子眼。

林清结结巴巴地说道："李金子，这个，这个……"

李金子抱住他的脖子。

"你，是我的了。"

伴随着耳边这声蚊子般的呢喃，李金子空出一只手来，按灭了台灯。

这一夜给林清留下的回忆终生难忘，第二天早上，林清睁大眼睛望着天花板，感觉自己的世界、自己的人生观、自己看待事物的角度完全变了。也许这一夜就是从男孩向男人转变的仪式。

李金子枕着他的肩膀，小声打着鼾，嘴里吐出的气息吹着他的脖子，痒痒的，却很舒服。她的手还抱着他的身体，林清搂着她，感觉怪怪的。身边的这个女子昨夜真的和自己在一起吗？他们来自两个完全不同的地方，相隔千里，却在这个城市相遇，这一切真的是缘分吗？

林清突然感觉到她在吹气，转头看时，两个人的嘴唇又贴在了一起。她已经醒了，那双明亮的大眼睛里满是笑意。

"这是我的第一次。"李金子在他耳边轻声说。

"我也是。"

"真的吗？"

"真的。"

李金子把脸靠在他的肩膀上，低声说："林清，你是我的了，我也是你的了。你……是我的了。"

"嗯。"

李金子闭上眼睛，哼哼了几声，突然睁开眼，带着一丝羞涩，说："你昨天夜里，像个傻瓜！"

"你再说？"林清威胁道。

"傻瓜！"

林清恶狠狠地说："你再说，我可又要来啦！"

这个上午过得特别快，一眨眼就到了中午。李金子蓬松着头发，穿上睡裙，然后披了件棉衣，就去做午餐了。

林清回想起昨天，似乎已经是不同的世界，此刻与王琳的分手给他的刺激已经很微小了，他甚至有了一种感觉：因为失去，所以现在才能拥有。

对林清来说，什么都不重要了，李金子，现在是他的女朋友了，一个真心真意对他的女朋友。

想到这里，林清甚至有点庆幸，事务所让自己退出这个案子，这正好是个与王琳了断的机会。下午去见华芳菲时，跟她把现实情况说一说，告诉她，自己不会再办这个案子了，相应地，也就没必要再去跳舞了。

李春已经出去了，他每个周六的上午都要上班。李金子和林清懒散地在餐桌上吃着午饭，吃了几口，李金子望了望他，脸上飞起一片红霞。

"我说，我们的事，要保密啊。"

"为什么？"

"我要和我妈妈说说你这件事……"李金子丝毫没有以往的爽快，一夜之后，她变得扭捏起来，"突然就在一起，多难为情啊……我晚上还是等李春睡着了以后再到你这里来，否则让李春知道了，我也太不值钱了。"

"你什么时候和你妈妈说？"林清问。

"嗯……嗯……就这几天吧。我要想想怎么说，她一直想让我找个老家的，可是……"

"其实跨省交流很重要。"林清赶忙说。

"你呀。"

李金子的样子可爱极了，林清奇怪自己以往为什么没发现这一点，这么长时间以来，他到处追寻，却一直忽视了身边有个李金子在发光。

"下午我要去一下何华王纪集团的华总那里——她是个女的。"林清主动说道。

"你去做你的事吧。"李金子嗔怪道，"干吗什么事都跟我说？我只有一个要求，晚上要回来睡觉，别的我才不管你呢。"

有这样的女朋友，你还能要求什么？塞翁失马，真的是焉知非福。林清吃完午饭，帮李金子把碗筷拿到厨房，感觉似乎是在过着真正的家庭生活。

下午两点林清到"白桦"时，华芳菲已经到了。她点了一杯红茶，眉头紧锁，根本没注意到他走过来。直到林清坐到对面，她才惊醒了。

"来了？"

"来了。芳菲姐，您在想事情？"

"哦，"华芳菲有些心神不定地说，"是啊，是啊。你挺准时的。"

女招待走过来，在林清面前放了一壶罗汉果姜茶，林清用探询的目光望着华芳菲，他本以为来了之后，会直接和华芳菲去她家跳舞，但这壶茶意味着他们还要在这里坐一会儿。

华芳菲大概想谈一些事情，也许她已经知道自己将不再担任这个案子的律师了，想和自己谈谈这件事？

换作一天之前，林清的心情处于最低谷，他也许会很伤心，需要倾诉，但是此刻他的世界已经完全不同，心情也不再阴暗。如果华芳菲想来安慰他，他可以反过来安慰她，说自己没事了。

心情完全不受影响是不可能的，但是李金子的爱情至少使林清走出了低谷，有了新的寄托。

华芳菲盯着林清的杯子，显得忧心忡忡。

"小林，你这段时间要小心啊。"

"什么？"

"你知道昨天我把苏珊开掉了。她临走时跟我说，一切走着瞧。"华芳菲皱着眉头说，"前天开庭效果不错，按理说大局已定，可是苏珊的话让我有些不安稳。马湘云能买通苏珊，能找地痞流氓，说明她志在必得。你想想，在这样的情况下，她还会有什么选择？"

林清望着华芳菲。

"开完庭我就在想，马湘云会不会这么举手认输？"华芳菲用探讨的口吻说，"这可是几亿元的资产，换作谁都会搏到底，谁会仅仅在证据交换后就放弃？"

几亿元？不是一亿元左右吗？林清想，可是……现在这和自己有什么关系？林清现在本能地排斥和王琳有关的一切事情，不想再讨论这个问题，还是跟华芳菲说自己已经退出的事情吧。

"我们先不想王明道的死因，就从你接手这个案子以来，光是你自己受袭击就达到了两次。"华芳菲继续说，"这说明，马湘云，或者说有一股力量在千方百计地阻止我们这边。现在形势对他们相当不利了，他们一定会采用新的手段。"

"什么手段？"林清漫不经心地问。

"我和陈隆聊过，如果是他，他会用两种办法。"华芳菲说。

"哪两种？"林清好奇地问。

"比较蠢的是把王琳的律师，也就是你干掉。"华芳菲说。

林清愣了一下：这个设想太大胆了，这是杀人，不是打一顿那么简单。但是考虑到王明道的死，以及以往对自己的袭击，也不是不可能。林清的心沉了一下，幸好自己已经退出了这个案子，从此高枕无忧——他突然打了个冷战：那些人可不知道自己已经退出了。

哪里会有这种事？自己已经不干了，对方却还把自己当作目标，如果发生这样的事，简直就是个笑话。

"比较聪明一点儿的，"华芳菲说，"让王琳和她的母亲消失。"

这次林清真的震惊了。这的确是唯一可以避免财产落到王琳手里的办法，直接把一方诉讼当事人灭掉。

这个猜测比刚才的干掉律师更加可怕，在民事案件中把对方当事人干掉，几乎是闻所未闻。然而，看看本案的巨额标的以及马湘云目前的所作所为，这种猜测绝非不可能。

马湘云已经干掉了一个，就不会介意干掉第二个。也许将来还会干掉第三个、第四个，直到她真正拿到这笔财产。

想着马湘云那张脸，以及她眼里射出的寒光，林清对马湘云的憎恶到达了顶点，也更坚定了他撤离这个案子的决心。

"所以，我们必须考虑你的安全……"华芳菲说。

"应该不用了。"林清答道，"我现在已经不是这个案子的律师了。"

华芳菲睁大眼睛，脸上满是惊愕。她足足呆了好几秒，才问道："什么？"

"我已经不是这个案子的律师了。"

"谁说的？"华芳菲惊疑地问，"怎么回事？"

"昨天主任通知我的。"

"案子还没办完，怎么能换律师呢？"华芳菲挺直身子，脸上露出怒色，"再说，法务部归我管，我怎么不知道？"

"这是……"林清本想说这也是何总的意思，但细细想来，罗安山并未直说是何总让自己退出。虽然事实明摆着，没有何柏雄的意思，罗安山是绝不会和自己说那番话的。"这可能也是集团的意思吧，其实……其实……"

林清卡住了。如果说下去，必然要涉及何柏雄收购王琳股份的事，他还记得前天罗安山在办公室里那副紧张的样子，唯恐他把这事告诉了华芳菲。

"其实什么？"华芳菲追问道。

话都说到这份儿上了，索性就说了吧，反正这事很快她也会知道的。林清把姜茶喝完，闷闷地讲了何柏雄要收购王琳股份的事。随着林清的讲述，华芳菲的脸色越来越白。

"等签订了股权转让协议，王琳和这件事基本上也就脱钩了，她们就会走了。"林清望着自己的杯子，"所以，他们让我退出这个案子，也很合理，说白了，对我也算是解脱。我想我只要给对方律师打个电话，说我不再代理此案，那边就应该不会再找我了吧。"

华芳菲猛地向后一靠，抱起手臂，她的嘴里似乎在自言自语，目光左右扫视着，显得有些神经质。华芳菲突然抬头望着林清。

"何柏雄收购的价格是多少？"

"一个亿左右。"林清回答。

"一亿？"华芳菲失声叫道，"他以一亿的价格收购？这……"

华芳菲下面的话似乎被什么堵住了，只是张大嘴望着林清。看到她这副样子，林清有些后悔了：她反应这么激烈，明显被蒙在鼓里，如果她去找何柏雄谈这件事，会不会生出什么事来？

"你为什么不早点告诉我？"华芳菲的语气近似气急败坏。

"其实我早就想告诉你，"林清结结巴巴地说道，"可是，何总和所里都要求我不许和任何人讲……今天要不是说明原因，我也……"

"行了，我知道了！"华芳菲一摆手，似乎冷静了一些，"他们什么时候进行股权转让？"

"下个月二十五号。"

"那还有时间。"华芳菲嘴角露出一丝冷笑，"这事真是越来越蹊跷了，看来里面的水比我想的还要深。这件事，你就当没跟我说过，另外，你先别急着退出。这件事很复杂，你可能还有很多工作要做呢。"

"芳菲姐，罗主任已经……"林清慌忙开口道。

"别管罗安山。法务部我说了算！"华芳菲摆了摆手，"案子还没结束，而且你做得非常好，怎么能撤换律师？"华芳菲突然又陷入了沉默，似乎在想事情。

林清张张嘴，想说其实自己也想从这个案子脱身，却不知如何说起，与王琳的感情纠葛更是不能说。在林清犹豫的时候，华芳菲又回过神来，拿出了钱包。

"埋单。"

林清站起来，打定主意，今天跳完舞后一定要跟她说自己不干了。然而，华芳菲一边付钱，一边说道："今天不跳舞了，你先回去吧。我现在马上要去办一点儿事。"

这打乱了林清的计划，华芳菲匆匆付了钱，甚至没和他告别，就大步流星地走出了咖啡厅。华芳菲匆匆开车离开，在林清的印象里，她从没有这么惊骇和慌张过。

林清在"白桦"门口站了一会儿，对前景有些茫然，内心觉得华芳菲对自己人身安全的担忧有些杞人忧天，不相信对方真的会做出这么逆天的事情，同时也有些隐隐的担心。

把律师干掉作用不大，换个律师就是，把当事人干掉才是最有利的。

想到王琳，林清又有些难受起来。如果是两天前，他会飞奔去和王琳说这件事情，拍着胸脯要保护她，现在却有些彷徨。去告诉她吧，她不一定会相信这种猜想，也许还会怀疑自己想借此和她复合；不告诉她吧，万一将来发生了，这算不算是自己报复呢？

虽然"再见"了，但是，林清觉得自己对她还是有义务的。至少现在她还是当事人，而且深爱过。

第二十二章　天使离去

　　林清最终决定通过电话告诉王琳，这样既可以避免见面的尴尬，也可以避免告别时的别扭。在拨通王琳电话的过程中，林清的心一直在狂跳，虽然这次是想说正事，可是和刚分手的前女友通话还是令他很激动。

　　每一声"嘟——"的长音都让林清紧张，不知道王琳还会不会接自己的电话。响了四遍，他基本确定她不会接电话了。就在这时，电话通了。

　　"喂？"

　　接电话的，竟然是韩昭仪。

　　林清毫无心理准备，他知道韩昭仪不喜欢自己，此刻一听到她的声音，瞬间陷入了紧张，满肚子的话竟然不知从何说起，只能期期艾艾地说："哦……那个，阿姨，我是林清。"

　　"知道是你，"韩昭仪冷冰冰地说，"你有什么事？"

　　"我有一些话，想和小琳——"

　　"什么？"

"和王琳说，她能接电话吗？"

"她现在不在，"韩昭仪很不友善地说，"她最近忙得很，你要是没事也别打电话来了。"

"阿姨，你误会了，我是想……这个……唉，"林清被她噎得不知如何是好，沮丧地叹着气，"我也没什么事，那跟阿姨你说也好，你和王琳最近都小心点吧……"

"怎么，你再说一遍？"韩昭仪的声音立刻高亢起来，"你威胁我们来了？"

林清愣了一下，终于意识到自己说了有歧义的话，这话你说是劝告也行，说是恐吓也行，他不禁一阵慌乱，头上冒出汗来。话筒里韩昭仪的声音尖厉，气愤至极："我早就看你不顺眼了，也就是小琳不懂事，才会和你谈朋友！这倒好，头天和你说分手，你隔天就打电话来让我们小心点，你什么意思？你有本事就直接把我们全杀了！"

"阿姨，你误会了！"

"我误会，你难道还那么好心，来关心我们？我告诉你，小琳不可能和你在一起！你也不照照镜子，看看自己是个什么东西！"

"我是说，有人可能……"林清几乎是在和这个老女人抢话，"可能会危及你们的安全，叫你们小心点……"

"哈！"韩昭仪大笑了一声，"你还真会装好人。跟你说，说什么小琳也不会跟你在一起。你倒是说说，谁会伤害我们？"

林清气得浑身哆嗦，此刻的他已经有了李金子，断绝了和王琳在一起的念头，韩昭仪这根本就是以小人之心度君子之腹。电话里韩昭仪还在挖苦他，非要他说说谁会伤害她们，他忍着怒火，说道："阿姨，电话里很难说清楚，你就听我一句——"

"哈，你还想见面谈？"韩昭仪冷笑道，"那更别想了。"

"王叔叔——王明道八成是被谋杀的，你知道吧？"林清终于忍耐不住，大声吼道。

电话那头突然静了下来，几秒钟后，韩昭仪惊疑地问："什么？你在胡说什么？"

"有很多事我不能说，"林清喘着粗气说，"我只能告诉你，我调查过那几天所有去四川的旅客名单，王明道的死因不是意外，你知道这是上亿的财产，有多少人在惦记着。"

"你想说什么？"韩昭仪说，"你别想吓唬我们娘俩，我要告诉你们主任……"

"您听与不听，我管不着，可是我跟您说过了。"林清气往上冲，"王明道去四川当天，某人也过去了！人我也不说是谁了，我就是告诉你们，平时小心一点儿，安安稳稳把钱拿到手！好了，就这样！"

林清气呼呼地挂断电话，暗自懊恼，自己是不是多管闲事？好心提醒却被当作另有所图。几秒钟后电话响了，他低头看了一下，上面显示"王琳"的名字，他直接按掉了。

大概韩昭仪知道错怪了自己，打算向自己详细询问，然而此刻的林清已经火冒三丈，再也不想和她纠缠。

走了两步，王琳的电话又打了过来，林清再度按掉，内心感到了一丝快意，这次按掉后，电话没再打过来。

林清回到家时，才下午四点半，他原以为自己会回来很晚。李金子正买菜回来，看到他很高兴，挽着他的胳膊进了小区。她看起来像个幸福的妻子，挽着自己的丈夫，显得那么自然。上楼的时候，她的嘴里轻声哼着歌，林清的烦闷在歌声中消散无踪。

"我蠢蠢欲动的爱情，就要飞向你，我美丽天使的心；

再也不神秘，只为你栖息，我温柔天使的心……"

第二天，早上五点多，天还没亮，李金子就坐起来，穿上睡裙。林清想抱住她，她却笑着躲避，低声说："别闹了，我得回房间去了……要不然等李春起来，我还怎么出门。"

"有什么不能出门的，"林清低声说，"我们可是正正经经恋爱……"

"你以为我像你这么厚脸皮。"

林清抱住她，小声说道："李金子，就我们俩去租一处房子怎么样？"

李金子停了一下，歪着脑袋想了想。

"你不反对的话，我今天去找几个房产中介，看看有没有出租信息，"林清说，"我们可以租套一室一厅的房子，到时候，就是我们的二人世界了……"

"滚你的。"

李金子笑着挣开他，在他的额头上点了一指，悄无声息地溜下床，打开房门，回自己的房间去了。李金子并没有反对，实际上就是默认，林清闭上眼睛，又睡着了。这一觉一直睡到早上八点，他才舒舒服服地坐起来。

李金子不在家里，估计出去买菜了，李春的房门紧闭，估计还在睡大觉。李金子给他准备了早点，可是林清心不在焉，满脑子计划着租房子的事情。他拿了一片面包叼在嘴里，就出了门。

租房子对林清来说并不陌生，对于离家在外闯荡的候鸟来说，租房是必须经历的阶段，但是租一个什么样的房子却令人头疼。既不要太贵，又要住得舒适，这肯定需要动些脑筋。林清可不想让李金子住在一个破破烂烂的地方。

交通要便利，附近还要有菜市场、银行，最好还有医院，要想找一套这样的房子，肯定有难度。

小区附近本来有十几家房产中介，里面的工作人员一年四季都是制服笔挺，服务唯恐不热情。这些年房价飞速上涨，他们的生意火爆异常，不料去年下半年，房地产市场开始调控。这种调控的实质就是有钱也不让你买，于是这些房产中介倒了七八家，只剩下五六家在那里苦苦支撑，据说只靠介绍房屋租赁活着。

林清沿着马路，一家店一家店地溜达过去，看着这些店门口挂着的广告牌，上面写着小区名称、房型、设施状况和租金价格，心里盘算着合适与否。林清并没有局限于小区附近这几家，周边几条马路上的房产中介他都看了一圈，一边看一边把他认为有用的信息记录在手机里，然后向中介要了名片。

整整一上午他都在做这件事，一直走到两脚酸痛。街边商场里有一家奶茶店，林清买了杯奶茶，坐在店里，想打电话叫李金子出来，一起在外面吃午饭，手机里传出了彩铃声，李金子却没接电话。

难道她在做饭？林清再打过去，李金子的手机还是畅通的，却无人接听。林清关掉电话，想着李金子要么忘带电话了，要么没听见，当然更有可能是正在做饭，如果她做饭了，自己最好还是回去吃饭。

林清坐在那里把奶茶喝完，然后往家走。回去后，他会避开李春，把这些房屋租赁信息和李金子一起合计一下，再找个时间挨个去中介那里联系看房。

这也许才是自己应该拥有的生活，而不是那虚幻的、充满欺骗的镜花水月。

想到这里，林清想起了昨天和华芳菲聊的那些话，便在电话里搜寻马湘云律师的电话。纪佳程，那个看起来不好对付的家伙，谁知道他会不会也是个人间败类，不过他是个什么东西已经不重要了——我退出了。

拨通的彩铃声是一段很忧郁的歌，然后"哗"的一声，有人接通了电话："喂？"

"纪律师吗？我是林清。"林清干笑两声，"周末打扰你，不介意吧？"

"哪儿的话！"纪佳程的口气还是那么熟悉，"咱们这种人，哪有什么周末？话说回来，你不和我联系，我也想和你联系呢，这个案子，我们有很多地方可以沟通，你也知道的，为了当事人利益最大化嘛。"

"跟你打电话就是为了这个事。"林清说，"恐怕以后你得找别人沟通了，我就是跟你说一下，这个案子我可能要退出了……应该说就是要退出了。以后会是谁接手，我不清楚，你明白吗？"

"哦……哦……"纪佳程的口气显得很意外，"你不做了？怎么回事，他们不要你做了？咱们平心而论，这个案子你做得不错啊，很扎实，他们为什么要换人？"

"反正是有原因吧，"林清含糊地说，"总之，我不做这个案子了。"

"哦……"纪佳程似乎在琢磨什么，几秒钟后问道，"林律师，你打电话给我就是告诉我这件事？"

"对。"

"多谢你，其实你没必要告诉我的，"纪佳程说，"我不知道你为什么要告诉我，不过这对我来说没坏处，也能看出你是个实在人。林律师，不管以后还有没有机会，我们可以常来常往，保持联系。"

林清打着哈哈挂断电话，肚子里却在骂纪佳程会装。自己为什么打电话给他，真是再明白不过了：告诉他自己不干了，让马湘云别再来找自己的麻烦。这实际上是有失身份，纪佳程却在那里追问原因，就好像他不知道马湘云干的那些事似的。

不管怎么说，纪佳程肯定会告诉马湘云这件事，如果他是策划者之一，他最后讲的那句"常来常往"甚至可以理解为"我放过你了"。想到这里，林清的心情愈加轻快，哼着歌往回走。

林清走到小区门口时，一辆黑色的帕萨特在他身边猛然发动，吓了他一跳。他望着这辆车连左灯都没打就冲出路面，差点撞到一位横过马路的老太太，然后绝尘而去，往地上啐了一口，走进小区。

走进楼道。

走上楼梯。

来到门前。

打开房门。

没有预料中的李金子的迎接，如果她在的话，听到开门的声音她会迎出来。也没有锅碗瓢盆的声音，更没有饭菜的香气。林清有些疑惑，喊了声："李金子！"

家里静悄悄的，没人回答。林清关上大门，走进厨房，看到李金子买来的菜还在水槽边。林清走进客厅，眼前的一幕让他惊呆了。

沙发向后翻倒了，玻璃茶几已经粉碎，地上散落着玻璃和陶瓷碎片，还有星星点点的血迹，墙上挂的液晶电视屏幕已经碎裂。在客厅的角落里，林清看到了李金子惨白的脸。

她躺在一大摊凝固的血中，娇小的身体已经被染成了红色，仰面朝天，一动不动，眼睛睁得大大的，望向天空。

林清惊呼一声，扑过去把她从地上抱起来。李金子的头软软地向后垂着，他把手放到她的鼻孔处，那里已经没有丝毫气息。林清去摸她的胸口，在那里他发现了致命伤，李金子的左胸有个很深的伤口，她的身体已经冰冷了。

霎时间林清感觉天旋地转，分不清是汗水还是眼泪，滴到了李金子的脸上。那张脸在几个小时之前还在对自己轻笑，她的拥抱，她的亲吻，她的触摸似乎刚刚发生，她的爱情才刚刚开始，如今她却变成了一具尸体！

李金子，他的爱人——死了。

这是梦吗？

林清神经质地望着四周，这里本应该整整齐齐的，李金子在厨房里做好了午餐，等着他的归来。如果一切正常，再过一段时间，他们应该会出去租房，有自己的世界，二人世界。

恋爱，结婚。

林清的耳边似乎响起了李金子的哼唱声：

"我蠢蠢欲动的爱情，就要飞向你，我美丽天使的心；再也不神秘，只为你栖息，我温柔天使的心……"

天使，李金子就像天使……难道她就要飞走了吗？

林清像个木偶一样抱着李金子的身体在那里跪着，他一次又一次摇晃着她的身体，哭着叫她的名字，期盼她能够睁开眼睛。林清终于承认了这个现实，颤抖着拨通了报警电话，带着哭腔恳求警察快点来。

李春呢？他在哪里？

突然意识到这一点，林清暴跳起来，推开李春的房门，李春的房间里空无一人。林清又来到李金子的房间，李春也不在，林清走进自己的房间，呆住了。地上趴着一个人，身上裹着自己的律师袍，身下是一摊紫黑色的血迹。林清跪在他身边，认出了那个熟悉的面孔。

李春，也死了。

林清跌跌撞撞地走出自己的房间，跌坐在地上，悲痛的泪水滚滚而下。他的世界塌陷了，他刚刚决定爱一个人，这个人就死在了他的面前。

是谁杀了李金子？是谁杀了李金子！

他坐在那里，守着李金子的尸体。当警察赶来时，他被带到李春的房间接受询问，他看了李金子最后一眼。林清能听到警察拍照的声音，他能听到他们交谈的声音，不知过了多久，他突然看到两名警察用担架抬着蓝色的尸袋，他立刻冲进客厅，拦住了他们。

"你们要把她带到哪里去？"林清责问。

"要带回去，"给他做笔录的警察追出来，抓住他的手臂，"放到停尸房，法医还要解剖。你先回来，还要调查……"

"让我再看看她。"林清恳求道。他跪在担架边，拉开拉链，李金子的脸隐隐发黄，双目微微睁着，这是她留给这个世界的最后一个形象。林清含着眼泪，向她伸出手去，却被拦住了。警察迅速拉上尸袋的拉链，把她抬走，林清也被带回警局问话，他满身鲜血地被警察们从楼上带下来，邻居们挤在楼道和小区的绿地上，议论纷纷。

楼下已经拉起了警戒线，穿着制服的人员拿着仪器在楼道里进出。林清望着阳光耀眼的天空，觉得一切都变得那样陌生，每一张脸都变得雷同，内心充满了悲愤，天理、人情、理想全是虚幻。

李金子的尸袋被抬上了车，林清向那边走去，警察紧紧架着他的手臂劝说着，不让他前行。载着李金子尸袋的车消失在他视线的那一瞬，林清眼前一黑，倒下了。

第二十三章　BH2000

整个下午，林清都在接受警察的询问，他被提取了指纹、血样，还被要求详细说明他在案发时的行踪。

直到晚上七点，一名警察进来和询问他的警察耳语了几句，他们问他要不要打个电话。林清对此一片茫然，他不知道能给谁打电话，要说些什么。

"叫人给你送身衣服，你就穿着这身衣服出去？"

"我可以出去了？"

"又没拘留你。"警察说，"请你在这里是为了了解死者的情况，争取早日破案。现在我们还需要办点手续，你就可以走了。"

给谁打电话？林清不知道，这时候，华芳菲成了他脑海里出现的第一个，也是唯一一个名字。华芳菲到警局接他的时候是晚上九点多，她一接到他的电话就立刻赶了过来。华芳菲进警局的时候头发散乱，显得惊慌而匆忙。

"小林！"

"芳菲姐。"林清简短地叫了一声，眼角的泪水无声地流下来。华芳菲抱住他的头，轻拍着他的肩膀安慰他，也流下了眼泪。

"我给你带了套衣服，你换一下吧，今晚到我那里去。"华芳菲低声说，"什么都别想了，今天你先休息。"

这对林清而言也是最好的去处，他已经不想再回到住处了，他无法面对那凌乱的现场，地上的血迹，无法面对自己和李金子曾经共同居住的地方，共同的回忆。林清在一个狭小的办公室里换下了血衣，把它们装在一个塑料袋里，华芳菲挽着他的手臂，带着他上了她的车。

华芳菲开车的时候，林清软软地斜靠在车门上，望着车窗外的街道。华芳菲没有劝他，在一个红灯前，她抽了张纸巾，递给林清，却发现他的脸上已经没有了泪痕。

那是一双阴冷、充满仇恨的眼睛。

"我跟警察说我怀疑马湘云。"林清的声音显得很突兀。

"什么？"

"他们问我，我觉得会是谁。一开始我说不知道，后来，我告诉他们，我认为是马湘云。"

"你怎么会……想到这个的？"

"我不知道。"林清压抑着自己的语气，"我是突然想到的，还有谁会来袭击我们？只有她！马湘云已经派人袭击过我两次了，而且开庭我也没让她占到便宜……"

林清没有细说，其实他是在下午突然想到了李春的死状，才联想到了马湘云。

如果说是抢劫杀人，室内却没被翻过。李春是穿着律师袍被杀的，他一定又拿林清的律师袍穿，想引起李金子的注意，杀他的人很可能因此而把他当成了林清。李金子也许是因为碰巧在现场，不幸受到了殃及。

这种念头本来只是在脑海里一闪，不知为什么，此刻却越来越强烈，强烈到他越来越觉得就是这么回事。还有谁要杀律师？不是只可能是马湘云吗？

先是警告性袭击；然后抢夺证据；这两个目的都没达到，就把对方律师干掉。

林清几乎能够确认这就是本案的真相，被带到警局三个多小时后，他已经确认了他的敌人是谁。

"你跟警察说什么了？"华芳菲问。

"全说了，这个案子。"

"股权转让的事呢？"华芳菲急忙问。

"那个我没说，因为没什么意义。"林清恨恨地说，"马湘云，还有那个纪佳程，他们和这事脱不了干系。我要是不举报他们，那才叫见了鬼呢。"

"你别想这事了，"华芳菲劝道，"马上到了，我给你弄点东西吃，你今天早点休息，什么也不要想，行吗？"

林清没回答，神经质地搓着手。林清其实很想痛哭，他再也见不到李金子了，他曾经拥有了全世界，现在却全部失去了。李金子走得这么匆忙，甚至没有留下任何共同的纪念。

哪怕一枚戒指，一张照片，或者一绺头发，一个纽扣，能够让他握在手中，也许都会是一种安慰，可是他什么都没有。李金子的物品还在租住房里放着，但是他不能动，也许明天，李金子的父母就会从遥远的北方赶来，带走她所有的物品。林清也许可以请求他们给自己留点什么做纪念，可是自己要怎么和他们说呢？他们甚至不知道自己和李金子的关系，即便知道了，他们也许只会责怪自己没能保护好李金子。

林清觉得自己没脸面对李金子的家人。

林清也许还能够活很多年，多年以后，当他回想起李金子时，仍将没有任何东西可以当作寄托。

"芳菲姐……能带我回一趟我的住处吗？"他问。

"什么？"华芳菲问，"你要回去？"

"我想拿点换洗衣服。"林清低声说，"我的公文包和……平板电脑还在那里。"

华芳菲没说什么，在下一个红绿灯处掉了头。二十多分钟后，车停到了林清居住的小区门口。华芳菲在路边停了车，林清望着小区大门，望着黑漆漆的夜空和小区门口的灯光，却失去了下车的勇气，他不敢再面对家里的那一切。

华芳菲叹了口气，向他伸出手去："把钥匙给我吧。"

林清感激地把钥匙递给她，她下车走进了小区。林清缩在座位里，望着远处的点点灯火，不知李金子此刻身在何处？她躺在停尸房里会冷吗？会有人粗暴地把她的尸体推来推去？她身上的血迹是否被擦干净了？种种疑问让他头痛欲裂，就这样不知过了多久，车门被拉开，华芳菲把他的公文包和一个鼓鼓囊囊的提包放到他怀里。

"我给你拿了几件换洗衣服，你的公文包，还有这个。"

那个平板电脑，此刻平躺在他怀里的提包上，这是李金子用过的东西，拿着它，似乎又感觉到了李金子的气息。百度音乐程序里有李金子存的歌，他点开文件夹，里面有十几首音乐，这些歌都是他熟悉的。

十个男人七个傻、八个呆、九个坏，

还有一个人人爱，姐妹们，跳出来，

就算甜言蜜语把他骗过来，

好好爱，不再让他离开……

即便是昨天，李金子还在哼唱着：

"我蠢蠢欲动的爱情，就要飞向你，我美丽天使的心；再也不神秘，只为你栖息，我温柔天使的心……"

歌还在，但是天使，飞走了。

林清抱住平板电脑，抽泣起来。

林清晚上吃了什么，他怎么洗的澡，什么时候睡的觉，他完全不记得，华芳菲给了他两片安眠药，他醒来时已经是第二天上午九点多了。他睁大眼睛望着天花板，如同做了一场噩梦。

那不是梦，李金子，真的死了。

林清莫名其妙地坐起来，不知自己应该干什么，又莫名其妙地躺回去。躺了一会儿，他想起这不是自己的家，就又坐起来，穿上衣服。

华芳菲不在餐厅和厨房里。林清抱着平板电脑发了一会儿呆，然后想打开它，发现已经没电了。他寻找电源，想给它充电，大概是他的举动弄出了响声，华芳菲卧室的门打开了。

华芳菲穿着睡裙，拿着电话，探头出来，看到林清起来了，点了点头。

"……一定有人。这肯定和那边有关，有线索的话，我们会重谢他。如果能查到是谁干的，多少钱都行……好，就这样。"

华芳菲放下电话，向林清走过来，可是没走两步，电话又响了。华芳菲看了一下来电号码，迅速把电话放到耳边："是我。"

电话里说了很长时间，华芳菲一边听一边斜倚在墙壁上，脸色越来越难看。过了一会儿，华芳菲说道："知道了，你辛苦了……这件事不要和任何人说。好，就这样。"

华芳菲望着林清，问道："你还好吗？"

林清点点头，他还是想独处，看到她的睡裙，他又想到了李金子，心里一酸。华芳菲坐在他身边，扶住他的肩膀。

"林清，我也不知道怎么安慰你，"华芳菲盯着他的眼睛，"我已经发动了所有资源，去调查这件事。我知道死的这个女孩对你很重要，就算为了她，你也要保重自己。"

林清默默地望着她。

"我曾告诉过你，我会保护你，"华芳菲脸色严肃地说，"当时我只是担心你被利用，也许会被马湘云袭击，我没想到居然真的会杀人！从现在起，我就要保证你的安全。你现在能思考吗？如果可以的话，我要和你谈谈。"

林清茫然地摇摇头，他什么也不想想，他只想听听李金子留下来的那些歌。

"喂！你是个男人！"华芳菲大喝一声，吓得林清一哆嗦。她摇晃着他的肩膀，斥责道，"你难道不想和杀了那个女孩的人斗到底吗？"

这句话如同当头棒喝，又如一道霹雳，劈开了他大脑里的一片混沌，林清的眼里开始有了生气，脑子似乎变清醒。几秒钟后，他已经目光炯炯，眼神变得很可怕。

"我想！"

"没错。这就对了！"

林清坐在沙发上，咬牙切齿，他恨不得立刻把马湘云、纪佳程等人撕个粉碎。

"凶手，我们是要抓住的，同样，也不能让马湘云这伙人如愿！"华芳菲阴郁地说，"当务之急是搞清楚我们下一步该怎么做。"

就在这时，林清的手机响了，他低头望了望屏幕，脸上泛起了潮红。上面显示的名字是：纪佳程。

他居然给自己打电话了，怎么，是来查看自己死没死吗？

林清因为愤怒而浑身发抖，迅速接通了电话，他感觉全身的仇恨都在燃烧，声音有些变调了："纪——律师，您好——啊。"

华芳菲抓住他的手臂使劲摇了摇，向他做着手势，林清有些不甘心地把话筒挪开一下，打开了扬声器。

"林律师，"纪佳程的声音显得疲惫而焦急，"事情我都知道了，我现在刚从刑警队出来，听说是你举报了马小姐和我，这一定是有误会了……"

"是吗？"林清问道，"误会？难道前几次袭击我也是误会？怎么，你从刑警队出来了？"

"林律师！"纪佳程急切地说，"我们能不能见个面？这件事看起来有些蹊跷，我们需要谈谈……"

"见？"林清忍不住了，脏话脱口而出，"你告诉那个卑劣的……"

"林律师！"纪佳程大喝一声，"你还记得有人给你发过电子邮件，叫你不要做这个案子吗？"

林清吼道："那又怎么样？"

"发件人是不是 BH2000？"纪佳程喊道，"那个 BH2000就是我！我当初劝你不要做这个案子，我是好心！你如果仔细思考，就知道我对你是没有恶意的！这件事现在越来越复杂，我必须和你谈谈！"

林清愣了。

马湘云的律师居然就是当初给自己发电子邮件，警告自己不要做这个案子的人，他在邮件里警告自己注意安全，尽早抽身。然而，林清此刻已经被愤怒支配，在他看来，也许当初纪佳程是好意，但也可能是为了把自己吓走。

"我见你——"林清张口想骂，华芳菲闪电般地把手指放在他的嘴唇上，轻轻摇了摇头。

"林律师，我和你们事务所的合伙人陈尔东是多年的好朋友，"纪佳程大声说，"你可以问问他我是怎样的人，我想和你谈谈，好吗？"

这时候，华芳菲拿了张纸，在上面写道："晚上六点，白桦。"

林清望了她一眼，她点了点头，她的眼神将他的暴跳安抚下来，他压抑着骂人的冲动，说道："晚上六点，荣华东道有一家白桦。"

"好，那……"纪佳程说。

林清把电话挂掉了。

林清拿着电话，额头上的青筋一跳一跳的。华芳菲坐在旁边，凝神思索着，半晌说道："你晚上去见见他，听他说什么。我跟你一起去，在外面等你。"

"嗯。"

"他到底是什么意思？"华芳菲沉吟道，"他居然就是发邮件给你的人……"

林清站起来，拿起外套。

"你要做什么？"

"芳菲姐，我有点事，要出去一趟。"林清说。

"你去哪里？"华芳菲问，"你还没吃早饭，先吃东西，然后我开车送你……"

"我不饿。"林清走到门边穿鞋，"我一会儿就回来，下午和你一起去见他。我现在要去办一件事情，我想自己去一趟。"

"啊……那你小心点，记得随时给我打电话。"华芳菲叮嘱道。

林清点点头，关上房门。走到楼下，林清望着阴沉沉的天空，感觉有些头昏。拿出电话，他拨通了王琳的手机。

这算是我为你做的最后一点儿事吧，我绝不让马湘云如愿。

"喂？"

又是韩昭仪的声音，她的口气没有昨天那么凶，但是林清已经无所谓了。"我是林清。"

"你——有什么事？"

"没什么事，就是跟您和王琳说一声，"林清简短地说，"我家里昨天被袭击了，人都被杀了。我现在很确定王明道就是被杀的，你和王琳小心一点儿吧。"

他说完就把电话挂掉了。

现在，李金子的父母应该赶过来了吧？他们是不是在出租房内痛哭，整理李金子的物品呢？林清决定回出租房一趟，哪怕再次面对那个现场，他也要回去，如果他们在，他就要告诉他们李金子是自己的女朋友，他因为没能保护好李金子而恳求他们的原谅。林清要恳求他们留给自己一张李金子的照片，这样自己还能留下一点儿回忆。

刚走出华芳菲居住的小区门口，王琳的电话就打了过来，林清把电话按掉。然而电话又打过来，林清不接，电话就频繁地响个不停。林清长出一口气，接通了电话。

"小清……"

话筒里是王琳的声音，她在抽泣，这声音曾经让他魂牵梦萦，让他愿意为之出生入死，此刻的他却有些漠然。

"王小姐。"

"……林清。"王琳哽咽着说，"妈妈跟我讲了你打电话来的事……我们见个面好吗？我想……"

"我要说的已经都跟你妈妈说了，"林清冷漠地说，"我现在很忙。"

"林清……我知道你恨我。"王琳似乎哭出来了，"我也知道我对不起你，我真的很抱歉……我想和你见面谈谈，行吗？求你了。看在我们曾经……"

"我们没有曾经了。"林清的心隐隐作痛，"我的女朋友是李金子，她已经死了。"

"求你了，好吗？"王琳抽泣着说，"我只想和你见个面……"

林清动摇了。尽管林清与电话那头的王琳已经成为路人，但是她毕竟带给过他美好的回忆，他们有过过去，她此刻的哭声还是能软化他那颗冰冻的心。

"……好吧。"林清低声说。

"那好，"王琳似乎破涕为笑，"那我们十二点的时候，到……小鱼山见面，好吗？"

"好吧。"林清挂掉电话，他感觉自己实在对不起李金子。

林清看看时间，现在还早，他还可以去出租房看一下。

第二十四章　失踪

　　林清最终还是没有见到李金子的父母。在小区门口，他碰到了自己所住单元的楼道组长，老太太一见到他，脸色就吓得煞白。

　　"你……你……"

　　"周阿姨，我……"

　　"你不是被抓起来了吗？"老太太惊疑地叫着，后退了一步，"我看着你被抓走的。"

　　"周阿姨，是我报的警，我是去做笔录的，"林清垂下头，拭去眼角的泪水，"我家里那边现在怎么样？"

　　"哎哟，看你啊，"周老太放下了心，看到他这副失魂落魄的样子，陪着他掉下了眼泪，"作孽啊……那个小姑娘和男孩子的家里人都来了，在那里设了台，哭呢……不过好像有几个人现在到公安局去了。"

　　林清点点头，快步走进了小区，当他走上楼梯，来到出租房时，他看到房门大开着，几个陌生人在门口抽烟、说话，其中一个中年女性的眼睛红红的。

　　"请问谁是李金子的爸爸妈妈？"

　　他们都看着他，没回答。林清走进去，看到里面并没有多少人，客厅里的玻璃已经被打扫干净，一张桌子上摆着李金子的照片。李春的房间里也有一张桌子，这个出租房里居然摆了两个灵台。李金子的灵台前坐着一个小女孩，睁大眼睛望着他。她长得真像李金子，是李金子的妹妹吗？

　　房东王先生坐在客厅里，他的房子里出了命案，把他急得像热锅上的蚂蚁一样，他看到林清，大吃一惊，伸手指着他，张大嘴吭哧了半天才反应过来，急忙紧紧握住林清的手："小林，到底怎么回事啊？"

　　"我只离开了两三个小时，回来就看见……"林清哽咽着说道，林清望着照片上的李金子，问道："李金子的爸爸妈妈在吗？"

　　"他们去公安局了。"

　　两个房间里的人都聚了过来，林清的身边围了十几个人，他们得知他是同住者和报警者后，争先恐后地向他询问。林清不知说什么好，这里的事情又怎么是几句话能够说清的呢？林清不愿再重复自己回来后看到了什么，只是说自己回来发现情况后，立刻报了警。别的他什么也不知道了。

　　他们听了，陆续散开，有的在哭泣，有的还不甘心地在他身边，试图了解更多信息。林清来到李金子的灵台前，望着她的照片，她的音容笑貌仿佛还在，他的眼泪扑扑而下。林清拿了三炷香，深深鞠了三个躬，点燃了，插在香炉里。

　　李金子，你就这么走了，留下我一个人。你没给我留下任何东西。我们本来可以永远在一起的，可是现在你却去了另一个世界。

　　你现在在哪里？你的灵魂是在这里看着我吗？你能感觉到我在想什么吗？你是否会回来看我呢？

我们也许还会见面，在那个世界，可是，那时候也许我已经老了，你还能认出我吗？传说那个世界有一道奈何桥，过桥的人会喝一碗孟婆汤，忘记所有的一切。你会喝了孟婆汤后，忘记我吗？

我永远不会忘了你，永远。

林清抑制不住自己的悲伤，软软地跪在地上。小姑娘吓得手足无措，过来搀扶他。房东把他从地上拉起来，介绍道："这是小姑娘的妹妹。"

林清望着这个差点成为自己小姨子的小姑娘，难以自已。他支撑着来到李春的灵台前，鞠了三个躬，也含泪为他上了一炷香。

兄弟，我对不起你！请你在那边照顾一下李金子！我迟早也会到那个世界去，到时候我再向你赔罪，你要是在天有灵，请你保佑警察能够抓住凶手！

林清转身来到李金子的妹妹面前，轻声说："小妹妹，我叫林清，也住在这里。"

她似懂非懂地点点头。

"你姐姐是我的女朋友，我很爱她。"

小姑娘望着他，眼里涌出了泪水。

"我要出去办点事，请你转告你的爸爸妈妈，我下午还会回来。今天晚上，我想给李金子守灵。"

小姑娘点点头，林清用衣袖抹着眼泪，低头走了出去。

来到小鱼山时已经过了十二点，以往林清总是心急火燎的唯恐迟到，可是现在他已经没有当初见王琳的那种喜悦心情了。这个时间游玩的人不多，林清沿着林荫小道向小山上走时，四周静悄悄的，光线被树木遮蔽，树林里显得很昏暗。冷风吹过树林中的通道，吹得他浑身发冷。随着地势的拔高，林清有些奇怪王琳为什么要选择这样的地方会面，突然他看到前方有一个娇小的身影，坐在一个石凳上。

是王琳。

林清走到她面前，王琳听到他的脚步声，站了起来。几天不见，王琳变得很陌生，那张面孔再也没有一丝亲切和妩媚的感觉了。

看到他，王琳挤出一丝微笑："你来了。"

林清把脸别开，说："你想和我说什么？"

"林清，你恨我吗？"她仰脸望着他，问道。

林清望着远处，冷漠地答道："问这句话有意义吗？"

"当然有意义。"王琳答道，"我们不在一起了，但是我不想和你有任何误解。"

"有没有误解，都无所谓了。"林清望着她，那张脸此刻看起来有些陌生，"我们已经分手了。"

王琳咬了咬嘴唇："你……和那个女孩子在一起了吧？"

"你怎么知道？"林清问。

"我一猜就是……我看到她看你的眼神，我就知道……特别是你还在我身边的时候，我真的很难接受。林清，我真的很不开心，你刚刚和我分手，你就找到了新人。你对我不是认真的，我从一开始就知道。"

"这不会也是你和我分手的理由吧？"林清望着头顶的树叶，不愿再看她。

"你都不愿看我了吗？"王琳叹息道，"你真的这么恨我？"

"我既然和你分手，就不要再有什么纠缠了，我恨你不恨你，很重要吗？你找我想谈什么，就直接说吧。"

王琳被他的话噎得很难堪，脸上一阵红一阵白，终于问道："我爸爸的死，你是不是知道了什么？"

"知道了很多，首先可以明确告诉你他是被杀的，"林清坦率地说，眼光落到了王琳的靴子上，靴子上沾满了泥土，他不禁有些诧异，"我警告你们也是为了这个，王琳，有些事……"

身后响起了快步奔跑踩踏落叶的声音，林清愣了一下，没等扭头，他的后脑受了重重的一击。他只觉得天旋地转，身子摇晃起来，但是并没有失去意识，还在试图站稳，他向前踉跄了两步，扶住一棵树，转过头。

韩昭仪手持一把铁锹，站在那里，这个老女人满脸杀气。林清一时有些迷惘，随后他惊恐地看到王琳从石凳后面的草丛里拿出一个铁锤，向自己扑过来，她的面目如此狰狞！

他眼前一黑，摔倒在地。

他听到韩昭仪和王琳的对话，这声音既熟悉又陌生，带着冷酷。

"打死了没有？"

"不知道，应该死了吧。你去摸摸他还有没有呼吸。"

"我不去，万一没死怎么办？再说我不想沾上血。"王琳的声音，"甭管死没死，直接把他埋掉。地方找好了没有？"

"找好了，来，快点。"

有人抓住他的两只脚，用力拖拉着，林清感觉自己在落叶中被拖行，不知被拖了多久，不知要被拖到哪里去。

李金子……

林清在内心深处叹息一声，世界离他远去了……

林清失踪了，每次罗安山到何华王纪集团办事时，华芳菲都会向他打听林清的消息，焦急之色溢于言表。然而，罗安山也是一片茫然，他打电话问过林清在外地的家里，也问过林清的同事知不知道林清的社会关系，可是林清再也没出现过。他的手机也无法接通，这个人在世界上消失了。

"据说他和那个同住的女孩子搞对象，难道他受了太大刺激，离家出走了？"罗安山在事务所合伙人开会的时候，满脸疑惑地问陈尔东。

"林清的东西还在那里，"陈尔东说，"房东还跟咱们联系过，想把他的东西弄走呢。"

"林清不会是自杀了吧？怎么活不见人死不见尸的？"

罗安山嘀咕着走了。

所幸让林清退出是原本计划好的事，对股权转让没什么影响。各方都在做着自己的事，罗安山本身就忙得要死，也无暇顾及这个律师到底去了哪里。连续旷工十五天，罗安山就遵照事务所的规定把林清除名了。

按照约定，股权转让需要经股东会通过方可，罗安山草拟了股权转让协议，又按照公司章程的规定，以大股东何柏雄的代理人的身份，向各个股东发出了股东会召集的通知，特别注明：会议将在十五日后召开，会议的内容是王琳将股权转让给何柏雄。一切都是按照规定的程序安排的。

华芳菲拿到这个股东会召集书后，脸色极为难看。另一个股东纪林汉则暴跳如雷，他拿着这份召集书来到华芳菲的办公室，问道："芳菲，你看看，这是怎么回事？"

"还能是怎么回事？"华芳菲冷笑道，"他想把老王的这些股份拿到手嘛。"

　　"我不同意！"纪林汉拍桌子吼道，"这是多大的一件事，搞突然袭击，提前十五天通知我们！现在增资扩股和改制还没有走一半，他就想着捞钱了！"

　　"这些股份价值多少钱，你我心里都明白，他肯定是花了很长时间来筹措资金的。"华芳菲严肃地说，"如果拿到这些股份，他一个人就有了超过半数的表决权。我倒不在乎这次增资扩股的收益，一旦他拿到这些股份，公司里的事情基本上就是他说了算，没人能再制衡他了。"

　　"芳菲，你说这事怎么办？"纪林汉重重坐在对面，喘着粗气，"真到那时候，公司基本上就被他一个人控制了，我们这样的小股东只能被边缘化，挤走。芳菲，你是二股东，就不能想点什么办法？"

　　"我们拥有同样的购买权，可是只有半个月，要筹措资金，何其困难？"华芳菲说，"恐怕他就是算好了时间，才通知我们的。"

　　纪林汉坐在那里，脸色铁青。

　　华芳菲皱起眉头沉思了一会儿，抬头问道："老纪，你晚上有空吗？"

　　"怎么？"

　　"有空的话，晚上一起吃个饭吧。"华芳菲沉思着说，"咱们看看还有什么办法能阻止这件事。有些事我们只能尽人事，可是……必须要一试。"

　　纪林汉沉重地点点头。离开华芳菲办公室的时候，他碰到了罗安山，罗安山夹着一摞文件，看到纪林汉，立刻露出职业性的笑容，向他伸出右手，纪林汉哼了一声，鼻孔朝天地走了。

　　罗安山尴尬地缩回手，眼里满是恶意。

　　"你狂什么……看你还能狂几天。"罗安山小声嘀咕着。转过身来，他发现华芳菲站在办公室门口，吃了一惊，立刻又挤出一副笑容。

"华总，下午好啊。"罗安山招呼道。

"罗律师，又来找何总啊？"华芳菲皮笑肉不笑地说，"你最近来得很勤嘛。"

"这是我的工作，没办法嘛，呵呵呵。"罗安山干笑着说，"咱们集团大嘛，这也多亏了华总您啊，不过集团大，事务也多，是吧？"

"看来我这个法务部的负责人没做好啊，搞得集团'事务很多'。"华芳菲笑着说，"害得你一趟趟地跑，哈哈哈。"

"哈哈哈……"罗安山大笑，额头却沁出汗水来。他一边干笑，一边转换话题，说道："对了，我昨天找了林清的一位大学同学……"

"今天我们不谈他，"华芳菲脸色严肃地说，"请进，我有事情想问问你。"

罗安山只得跟着她走进办公室，华芳菲把股东会召集书扔到他面前，问道："这是什么意思？"

"这是何总要收购股份……是吧？"罗安山干笑着说。

"现在股份的归属还未定，为什么要进行股权转让？"华芳菲逼视着他，"这样的股权转让有效力吗？"

"华总，王琳是王明道的合法继承人，对吧？"罗安山答道，"除非法院判决股权归别人，否则这股份现在在法律上就是她的，她现在还是有权处分自己的股权的，对吧？而且从现有证据来看，这股份也不可能落到马湘云手里……"

华芳菲眯着眼睛，弯下腰来，盯着他。

"你们什么时候开始策划这件事的？"华芳菲冷笑道，"恐怕很长时间了吧？十五天，哈，你倒是给我们不短的时间啊。"

"华总，"罗安山脸上已经全无笑意，"我是按照章程规定的时间操作的，何总收购股份，王琳愿意出让股份，这是他们之间的事。再说，您也是股东，也有优先购买权，对吧？如果您能出更高的价格……"

"十五天，让我筹措那么多钱，你觉得这可能吗？"华芳菲恶狠狠地说，"你们时间算计得很精明啊！下一步是什么？把我们边缘化，然后逼我们出让股权？"

"华总，您这么说就没意思了。"罗安山站起来，后退两步，"我只是个律师，只是为集团的利益服务，别的我一概不知道。我和何总约好了，我还要去向他汇报工作，我先走了。"

罗安山转过身，快步奔出了华芳菲的办公室。华芳菲望着他的背影，满脸恶气。

无论如何反对，股东会的准备仍然按照原定计划进行着。罗安山几乎每天都泡在何华王纪集团，围着何柏雄乱转。华芳菲和纪林汉也在活动，他们在四处筹措资金。这样的举动当然瞒不了何柏雄和罗安山。

"想在十五天里筹措一亿？"何柏雄听了罗安山的汇报后，笑着说："你让他们去筹吧。"

每个人都在忙碌着，每个人都在与时间赛跑。然而，时间终究一天一天地临近了。

二十五号一早，罗安山就赶到了何华王纪集团的楼下，他到达这里时才七点多，街道上人很少，显得很冷清。罗安山裹紧大衣，望着浅灰色的天空，慢慢踱着步，每一步都踩在一块方砖的中央，走了四步，转了个弯，又踩着方砖中央走了四步。

连转了三次弯，罗安山回到了起点，又沿着一开始的路线踱了下去。踱了四五圈，他看到小股东纪林汉走过来，便低下头，装作没看见。等纪林汉过去，罗安山走到附近的小店里去吃早餐了。

何柏雄是快九点的时候到的，这时罗安山已经吃饱喝足，站在街边等候了。远远看到何柏雄的车开过来，他立刻前行几步，弯腰拉开车门。

何柏雄今天穿得很正式，西服和领带，裹着他发福的肚皮，满面红光。何柏雄从车里出来，左右望了望，对罗安山说道："王琳来了。"

罗安山转身望去，看到王琳和韩昭仪正从出租车里钻出来。王琳应该是精心打扮过，穿了一件紫色的风衣，雪青色的高领衫，浅灰色的裙子配着紫色的皮靴，显得风姿绰约。韩昭仪的头发应该是烫过，穿了一套灰色的套装，显得很正式。

何柏雄嘲弄地笑笑，说道："她们看起来高兴得很啊。"

"那还不是沾您的光，"罗安山笑着说，"快九点了，我们上去吧？"

"也好，"何柏雄往另外一个方向望着，"那不是华芳菲的车吗？她也来了，人基本来齐了，我们走吧。"

罗安山殷勤地当先开路，引导着何柏雄走进集团大楼，他不想在开会前面对华芳菲那张脸。他们走进会议室时，纪林汉坐在会议室的一边，脸色阴沉。何柏雄对他笑了笑，坐在会议主持人的位置上，秘书递过股东和参会人员签到簿，何柏雄潇洒地签了字。

罗安山坐在他的身边。不久，王琳和韩昭仪到了，坐在会议室的一角。除了纪林汉脸色难看，其他人都脸色轻松。负责记录的秘书打开电脑准备速录，一切就绪，就等华芳菲到来了。

华芳菲是九点整准时进来的，她脸色凝重，进来后望了一下各人的位置，坐在了纪林汉的旁边。位置表明了各自的立场，四个股东分成了三派就座。

罗安山看看表，九点零五分，他用探询的目光望了望何柏雄，后者微微点头，罗安山便咳嗽一声，说道："既然人来齐了，我们就开始本次股东会会议……"

"等一下，"华芳菲说道，"还有人没来。"

所有人的目光一齐向她望去，罗安山和何柏雄对视了一眼，脸上写满了诧异。罗安山咳嗽一声，开口道："华总，这个，股东来齐了。"

"还没来齐。"华芳菲面无表情地说，"不用很长时间，马上就到了。"

话音未落，会议室的门就开了，马湘云和纪佳程走了进来。

第二十五章　归来

除了华芳菲和纪林汉外，所有人都睁大了眼睛。何柏雄直直望着马湘云，似乎不敢相信；王琳和韩昭仪的脸都涨红了，怒目圆睁。马湘云倒是很淡定，在众人的目光中和纪佳程走到会议桌前，拉开椅子坐下。马湘云今天穿了一件米色的羽绒服，头发盘了起来，一丝不乱，显得很高傲，一坐下，她就斜视着秘书，问："怎么，不需要签到吗？"

秘书吃惊地望着何柏雄，有些不知所措。罗安山最先清醒过来，问道："马湘云，你来干什么？"

"笑话，今天不是股东会吗？"马湘云冷笑道，"既然和我的股份相关，我当然要来。王明道的股份是我的，我是股东，我不来，这股东会还有效吗？"

"你胡说！什么你的股份？那是我们的股份！"韩昭仪拍桌子喊道，"你这个不要脸的女人，你想吞了老王的财产，你做梦！"

"别老王老王的，你已经不是他老婆了。"马湘云冷笑道，"你们的股份，这个'你们'还包括你吗？真是奇怪，你是他什么人？当年老王潦倒的时候，你在哪里？亏你还有脸来。你是以什么身份来的？"

韩昭仪被噎得说不出话来，王琳霍地站起，指着马湘云叫道："我妈妈是我爸爸的前妻，至少还领过证，我是他的女儿，你又算什么？你不过是一个小三，一个不要脸的姘头！"

"你爸爸和我在一起的时候是单身，"马湘云回敬道，"你想拿他的遗产，至少该对他尊敬些，别在这里玷污他的名声。"

会议室里一片混乱，几个女人互相斥骂，几乎成了争风吃醋的场所，到了这个地步，罗安山觉得自己不说话不行了。

"马湘云，"罗安山抢过话头，"韩昭仪是王琳的代理人，按照规定可以出席，你又是以什么身份来的？谁通知你来的？"

"是我。"华芳菲冷冷地说道，"我请她来的。她为什么不能来参加？股份归属还未定呀！"

何柏雄的脸涨红了，罗安山满脸震惊。谁也没想到华芳菲居然会把马湘云叫来，她们是什么时候变成一伙的？只有纪林汉一脸轻松，饶有兴趣地看着这个场面，喝着茶水。

"罗律师，"纪佳程开口道，"你这次股东会，处理的是王明道的财产。我知道，你认为这股份确定无疑地归王琳了，可是只要法院一天未判，股份就不能说是王琳的。你们搞这种暗箱操作的股东会决议，就有无效的可能。其实我们今天来也是想帮帮你们，股权争端的双方都在，你不就省事了嘛。"

这个人还是那副笑眯眯的样子，看到他的笑，罗安山的脸抽动了几下，也笑了。

"那还得谢谢你了。"罗安山挖苦道，"你就那么确信你们能拿到这股份？"

"这要分两个问题回答。"纪佳程答道，"第一，我们还不能确定股份的归属，但我们现在可以确定这股份绝不会归王琳……"

"你胡说！"韩昭仪骂道，"你这个律师一看就不是个好东西，肯定是她的姘头！想和我女儿抢财产！我让你抢！"韩昭仪站起来抓起面前的矿泉水瓶向纪佳程砸去，纪佳程低头避开，脸上现出怒色，看到王琳也抓起矿泉水瓶，他霍地站起来，说道："我警告你们，别太过分，不要搞得不好收场。"

"我就是砸你又怎么样？"王琳举起矿泉水瓶。

"王琳！你给我放下！"何柏雄喝道，"这是开会！韩昭仪，你注意点儿，这是什么地方？这里是吵架的地方吗？"

韩昭仪气呼呼地坐下，王琳脸色铁青，盯着纪佳程。纪佳程冷笑着坐下，这个人也够损的，装作很困惑："啧啧，被某些人这么一打断，我都忘了自己说到哪里了。嗯，第一条我说的是什么来着？这股份绝不会归王琳……"他故意重复这句话，气得王琳和韩昭仪脸色发黑，继续说道："嗯，第二，我们确信的不是能拿到股份，我们确信的是能拿到股权转让金。"

"什……什么？"罗安山大为意外，"你也同意股权转让？"

"当然了，要不然我们来这里干什么？"纪佳程又恢复了那张笑脸，"反正这次搞得很不愉快，马小姐愿意转让股权离开，这个表态你们应该是欢迎的。"

罗安山把脑袋凑到何柏雄面前，两个人小声商量着，王琳和韩昭仪则一声不吭，华芳菲手里的水笔转着圈，慢慢说道："我认为，这个表态是值得欢迎的。如果两方都愿意转让股份，都愿意签订股权转让协议，那么无论哪一方在诉讼中拿到股份，我们今天的股东会决议都不会无效。我们可以在每一家签订的股权转让协议里写明：出让人保证拥有完全的股权。这样的话，法院败诉那一方的股权转让协议就自动无效了。"

"这个我同意。"纪佳程接茬道，"两套股权转让协议，两套股东会决议。"

"你们的价格是多少？"罗安山抬头问。

"和她们一样。"纪佳程满不在乎地说，手向王琳一摊，"她要一万元，我们也要一万元；她要一百亿元，我们也要一百亿元，绝不比他们多一分钱，如何？"

这话明摆着就是和王琳杠上了，王琳的眼睛都红了。何柏雄和罗安山小声谈论了一会儿，却找不出拒绝他们参加股东会的理由。华芳菲和纪林汉明摆着在和马湘云搭台唱戏，如果强行拒绝，没有任何依据，华芳菲等人没准会拒绝开会了。

何况马湘云也同意出让股份，这显然不是坏事。

"好，鉴于实际情况，我们就一起开会，到时候做两套转让协议，两套股东会决议。"罗安山宣布。

"那我们还开什么？"韩昭仪咆哮道，"不开了，走！"

王琳站起来往门口走去。

"那就先和马湘云签吧。这股权转让金……"华芳菲轻描淡写地说。

王琳和韩昭仪在门口站住了，有些不甘心地犹豫着。罗安山站起来，把她们拉回来，嘴里劝说着："消消气，消消气，先坐嘛。有什么大不了的，就让她参加好了，反正也没有什么实质影响……"

纪佳程笑了笑，装作没听到。在此期间，马湘云一直若无其事地玩着手机，显得很悠闲。何柏雄的目光在华芳菲、马湘云、韩昭仪的脸上游走，脸色古怪，只有纪林汉一脸坏笑。

担任记录的秘书望着何柏雄，她早已看得惊心动魄了，此刻不知所措，罗安山对她咳嗽一声，指了指马湘云。秘书松了口气，拿着签到簿走到马湘云面前。

在马湘云和纪佳程潇洒地挥笔签名的时候，罗安山把韩昭仪和王琳拖了回来。等到王琳母女半推半就地入座后，罗安山回到自己的座位上，咳嗽一声，说道："好吧，这样的话，我们的人来齐了，现在开始……"

"再等一下，"华芳菲说，"我的代理人还没来。"

"谁？"罗安山问。

"我的代理人。这么大的事，我终究要有个懂法律的人作为我的代理人，在一边协助我，维护我的合法权益。"华芳菲轻描淡写地说，"你看，王琳有代理人，马湘云有代理人，何总您也有……"

"我是以集团法律顾问的身份出席的。"罗安山赶紧解释道。

"所以我需要自己的代理人。"华芳菲说，她看看表，"他也差不多该到了。"

"芳菲，你是诚心想搅散这次股东会，是吧？"何柏雄终于开口了。

"不，"华芳菲迎着他的目光，慢慢说道，"既然何总为这次股东会付出了这么多心血，我当然要慎重而行。你放心，今天，我们一定会拿个结果出来！"华芳菲看了看手机，"他已经进了电梯，最多两三分钟，他就到了。"

她的时间推算得很准，三分钟后，会议室的门开了。

林清出现在门口。

一个多月不见，他给人的感觉大不一样。头发变短了，额头还有一道伤痕，穿着雪白的衬衣、深灰色的西服，系着领带脸色严肃。林清提着一个公文包，快步走进来，望了望在场人的位置分布，走到华芳菲身边坐下。

林清的出现带来的效果是爆炸性的，王琳和韩昭仪的脸色惨白，近乎失魂落魄，王琳自他出现，手就开始哆嗦，连矿泉水瓶都掉到了地上。王琳弯下腰去捡，却半天没捡起来，与其说是在捡瓶子，倒像是在遮掩自己的脸。韩昭仪的整个身体都在发抖，她把目光向房间的四周扫视，在每一扇门上都停留了几秒，双手紧紧撑住桌子，似乎随时准备站起来冲出去。

何柏雄和罗安山都睁大了眼睛，目瞪口呆。

林清坐下后，笑着向马湘云和纪佳程点了点头，他们两个也报以微笑。

"我要签到吗？"

"把签到簿给他，"华芳菲对秘书说，"让他签字。"

这两句话打破了房间里的沉闷，林清的脸色很平静，并没有大喊大叫地向王琳算账，王琳和韩昭仪总算坐在那里没有失态，她们不敢看林清，只是低着头或者把脸扭开，用余光偷偷观察着林清的脸色。

"林清……你……你怎么会在这里？"罗安山结结巴巴地说。

"小林啊，"何柏雄说，"你这段时间去哪里了？你……"

"我受了伤，差点没死了，"林清没看王琳，但后者已经满头冷汗，"所以在一个朋友家里躲了半个月养伤。然后去了一趟外地。"他微笑着，谁都能看出他的微笑不是真心的，"现在才回来，实在抱歉。"

"他就是我的代理人。"华芳菲介绍道。

"你是……华总的律师？"罗安山反应过来，说道，"这不合适。咱们所是集团的法律顾问，所里的律师在这个场合不能代表任何一个股东……"

"我听说您已经将我除名了。"林清说，"那么我现在已经没有律师执业证，也就不是律师了，我是以一个公民的身份，作为华总的代理人。罗主任，这是合法的吧？"

"当然合法。"纪佳程在旁边插嘴道，"这是最基本的常识嘛。"

罗安山涨红了脸，求救似的望了一眼何柏雄。

"芳菲，"何柏雄望了一眼林清，"你看来也很用心啊。说吧，你还有什么想法？"

"也没什么。"华芳菲悠悠地说，"股权转让是好事，你何总感兴趣，我华芳菲自然也感兴趣。按照法律和公司章程的规定，我们同为股东，有同样的购买权，如果我出价比你高，股份就应该卖给我。各位律师，对不对啊？"

"对。"纪佳程说，"这是肯定的。"

"没错。"林清说。

罗安山脸色铁青，一声不吭。

"你……也打算购买股权？你打算出多少钱购买老王的股份？"何柏雄身子前倾，问道。

华芳菲犹豫了一下，说："我已经筹措了四千八百万……"

"哈哈哈哈！"何柏雄笑了起来，"芳菲，规定就是规定，你说对吧？谁出得更高，谁就拿这个股份，你同意吧？"

罗安山也咧嘴笑了。

"是。"华芳菲慢慢地说，"可是……"

"你同意就好。"何柏雄满面笑容，对着马湘云和工琳说道，"我出一亿，买这些股份，比芳菲的价格高一倍，想必你们对这个价格更加认可吧？"

"当然。"韩昭仪大声说，她暂时忘记了林清，"我认可一亿。"

纪佳程嘟囔了几句，抱歉地望了华芳菲一眼："那就一亿。"

"我也可以一亿！"华芳菲大声说，"反正从签订到付款会有一点儿时间，我可以筹到一亿！"

纪林汉紧接着说道："没错，我这边的资金也可以全部给华总用。"

"我在三天内支付一亿。不，我干脆点，我支付一亿一千万！三天内！"何柏雄笑眯眯地说，"无论是金额，还是付款时间，都比你好一些。芳菲，你看怎样？"他转向马湘云和王琳，"你们觉得怎样？"

对他们来说，这局面再好不过了，两伙人竞价，价格肯定越来越高。何柏雄直接增加了一千万！王琳和韩昭仪看到林清并没有什么表示，似乎安心了一些，此刻听到款项增加，两个人的脸上都泛出了光彩。马湘云也托着下巴，微微点头。

"芳菲，你看你还能更高点吗？"何柏雄慈祥地问，"如果你能更高一些，我就让你收购，毕竟咱们都希望人家能多拿一点儿，对吗？"

"我出两亿！"

所有人都呆住了，何柏雄的笑容僵在脸上，手哆嗦起来。华芳菲双手交叉在胸前，一扫刚才的犹豫，胸有成竹地说："两亿，我这里有一份银行账户的对账单，里面的余额是两亿。我今天就可以转账。"

两亿！

马湘云、王琳、纪佳程、韩昭仪的额头都冒出汗来，看着华芳菲放到桌上的那张银行对账单，眼都直了。林清拿起那张对账单，目光落到了王琳的脸上，她正呆呆望着他。林清把脸侧开，递给了马湘云。

两亿啊！

对账单从马湘云手里传递到纪佳程手里，再依次经过韩昭仪、王琳、罗安山，每个人脸上都泛出了奇异的、激动的光彩。到了何柏雄手里时，对账单的边缘已经被汗水洇湿了。何柏雄望着那些数字，脸上的肌肉抽动着，半晌无言。

原来的股权结构是：

何柏雄——出资一亿三千五百万元人民币，占45%的股份。

华芳菲——出资一亿零五百万元人民币，占35%的股份。

王明道——出资三千三百万元人民币，占11%的股份。

纪林汉——出资两千七百万元人民币，占9%的股份。

如果华芳菲拿到了这11%的股权，她将有46%的股权，超越何柏雄成为公司第一大股东，公司的大权将落到华芳菲手里。任谁都能看到何柏雄额头上的青筋一跳一跳的。

"按照章程的规定，也基于刚才的意见，王明道的股权应该由我来收购。"华芳菲微笑着说，"下一个问题是，这钱应该给谁。"

华芳菲的目光突然变得非常凌厉，向韩昭仪和王琳扫去。

"这话是什么意思？"韩昭仪强忍着怒火说道，她避开了林清的视线，"我们家小琳是王明道的独生女儿，她是这股份的继承者，反正法院肯定也是判给小琳……这钱最终肯定还是我们的。"

"这钱可以提存嘛！"纪佳程慢悠悠地说，"等法院判决之后，按照判决结果，该给谁给谁。"

这个提议无懈可击，找一家公证处，办理提存公证，把钱存到指定账户里，待判决书生效后，拥有股份的人拿钱。

何柏雄的脸色越来越难看，罗安山有些不知所措了。韩昭仪和王琳却容光焕发，两亿啊！就在这时，久未出声的林清说话了。

"我觉得，在确定这笔钱给谁之前，要搞清楚她们的资格问题。"

"你指什么？"罗安山问。韩昭仪满怀希望地望着林清，这个小伙子来了以后丝毫没提小鱼山上的事，此刻又在提资格问题，是在指马湘云不是法定继承人的事吗？

"《继承法》规定，继承人有下列行为之一的，丧失继承权。"林清的声音缓慢，但是清晰，"故意杀害被继承人的。"

林清的声音不高，却犹如雷声一般。所有人都注意到他的目光直直向王琳望去，那个女孩浑身哆嗦，脸色惨白。

第二十六章　密会

会议室里陷入了死一般的寂静，人们如同一座座雕塑，凝固不动。何柏雄和罗安山半张着嘴，马湘云、纪佳程、华芳菲、林清和纪林汉则一起盯着韩昭仪和王琳，每个人眼里都闪着寒光。韩昭仪和王琳的脸上都失去了血色，被吓呆了。

罗安山突然暴跳起来，对速录秘书和负责倒水的秘书吼道："先不开会了！你们都出去！从现在起，没有何总的召唤任何人不许进来！"

何柏雄抹着额头的汗，也对秘书们吼道："出去！出去！"

他们的吼声激活了这潭死水，韩昭仪首先跳起来，喊叫道："你看着我们干什么？"王琳也叫道："有什么可说的，根本就是这个贱女人杀了我爸爸！"

秘书们仓皇逃了出去，这个会议开得刀光剑影，每个离开的人都有如蒙大赦的感觉。她们奔出房间，紧闭了房门，把这些满怀敌意的人留在房间里。

韩昭仪，王琳；何柏雄，罗安山；马湘云，纪佳程；华芳菲，林清；纪林汉。

九个人，分坐四个方位，彼此注视着，彼此争斗着。

"今天各方面的人都到齐了，我们就把事情都讲清楚。"因为激动，马湘云的脸涨红了，说道："就为了老王这些股份，你们究竟都做了些什么事？"

"这应该问问你，你做了什么事你心里有数。"罗安山反唇相讥，"你居然还会主动问出来！我问你，老王是怎么死的？"

"被谋杀的！"马湘云斩钉截铁地说。

"说得妙啊！"罗安山冷笑着鼓掌道，"他是被谋杀的，问题是，是谁杀的？"

"是她们！"马湘云指着韩昭仪和王琳，大声说道。

"血口喷人！"王琳尖叫道，"我爸爸明明是你杀的！"

"不要吵！"华芳菲威严地喝道，"该是谁就是谁，谁也跑不了！"

"还是按照时间顺序说吧，"纪佳程不紧不慢地说，"我先说，大家随时补充。"他转向何柏雄，脸色严肃起来。

"去年年底，何柏雄先生去中东考察，与那边的几个石油公司有了接触，其中一家科威特萨法石油公司对我们下属子公司生产的石油钻机设备很感兴趣，提出与我们合作。后来，萨法石油公司派人来这里考察了几次，提出与我们成立合资公司，并购买二十套石油钻机设备。"纪佳程转向何柏雄，"何先生，我说得没错吧？"

何柏雄"哼"了一声，没有回答。

"没错，是这样。"华芳菲点点头，"当时科威特人提出两种途径，一种途径是合资成立一家新的公司，外方占注册资本的55%；另一种途径是我们集团增资扩股，让科威特人入股我们集团，把我们的注册资本由三亿变为五亿，让科威特人持股20%。无论哪种方案，科威特人都将购买二十套石油钻机设备。"

"今年春节的时候，集团为此召开了一次股东会，在座的很多人都参加了那次股东会。"纪佳程继续说，"在那次会上，所有股东都反对第一种方案。对于第二种方案，何柏雄先生是赞同的，华芳菲女士也不反对。当时有两个人是反对的，一个是在座的股东纪林汉先生，另一个就是王明道先生。"

纪林汉和华芳菲都点点头，表示这是真的。

"那天我也在。"马湘云身子前倾，盯着何柏雄，"当时你提出，如果小股东担心增资扩股后在公司的权利不如以前，你可以收购小股东的股权。你当时还问王明道是否愿意把股权转让给你，你也问了纪林汉这个问题。当时老王和纪林汉都拒绝了，老王还发了火，说你是想借这个机会把小股东挤走。"

"那天我还劝大家，说何总绝没有这样的意思。"华芳菲说，"何总，是不是这样啊？"

"当时你说，如果小股东不同意，就强行表决，少数服从多数。"马湘云说，"那次会议以后，你就委托了会计师事务所对公司资产进行审计。你找过老王几次，要他把股权按照评估价格转让给你，老王都拒绝了，后来你们之间的关系就变得非常紧张。"

何柏雄又"哼"了一声，说道："那又怎么样？"

"您能不能告诉我，为什么想要他的股份？为什么要得这么迫切？"纪佳程问。

"这个就没必要回答了吧。"罗安山皱着眉头说，"你也没这个权利强迫何总回答。"

"我可没强迫，"纪佳程笑笑说，"我是想让何总自己说。既然何总不愿回答，我就按照客观事实分析一下，大家听一听有没有道理：我们公司原来的注册资本只有三亿，但实际的资本总额有十亿左右，增资扩股后，科威特人前前后后要往这里投资至少五亿美元，其中一部分作为投资款，另一部分用于购买石油钻机。这五亿美元扣除各项成本，净利润能有两亿多美元吧？而且公司合资成功后，将打开中东和北非市场，获得更多订单，每个股东的收益都将大幅增长。"

纪佳程转向何柏雄，问道："王明道先生的股份，如果按照公司的评估价收购，有人民币一亿元左右。可是增资扩股后，这个股份的价值将变为至少三个亿，而且还会不断增值。用一亿的价格抢先把三亿的资产买下来，是不是一个很合算的买卖？"

何柏雄脸色铁青，韩昭仪大张着嘴，突然对何柏雄吼道："三亿？三亿？原来你……你另有居心！你是在黑我们！"

纪佳程鄙夷地望了她一眼，继续说道："可是王明道先生拒绝出售股份，他还和纪林汉先生共同去做华芳菲女士的工作，希望她反对这次增资扩股。华芳菲女士当时可是有点动摇啊！"

"没错。我当时也很担心，增资扩股后，特别是何总收购了别人的股权后，我会被边缘化。"华芳菲点点头，说道："那段时间，何总和王明道、马湘云都来找我，我突然成了香饽饽啊。"

"如果王明道真的联合了华芳菲、纪林汉，何先生在公司里就是少数派，于是不久后，王明道先生就死了。"

"纪佳程律师！"罗安山一拳砸到桌子上，大吼一声，"你这话是什么意思？你也是律师！你能这样胡说八道吗？你这是在诬陷！我要向律协投诉你！"

"请便。"纪佳程冷笑道，"第一，我很怀疑你们中间有没有人敢把今天这事公开说出去。第二，我罗列的都是客观事实，我又没亲口说王明道先生的死是某人干的，你投诉我什么？"

罗安山一时语塞。纪佳程转向何柏雄，脸上已经没有丝毫客气。

"王明道先生死后，你找到了马湘云，"他直视着何柏雄，说道："那天就是在这里，你在，罗律师在，马湘云女士在，我也在。你当时让马湘云节哀顺变，还表示会尽快把股权变更给马湘云女士。马湘云女士那段时间精神状态很差，可是你却追着她，希望她同意把股权转让给你，罗律师，那天的情况是这样吧？"他转向罗安山。

罗安山嘴里嘀咕了几句，把脸扭开，韩昭仪和王琳则盯着何柏雄，满脸愤怒。

纪佳程继续说："但是马湘云女士在此之前参与了多次会议，这股份是王明道先生的心血，也是他们共同奋斗的成果，她不愿意出让股份，所以就拒绝了你。过了几天，你就告诉我们说，要把股份给王琳，因为她是法定继承人。马湘云女士当场提出抗议，你当时两手一摊，说：'没办法，谁让你和老王没名分呢？实在不行你去起诉吧，你放心，我们一定会配合你的。'在这样的情况下，马湘云女士只能选择起诉。"

马湘云用力点点头，她死盯着何柏雄，何柏雄把脸侧开，摆出一副"无稽之谈"的样子，就是不肯与她对视。

"法院立案后，当时也是你和罗律师找到我们，说这个案子绝对支持我们，绝不让老王的财产落到那对没良心的母女手里。你还说她们抛弃老王那么多年，现在居然还有脸来要财产，你实在看不过去！"马湘云大声说，"你当时是不是这么说的？你还说在情面上你要帮她们，在实质上你要帮我们，对不对？你还说她们比较信任你，你会找个最嫩的小律师给她们做案子，这样我们就不用担心他们会有好的律师了，这是你说的吧？"

"这就是你安排我做这个案子的原因。"林清开口道。

"没错，他年轻，经验少，好操纵，而且不会对你收购股份的事提出反对意见。"纪佳程说，"就算案子做砸了，你也可以把责任推到他头上，这种好事何乐而不为呢？"

王琳和韩昭仪目瞪口呆地望着何柏雄，脸上充满了震惊和愤怒。

"他说的是不是真的？"韩昭仪质问道，"你在找我们之前，先去找她买过股份？你是因为她不肯卖股份，才让我们拿股份的？你早就想着要收购股份了，对不对？"

"胡说八道！胡说八道！"何柏雄凶狠地说，拍着桌子。

"何止于此？"华芳菲冷笑道，"这个律师可是精心选择的，他既要有一定的功力，能够在别人的协助下逼退马湘云，确保股份不落到马湘云的手里，又要没有什么阅历，可以被吓唬住，被蒙骗住，认为这个案子有风险，支持自己的当事人卖掉股份。这一步步的考虑，可真是难为您何总了。"

"罗主任，这些事情您都知道吗？"林清问，"您一开始就参与了，对不对？"

"你胡说些什么？"罗安山瞪起眼来，"你说这话可要负责任！"

"你当然参与了，那些会议你没参加？"华芳菲打断他，"有些话不是你说的？"

"和我谈的那几次，你不是一起来的吗？"马湘云责问。

林清抱住手臂，向后一靠。罗安山满头大汗，每个人都用不友善的目光看着他和何柏雄。

"所以说，何总……"华芳菲慢条斯理地说。

"芳菲，"何柏雄慢慢地说，眼睛望着她和纪林汉，"林汉，我们也是这么多年的伙伴了有什么事不能好好说呢？股权转让的事你们有不同意见，我自然会认真考虑，这个可以搁置，对吧？为什么非要弄得这样？我们可以像以前一样……"

"何哥，"华芳菲苦涩地说，"事情发展到现在这个地步，难道还能回去吗？我们早就已经不能回头了，特别是你，你已经不能回头了。你害死了王明道，你害死……"

"芳菲！"何柏雄气得浑身哆嗦，指着华芳菲，"你……"

"华总，说话要负责任。"罗安山说，"你凭什么说何总害死王明道？你这是在进行刑事指控，可以构成诽谤……"

就在这时候，林清开口了。

"这一点我赞同。王明道先生的死确实不是何柏雄先生亲手干的。"

不是亲手干的，这话怎么听都不是好话，果然，那边立刻有了反应。"林律师！"罗安山暴跳如雷，何柏雄也怒了，双目圆睁。罗安山的架势，似乎是要立刻把杯子砸过去。

"对不起，我已经不是律师了。"林清冷冷地说，"你把我除名了嘛。王明道先生的死因是什么，你们心里明白。"

"小林，说说你这一个月的经历。"华芳菲说。

林清的目光依次扫过房间里的每个人，当他的目光遇到王琳和韩昭仪时，充满了憎恶，那两个人在躲避着他。他打开公文包，拿出了一摞材料。

"刚接手这个案子时，我和华总一直怀疑马湘云女士，因为华总在无意中发现了马湘云女士在王明道发生车祸前后也到过四川的机票短信。此后我又被袭击了两次，我一直认为这是马湘云女士主使的，所以我们一直认为是马湘云女士唯恐王明道会把股份转给女儿，才铤而走险，杀死了王明道先生。真是抱歉了。"

林清向马湘云欠了欠身，马湘云和纪佳程也微微欠身，算是回礼。

"我的……女朋友后来被杀了。"说到这里，林清苦涩地咬了一下牙，停了几秒钟继续说："纪律师因为我举报马湘云，和我联系，想见面谈谈。那天我和他约了下午，中午先去见王小姐。那地方选得真好，小鱼山……"

林清望着王琳，那对母女缩在椅子里，韩昭仪又在望着大门，林清收回目光，说道："老天有眼，她们没把我打死……当然，如果芳菲姐再晚来一会儿，我可能已经被闷死了。"

望着韩昭仪和王琳惊愕的样子，华芳菲的眼中充满了憎恶。

"这是老天开眼，那天中午他去见你们之前，我不放心他的精神状况，就给他打了个电话，他告诉我他要到小鱼山去见你们。"华芳菲的脸上泛起一丝潮红，"我考虑到他受了太大的精神刺激，就开车去小鱼山，打算等他和你们谈完了，接他回来。我在车里就看到你们俩慌慌张张从山上下来，你们就从我的车前面跑过去的。"

华芳菲的嘴角露出一丝冷笑："我觉得不对，就赶紧跟上去，在路上发现了似乎被擦过的深色污迹，像是血迹。我又在路边的树林里发现地上有拖拉过的痕迹，也有点点的血迹。我一直找到了斜坡上，你们把他塞在了一个石洞里，洞口用石头和泥土封着，如果我再晚去一会儿，他不被闷死，也会因为流血过多而死的。"

韩昭仪的脸上已经毫无血色，她和女儿都在发抖。纪佳程站起来，似乎随意地来回踱了两步，却挡住了她们奔向大门的路。

"我把林清送到朋友的医院里，那天下午我和纪佳程律师见了面。"华芳菲说，"坦率地说，那时候我已经知道了何总要以一亿元收购股份的事，联想起前面的那些事，我已经觉得有些不对，而且我确实对林清女朋友的死感到怀疑。我和纪律师见面后，坦率地交换了意见，我们都很惊讶地发现，两方都是把何总你当作坚强后盾的，这样一来，我们就对你产生了怀疑。又过了几天，我和马湘云见了面，既然谈开了，我就直截了当地问她，为什么那两天会在四川。何总，你想听听她是怎么回答的吗？"

"这关我什么事？"何柏雄虚弱地咆哮道。

"罗律师，这里面也有你的事，"华芳菲转向罗安山，"您要听听吗？"

林清从没见罗安山这样六神无主过。印象里，这个律师事务所主任总是威严、高大、充满自信，然而他此刻变得卑微、懦弱，用袖子擦拭着额头的汗。罗安山哀求地望着何柏雄，何柏雄望着天花板，不去看他。

"她说是你安排她去四川的。"华芳菲轻声说，"罗律师，你和她都到了四川，那两天你做了什么？"

罗安山汗如雨下。

"你为什么不和马湘云坐同班飞机去成都？为什么要提前一天出发？"罗安山哆嗦着。

"因为你还带着另外两个重要人物。"华芳菲指向韩昭仪和王琳，"你们三人此行的目的，就是杀掉王明道。"

第二十七章 真相

　　"咕咚"一声，王琳昏倒了，韩昭仪弯腰去扶她，却顺势坐到了地上。罗安山完全瘫软了，他尽可能大声喊道："血口喷人，我要……"

　　"那天难道不是你和何柏雄来找我的吗？"马湘云扶住桌子，热泪滚滚而下，"你告诉我说，老王最近要和韩昭仪、王琳一起去四川旅游，他打算和韩昭仪复婚……当时我不相信，可是晚上老王回来确实说要到四川去办事，我问他是什么事，他也不说。第二天我打电话给何柏雄，何柏雄也说老王要和韩昭仪复合……就在何柏雄的办公室里，我在那里哭，你们俩在旁边假惺惺地劝，说让罗安山先去四川查看一下，如果确实是跟韩昭仪她们在一起了，就通知我过去。我也同意了，我就是想看看，老王是不是真的把我们这么多年的感情全抛弃了……"她哽咽着，说不下去了。

　　"我来说吧，"纪佳程拍了拍马湘云的肩膀，转向何柏雄，"你们安排马湘云飞到那边去，留下她那段时间去过的记录。马湘云到的当天晚上，罗安山就带着她到一个饭店外面，马湘云从车里看到王明道和韩昭仪在面对面喝酒，她当时很伤心，大哭了一场，也没进去，直接回了宾馆，第二天一早她就回来了。"

"那天晚上王明道喝了多少酒？很多，对吗？"林清望着韩昭仪，冷酷地说，"到了晚上十点，王琳从另外一个地方的宾馆打电话给王明道，叫王明道过去。这两个地方中间要走盘山公路，王明道又喝了酒，集团四川分公司提供的还是一辆刹车片磨损厉害的车，结果，王明道从山上摔了下去，一起蓄谋已久的交通意外事故发生了。"

韩昭仪的牙齿咯咯作响："你……你……"

"滑稽！这是你的猜测……"何柏雄说，"你们……"

"这段时间，我去了四川，实地查勘了事故现场，去了几个地方，见了一些人。"林清的声音不高，却很清晰。林清拿起面前的那摞材料，一一展开。

"这一套是我调出来的那段时间去四川的航班号和每个航班的旅客名单，"林清拿起厚厚一摞打印件，"罗主任，你是和韩昭仪、王琳一起去那边的，你们在同一个航班上，座位还是挨着的，你们要看看吗？"

何柏雄哆嗦着，他的脸色已完全变了。罗安山喃喃说着什么，却没动弹。韩昭仪面如死灰，抱着女儿，完全是一副失神的状态。

"这一份是四川分公司车队队长的说明。王明道在那边用的是四川分公司的车，在他来之前，罗律师先去过，试开了所有的车，最后说一辆帕萨特车况最好，让他们等王明道来了提供给他使用。当时车队队长说这辆车刹车片磨损太厉害，罗律师还发了脾气，说刹车片完全没问题，叫他照做就是，还说他代表何总……要看看吗？"

没有人看，他们完全成了雕塑。

"这一份是王琳居住的宾馆的住宿登记清单，那天晚上八点，王琳登记入住了这家宾馆的301室，但是三个小时后就退房离开，结账的时候，她打过一个电话，就是王明道的手机号。为什么住进去这么快就退房？打这个电话，说了什么？"

王琳早已醒了，她听到了林清的这些话，求救般地望着何柏雄，后者扭开脸，装作看不到。

"何伯伯……"王琳叫道，"你就这么听着吗？你也说句话！"

"说什么？"何柏雄说，"这是你的家事，我怎么知道？"

"你……"王琳喊道，"不是你说万无一失的吗？为什么他们都知道了？"

"你疯了！"何柏雄憎恶地侧开身体，"胡说八道！谁说过什么东西！你们和罗安山去四川的事，我完全不知道！"

"何总……"罗安山瞪大眼睛，"你这是要卸磨杀驴呀！你……"

"你知道！"王琳大声叫道，"是你唆使我们的！你说我爸爸要和马湘云结婚了，到那时会把所有股份给马湘云！你说那样的话我和妈妈什么也得不到，还要过一辈子穷日子！你说唯一的办法是我爸爸现在就死了，我可以继承遗产！"

"你疯了！你疯了！"何柏雄站起来，后退一步，靠在了窗台上。

"你才是疯子！你才是凶手！"王琳疯了一般地跳起来，指着他嘶吼道，"你让我们到四川去，叫我妈妈和我爸爸见面，想办法让我爸爸喝酒，多喝一点儿。然后让我到另一个地方用宾馆电话给我爸爸打电话，说我被偷了，现在身无分文，求我爸爸过去帮我！你们事先选定了路线，你们选了刹车不好的车，你们算定了我爸爸一定会为了我立刻赶过去……"

"你居然还有脸称老王是你爸爸。"纪林汉狠狠地说。

"你们都疯了！"何柏雄咆哮道，"你们……你们其实是串通好的，你们想诬陷我……"

"诬陷？我们怎么诬陷你了？"

"凭证呢？你说的这一切，证据呢？"何柏雄低吼道。

"何总，有件事你不知道。昨天晚上，公安局已经把陈隆抓起来了。"华芳菲说道，"你交代他干的那些事情，你不会不记得了吧？"

何柏雄再也说不出话来了。

"为了这些股份，你害死了王明道，"纪佳程说，"为了让两方都相信对方有不明势力背景，让双方都巴不得及早脱身，你指使陈隆找人分别袭击了两边的律师。我大概是第一个被袭击的吧，在立案的第二天，就在自己律师事务所的楼下被结结实实揍了一顿，他们说什么来着？对了，叫我们不许和王琳争夺股份。"

"我也遭到过袭击，"林清补充道，"叫我不许和对方争夺股份。"

"这就是何总高明的地方，"纪佳程讽刺地说，"这样一来，我怀疑王琳和她妈妈请了打手，你那边估计也怀疑我们这边请了打手。彼此都认为对方道德败坏，不择手段，彼此对这个案子都没有充足的信心。说实话，第一次被袭击后，我感觉王琳背后有黑势力支持，这个案子比较危险，后来陈尔东告诉我你们选了个小律师做案子，我当时就觉得这不合常理，这个小律师很可能会成为一个傀儡。"

纪佳程转向林清："同为律师，我不希望看到一个新入行的人卷进来，所以我才向陈尔东要了你的电子邮箱，给你发了警告邮件，希望能提醒你。当然，我不能说太多。"

"多谢了。"林清点点头。

"两边对案子以及自身安全都没有足够的信心，这时候何总再以救星的身份出现，买走股份，把事情揽到自己身上。这是多么令人钦佩的行为啊！"纪佳程望着何柏雄，"恐怕你不知道，杀死林清女朋友和室友的人已经被警方抓住了，他供认是陈隆指使他的，他还供认了以往他和他的同伙袭击两边律师的事实。而陈隆被抓进去后，何总，您又将何去何从呢？"

何柏雄慢慢坐下，盯着自己的杯子，似乎听不见了。纪佳程转向罗安山，说道："罗律师，我们都是律师，何去何从，你自己心里应该有个数，你要给他陪葬吗？"

罗安山哆哆嗦嗦地望着所有人，说道："我……我说，我都说……"

"我刚才说的那些事，有出入吗？"

"基本对，基本对，"罗安山声音发颤，"只有一点点……当初确实是想借着增资扩股把小股东边缘化，把他们挤走，可是老王不肯卖股份……后来正巧老王找到了女儿，何总就想通过王琳和韩昭仪劝老王……韩昭仪当时看老王有钱了，就跟我们说，希望我们劝说老王和她复婚，可是老王已经决心娶马湘云了，韩昭仪这女人看复婚无望，就使了手段……何总跟我说过，她在何总的酒里下了药，和何总上了床，还拍了录像，然后拿这事来要挟何总……她说如果让股份落在马湘云手里，还不如让老王死掉，让王琳继承遗产，反正那么多年没一起生活，她们本身就对王明道没什么亲情……我和何总商量后，觉得也没别的办法，而且一旦老王死了，没准可以说服马湘云，于是就借王琳的手除掉了老王。本来想让马湘云把股份卖给何总，可是她不肯，所以就暗地里支持王琳……何总要我和两边都保持密切联系，还让陈隆找人时不时吓唬双方……"

韩昭仪本应反驳这指控，她却坐在那里，哆嗦着。

"为什么要杀我的朋友？"林清紧握着拳头，大声质问，"是谁指使的？"

"那是何总……"罗安山磕磕巴巴地说，"那天你给韩昭仪打了电话后，韩昭仪立刻给我打了电话，说……说你威胁她们，说你让她们小心点……你说王明道是被杀的……那天晚上，韩昭仪、王琳、我和何总就在何总的办公室碰了头，我们怀疑你看出了王明道的死与韩昭仪和王琳有关，否则你不会跟她们说这件事，还要她们小心点……何总说，你和华芳菲走得很近，不知道嗅出了什么风声，保险起见，看看能不能给你点钱，封住你的口，王琳说，她说……她说，她最了解你这个人，除非杀了你，否则你一定会害死大家……韩昭仪又拿录像的事和老王的事跟何总说，大家都在同一条船上，谁也别想独善其身……所以，所以才安排人……"

林清怒视着王琳和韩昭仪，然后转向罗安山。"那为什么不杀我？为什么杀我的女朋友？"林清愤怒地喊道。

"派去的人跟我们说杀的是你……绝不会错，因为当时被杀的人穿着律师袍……"罗安山低着头，声音越来越轻，"那个女孩儿……她正好回来，看到了，所以只好……"

"我杀了你……"林清暴跳起来，纪佳程闪电般扑过去，把他从桌子上拖了下来，罗安山慌乱地往后缩着，差点连人带椅翻倒，哀号道："小林，林律师……这个……我只是参与，主谋是何柏雄……"

罗安山突然有些亢奋，似乎抓住了一根救命稻草，说："对，对对对！我只是参与，是从犯……他，还有她们！"他指着何柏雄，指着王琳、韩昭仪，"他们才是主犯！我，我要自首，我自首！我要检举揭发他们，我要争取立功！我，我……"

"你还是从犯？"韩昭仪嘶声吼道，"当时去杀老王，车是谁选的？

计划是谁制订的？你们假惺惺说帮我们，实际上你们是在算计我们！"

"罗律师，"纪佳程有些沉痛地说，"我认识你也有一段时间了，你也算是一个成功的律师，你到底是为了什么？难道就为了每年几十万的顾问费就可以放弃我们的操守吗？"

罗安山沉默半晌，眼眶湿了。

"是我贪心……做一个律师有多累，你应该明白，就算你是律师事务所主任，你要考虑的事有多少？就算再成功，你也永远不能成为巨富的人……我的女儿在英国买了套公寓，所有的钱都要靠我，她只知道花钱，她一个月就花了我七千英镑，才一个月，我，我……如果我成为何华王纪集团的股东，我就可以不用这么辛苦，我就有钱了……他说会给我5％的股份，我昏了头，我就……"

"后来你们第二次杀林清，你在里面是什么角色？"

"那次我真没参与，我是事后才知道的！"罗安山分辩道，"我是那天晚上和王琳、韩昭仪和何总见面时，才听说的。当时何总还发了脾气，说这么大的事怎么不事先商量一下，上次杀错了人已经很难善后了，她们还来添乱。当时韩昭仪说：'我可信不过你们了，连杀个人都能杀错，你们找的人一点儿都不可靠。我们娘俩已经把他杀了，现场也没别人，这样终于可以安心了。'当时何总考虑了好久，最后说，杀就杀了吧，看来王明道的死因已经引起别人怀疑了，让她们娘俩最近少出去，免得节外生枝，他会尽快把资金筹措好，等股东会开完，钱给了她们，她们立刻办手续去日本，一辈子都别回来，反正这些钱也够她们过一辈子了。"

"可是……"王琳分辩道，"至少他没有死！我们最多只算个意图伤害……他现在不是好好的吗？"

"这就是故意杀人，"纪佳程说，"只不过未遂罢了。你们以为已经把他杀了，你们差点把他活埋了，想必今天看到他没死，你们很意外吧？"

"不是你们没杀死我，这是老天不让我死！"林清愤恨地说，"老天给了我第二条命，是让我回来问问你，王小姐，我林清到底哪里对不起你？你一再利用我，最后还要杀我？"

王琳的身子像筛糠一样，不停地抖着，她扶着韩昭仪的手撑起来，慢慢跪在地上。

"你利用我做案子，这也就算了。我尽心尽力帮你们争取股份，我就算没有功劳，也有苦劳吧？"林清浑身直哆嗦，"可你们是怎么对我的？"

王琳拼命摇着头，似乎在否认，又似乎在哀求。

"你告诉我，你和我不合适，没错，我们再也不会有交集了，我已经不再和你联系，我已经有了女朋友，我和你已经完全不搭界了，你居然还要杀我。"林清质问道，"你把我当作什么？你在想什么？"

"小清，我对不起你……"王琳楚楚可怜地哀求道，"这是误会……我……"

"就因为我说的那些话有了歧义，你们就要杀了我吗？"

"对不起……"王琳哭泣着，"小清，我对不起你，真的……对不起你……"

王琳突然直起身子，跪着向前膝行了几步，然后站起来，绕过整个房间，飞奔到林清面前，跪了下去。她试图去抓林清的手，林清把手用力背到身后，王琳随即抱住了他的膝盖，仰面望着他。

"是我错了，小清……"她哀求道，"是我错了，我鬼迷心窍，我……我对不起你。"

王琳左右望了望，发现望着她的眼光全部是不友善的。她哆嗦了一下，更用力地摇晃着林清的双腿。

"小清！你看看我，你的女朋友死了，可是我还在呀！你不是最爱我吗？我现在就在这里，我们可以重新开始！我发誓我会真心对你好，我会和你过一辈子，你要我怎样都行！你跟他们说说，你和他们说说，就让这事过去，好不好？求你了……我可以把所有的财富都给你。你不是想去塞维利亚吗？我们一起去……求你了……"

听到"塞维利亚"，华芳菲的身体僵硬了一下，她望了一眼林清，眼里流过一丝暖意，但这暖意转瞬即逝。林清的身子随着王琳的摇晃而晃动着，他低下头，看着面前这个女人。

王琳曾经是他的爱情，他的梦想，他的天使，他生命的全部。他曾经愿意为了她的一个笑而上刀山、下火海，愿意为了她放弃一切。他曾经痴迷于她的一切，把她看得如此神圣，爱她爱得如此深沉。他曾经有过最美的憧憬，想和她携手度过自己的下半生，直到永远。

王琳还是那么美丽，宛如梨花带雨，然而此刻的她却显得如此陌生，她的泪水再也不能秒杀他整个人了，反而让他觉得虚伪和滑稽。林清很奇怪自己为什么没有早点发现这一点，想当初自己曾经为了面前这个女子心痛，为了她自怨自艾，为了她失魂落魄，他只觉得脸红和可笑。听到她再度以爱情来恳求自己，林清简直难以置信：她的爱情到底值多少钱？

难道我当初就是为了这么廉价的爱情而死去活来吗？

林清低下头，他拉松自己的领带，似乎喘不过气来。林清随后解开衬衫领子的扣子，把手伸进去，拉出了一条银链子。

　　链子的尽头是一个金色的盒子，林清用颤抖的手打开这个盒子，将它展示在王琳面前。一个一寸左右的椭圆形相框，李金子在里面微笑着。盒子盖内侧用小袋子粘着一卷头发。

第二十八章　永别

"不用对我说对不起，"林清用激动得近乎变调的声音说，"你应该说对不起的是她，她叫李金子，她是我，林清的女朋友。这张照片是她的妹妹送给我的，这绺头发是她火化前，我剪下来的，我看着她的脸，亲手剪下来的……然后，她就在我的面前，被推进了火化炉……"

林清弯下腰，望着她的眼睛。

"你能让她活过来吗？"林清的眼里满含着泪水，"你的道歉能把她带回来吗？要是能的话，我给你下跪都可以……我不在乎你杀我，可是……你们杀了李金子。"

林清一把推开她，站了起来，他的目光逼视着韩昭仪，逼视着罗安山，逼视着何柏雄，他用近乎咆哮的声音喊道："把李金子还给我！如果不能，你们就必须偿命！"

王琳瘫软在地上，韩昭仪无力地靠在墙壁上，罗安山低着头，不敢与他对视。只有何柏雄面无表情地坐着。此刻的他如同石化。

"事实已经很清楚了。"华芳菲说，"还有件事也得告诉你们。刚才一进门，我就在录音，纪林汉也在录音。这些录音，我们会提交给警方。"

"是啊。"纪林汉摇摇自己的手机，"这内容真是骇人听闻啊。"

"何总，大哥！"华芳菲转向何柏雄，"我再叫你一声大哥……你告诉我，你为什么要这样？你难道缺钱吗？"

何柏雄一言不发，拿起面前的茶水，一口喝干。

"凭良心说，我们集团从创始到现在，你是元老，没有你，我们发展不到今天。你功不可没，我们在内心深处一直把你当作老大。当年创业的时候是什么境况，你还记得吗？靠山山倒，靠海海干，最困难的时候，我们到处借钱给员工发工资，回来在办公室里连吃泡面的钱都没有，那个时候我们几个能够咬着牙一起拼，现在为什么不可以？"

何柏雄仰头望着天花板，眼角湿润了。

"你跟我们说过，我们这几个人是一起吃过苦的，将来到哪里都不要忘了当初这段经历。一个公司能找几个相互信任的合作伙伴不容易，我们要一起把公司做大。这些年，我们发展得这么好，就是因为我们几个劲往一处使，难道不是吗？"

何柏雄仍不说话，他的鼻尖在抽动。华芳菲说到这里，流泪了。

"大哥，你到底是为了什么？难道真是为了钱？你已经够有钱了，还要多少钱才能满足你？还是说公司壮大了，你觉得我们碍手碍脚了吗？我们也为公司出过力、做过贡献，这里面也有我们的心血啊！大哥，特别是老王，他可是你的恩人。"

华芳菲抽泣着，说不下去了。

何柏雄闭上眼睛，泪水从眼角滑落，嘴巴微微张开，长长叹了一口气。

"芳菲，谢谢你，还能叫我一声大哥。"何柏雄用低沉的声音说，

"当初刚见到你时，你还是个小姑娘……那时你比现在的小林还要年轻吧，一晃十几年过去了……我内心里，一直把你当作我的小妹妹。真的，我很高兴，芳菲。"

"大哥，这些年你对我的帮助，我这辈子都忘不了。你给我个解释，行吗？"

"芳菲，你不做总裁，你不了解运行一个公司有多难……"何柏雄叹息道，"我们是在逆水行舟，如果我们不想方设法壮大自己，不想方设法发展，我们实际上就是在后退。有多少不可一世的大集团倒掉了！有多少亿万富豪最后变成了穷光蛋，连饭都吃不饱！这些年，我很难……商场就是这样，你兴冲冲投入进去，然后就被套在里面，你要操心劳力，永无尽头，稍有不慎，再大的盘子也会崩掉……芳菲，这些你明白吗？"

"可是，这些年我们一直在发展不是吗？"

"是啊……你说得对，在发展……"何柏雄望着杯子，想喝点水，但杯子空空如也。纪林汉把自己的杯子推给他，何柏雄拿过来，慢慢喝了一口，"你说得很对，大家一直在劲往一处使……可是，你们应该也能感觉到，这两年，集团的发展慢了很多。我们的盘子越来越大，人越来越多，公司里的事也越来越复杂……我们丧失了当初那种锐气，开始陷入平庸，陷入满足。公司里的风气也越来越坏，我想管，却有心无力……"

"你可以和我们说啊！"华芳菲反驳道，"而且，大公司都有这样的通病，我们完全可以……"

"没那么简单，芳菲。"何柏雄摇摇头，"比方说，集团的房地产公司风气不好，我想整顿，可那是林汉负责的，我越过他整顿，林汉会怎么想？我要是直接和林汉说，林汉会不会认为我在责备他管不好公司？再比方说，海运公司是你负责，我要是指手画脚，你又要怎么想？"

华芳菲和纪林汉默然。

"民主、分权是个好东西，"何柏雄叹息道，"可是有时候，它却带不来效率。公司如果事权不能统一，不能做到令行禁止，竞争力就会削弱，就会降低。这个问题我想了很久，却没有好的解决办法。直到去年科威特人要来入股，我才有了些想法。其实一开始我想的只是借着科威特人入股，促进公司的发展，增加利润，顺便借着改制整顿一下公司。可是科威特人来了以后，我们每个人在公司中的表决权也必然会降低，我就想，也许可以借这个机会说服别人把股权逐步卖给我，这样我可以保持对外方的绝对优势地位，也可以控制公司，排除干扰。"

听到"干扰"这个词，华芳菲和纪林汉的脸色变得有些难看。

"可是老王从一开始就反对，他甚至连与外方合资都反对。他这个人小富即安，这样下去，公司还是像原来一样，迟早慢慢僵化，退步，变弱……这是我一手创立的公司，这里面有我们的心血，为了公司，你们为什么不可以把权力交给我，反而要掣肘呢？除掉老王我也难受，他……他当初是我的恩人啊！可是为了公司，我，我……"

何柏雄说不下去了。他低下头，像喝酒一样把茶喝光，自己伸手又把罗安山的茶杯拖了过来。

"事已至此，我做错了就是做错了。"何柏雄平静地说，"我不求你们原谅我，芳菲，你们不管怎样做都是正当的，我绝不怨恨你们。我这一辈子做了很多事，有好的，有坏的，最错的一件事就是对不起老王，可是，我既然做了，我就会承担责任。你大哥我还是条汉子。

我只求你在我走后，把公司照管好，别让做大哥的这么多年的心血白费，行吗？"

华芳菲和纪林汉对视一眼，点点头。

"湘云，"何柏雄转向马湘云，"老王当初那些钱确实是你的，他的股份也确实应该属于你，过了今天，这个公司就由芳菲做主了，有她帮助，不管是出说明也好，出证据也好，你会拿到股份的。你……别恨我。"

马湘云"哼"了一声，答道："这不劳你操心。"

"如果不被查封资产，我的股份就转让给芳菲，"何柏雄从罗安山面前拿过那些文件，"反正这里的股权转让协议是现成的，把名字和数字填进去就可以……你们把股权转让款留给我的家人，叫他们做个好人……芳菲，你……照顾一下我的家人。"

何柏雄一边说一边在空白的股权转让协议上签了字，又在一张空白纸上签了自己的名字递给华芳菲，用来制作股东会决议用。随后他向后一靠，似乎整个人都解脱了。

"我已经做了我的事，芳菲，替我叫警察吧。"他微笑道，"你要照顾好公司啊。"

"大哥，我会照顾好一切，等你回来。"华芳菲含泪说，"如果你不能回来，你的家人我会照顾好的。"

"谢谢。有你这句话，我就放心了。"

"何总，你……算个男人。"纪佳程郑重地说，"这样的话，我就打电话报警，我会说你要自首。"

"我也要自首！"罗安山连忙喊道，"我自首，我自首！我还会检举揭发！告诉警察我要检举揭发……"

"不！"

在纪佳程拿起电话的一瞬间，王琳崩溃了。她再度扑向林清，试图抓住他，林清向后退了一步，王琳扑了个空，扑倒在地，她往前爬着想去抓林清，林清转身走开了。

王琳痛哭起来，她死命捶打着地面，头发散乱，哭泣声凌厉凄惨。

"怎么办？我不想坐牢，我不想被枪毙……呜呜呜……我才二十三岁，我才二十三岁啊！林清，你好狠的心！你一点都不帮我！你都不关心我了，你不管我的死活……"

韩昭仪呆滞地望着她，一言不发。

王琳在地上痛哭了一会儿，突然爬起来，用野兽般的眼光盯着房间里的每个人。纪佳程眉头一皱，站在了入口处的门边，防止她夺门而出。

王琳的眼睛在散乱的头发后面闪着光，她指着林清，声嘶力竭地吼道："林清！你帮不帮我？"

林清紧握着李金子的照片，摇了摇头。

王琳冲出了房间，她没有向入口跑去，而是冲向了会议室另一头通往阳台的大门。几秒钟后，她已经冲上了会议室外面的天台。

这个变故所有人都没预料到，他们全呆了。只有韩昭仪第一时间跳起来，号叫道："小琳！"连稳如泰山的何柏雄都站了起来，等他们乱纷纷冲上阳台时，王琳已经爬上了水泥栏杆。

百米高空，寒风呼啸，她纤弱的身体在风中摇摆。韩昭仪哭喊着向她跑去，但是她厉声叫道："你别过来！"

韩昭仪瘫倒在地，哭喊着："你下来，你下来！我是你妈妈啊！"

"你闭嘴！"王琳喝道，"你不是我妈妈！我走到今天，全都是因为你！"

韩昭仪捂住脸，何柏雄喊道：“王琳，你下来！你这是做什么？”

“不用你们假好心！”王琳哭喊道，“我现在什么都没了！我恨死你们了，为什么你们都能笑，我却只能哭！老天不公平！你们要把我送进监狱，要枪毙我，你们现在又何必假惺惺？”

林清站在人群后面，默默望着她。

“你为什么站在后面？”王琳指着他哭叫道，“你应该过来帮我，你应该快来哄我，你以前不就是这样吗？那个女人有什么好，你为了她那么恨我？她有我漂亮吗？你现在连站到前面来为我说句话帮帮我都不肯？”

就在王琳指着他喊的时候，风力突然增强了，她的身体在风中摇摆了两下。林清惊叫一声，向她跑去，其他人跟在他身后，然而当他们扑到栏杆边时，王琳的身体已经在半空中飘荡。他们眼睁睁看着她在空中挣扎，越来越小，最后变成一个黑点，消失在一个凸出的平台边缘。

在王琳跌下栏杆的一瞬间，韩昭仪发出了一声惨叫，这惨叫声接着就转化为大笑声，笑声中充满了歇斯底里和绝望。

每个人的脸色都变得异常苍白，林清望着楼下，一片茫然，刚才那个鲜活的生命，已经陨灭了，他什么也看不到，但是他知道，这次真的再也不会见面了。

“永别了。”林清轻声说。

韩昭仪还在狂笑，她在撕扯自己的衣服，仰面躺着，失神的眼眶对着天空，灰白的头发在风中飞舞。在她四周，人们默默站着，谁也不说话。

尾　声

　　林清气喘吁吁地坐在街边，望着宁静的广场，这里的一切都和国内是那么不同，似乎连空气都是那么悠闲和热情。

　　这是他到塞维利亚的第二天，头一天他去了海边，塞维利亚离海还有一些距离，当他面对浩瀚的大海时，他似乎看到了很多年前，一个瘦瘦的中国人在向海上发着信号。

　　林清不知道鲁本是不是在这片海滩上死的，毕竟这里的海岸线太漫长了，他只能在海边把带来的葡萄酒倒在沙子上，简单地进行了祭奠。祭奠完鲁本，他打开自己胸前挂着的小盒子，让李金子望望这片海。

　　李金子已经过世三年了，只有她的照片陪着他。这三年里发生了很多事，他的人生也不再相同。整整三年，没有人见他笑过。

　　和科威特人的合资无疾而终，在华芳菲的主导下，何华王纪集团向法庭提交证言，证明王明道确实是代马湘云持股，在被告王琳死亡的情况下，法院最终确认股权归马湘云所有。然而，马湘云却不愿再到集团来，这里是王明道工作过的地方，她每次来这里都会异常伤感，她把股份转让给了华芳菲和纪林汉，就此撤出了集团。华芳菲收购了何柏雄的股份和马湘云的部分股份后，成为集团的绝对控股人。

现在林清是纪佳程的同事，同时也是何华王纪集团的律师团成员。林清有了稳定的收入，有了自己的一辆小汽车，虽然很小很便宜，他却视如珍宝。林清在车的后视镜上挂着李金子的照片，不忙的时候，他就驾着小车到周边去，感觉像是带着李金子在旅游。

每周六下午，他会和华芳菲练习探戈，风雨无阻。三年下来，那些动作对他而言已经非常自然，与华芳菲的配合也无比默契。然而即便是跳舞的时候，即便是和华芳菲在一起心情放松的时候，他也没有笑过。

今天是李金子去世三周年，一个月前林清计划带李金子到远一点儿的地方去旅游，选择境外目的地时，塞维利亚第一个出现在他脑海里。他在小店里喝了雪莉酒，吃了几种小菜，看着当地人悠闲的生活节奏，他既羡慕又有些感慨：这么慢吞吞的，经济还能好得了吗？

也许这就是西班牙人的生活方式，也许这就是他们的处世哲学。

林清拿着地图，徒步走了半个城市，终于累了。现在是下午三点多，他坐在玛利亚路易莎公园边，面前就是西班牙广场，望着半圆形广场中央的大喷泉，望着半月形的护城河，望着河上的陶瓷栏杆，望着红色的半月形城堡，心情很放松。这里的色彩很丰富，罗马式的建筑和繁杂的设计给他一种新奇的感觉。

在林清左前方十几米的地方，一个大叔弹着吉他，不知是自娱自乐还是在卖艺，林清坐在附近看着他，他听不懂他的语言，但跟华芳菲在一起时间长了，对西班牙语歌曲却很有感觉。

眼角的余光感觉有人向他走来，林清抬起头，不由得怔住了。

"芳菲姐？"

　　站在他旁边的的确是华芳菲，她背着一个背包，活脱脱一个背包客打扮。

　　"你怎么会来这里？"

　　"怎么，我不能来吗？"华芳菲在他身边坐下，笑着说，"你忘了我是在这里留学的？这里有我的回忆啊……"

　　"哦……"

　　"每年我都会来这里的，和鲁本说说话……不过，这次我是来向他告别的。"

　　"告别？"林清好奇地看着她。

　　"这记忆我背负了十几年，也该放下了。"华芳菲轻声说，"从今往后，我要更好地生活，这样我才能对得起鲁本为我做的一切。死者已经去了，生者还须继续前行，而且要活得更好，活得快乐。我永远不会忘了鲁本，但是从今天起，我要过自己的生活。林清，你也一样，已经三年了，你心里苦了三年，李金子在天上看着你，你这样她会难受的。"

　　林清没说话。

　　"我，已经放下了。"华芳菲慢慢地说，"林清，你还要多久才能放下呢？"

　　他们共同望着弹吉他的西班牙大叔，半天没说话。当大叔一曲唱罢，他们鼓起掌来，

　　"谢谢。"大叔笑容满面地用西班牙语喊道。随后他弹起了一首曲子，当前奏响起时，他们对视了一眼。

　　"《一步之遥》？"

　　华芳菲站起来，向林清伸出手去。

　　"要跳一曲吗？"

　　林清握住她的手，站了起来，微风吹过，她的长发拂过他的脸。

　　……差一点儿就赢，那轻佻而愉快的女人左右了我的神经，

　　她直白而强烈的主见摧毁了我的性情，

　　而当她微笑着发誓说爱我，

　　到头来，却又是空口无凭……

　　霎时间，林清的心里涌起了一股莫名的情感，他紧握住华芳菲的手，笑了。